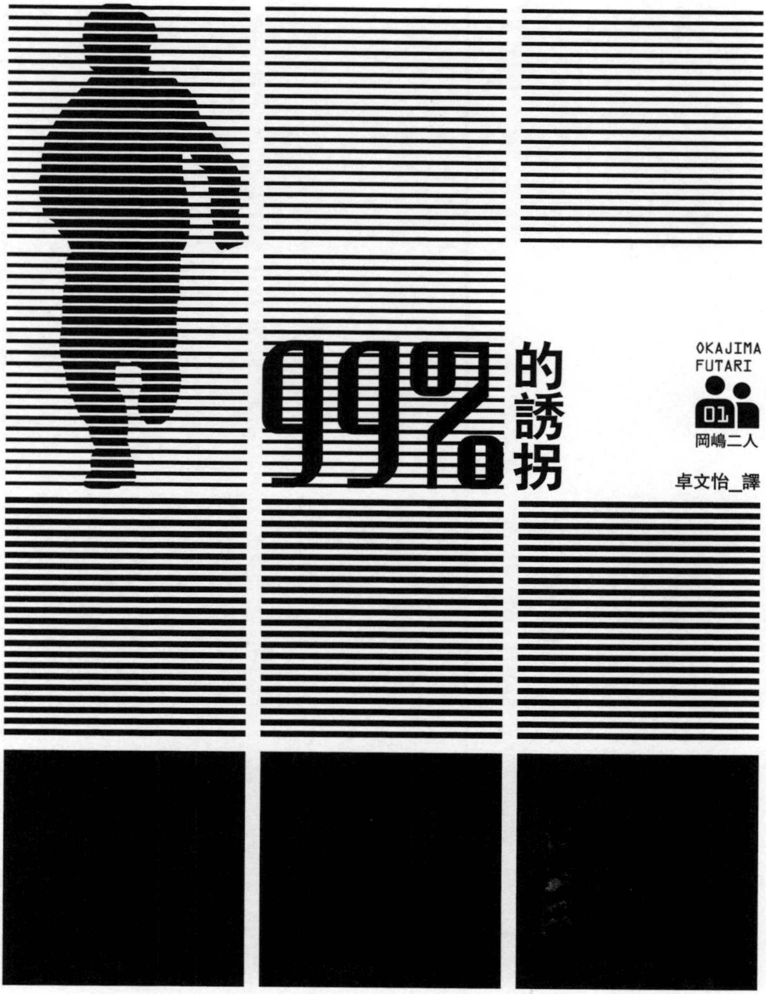

99%的誘拐

OKAJIMA
FUTARI
01
岡嶋二人

卓文怡_譯

CONTENTS>

總導讀

一加一，
等於無限大

寵物先生

在日本推理文壇中，岡嶋二人是個特殊的存在，「他」的作家生涯已成為讀者們津津樂道的話題。

一九九三年，一位甫於前一年「出道」的作家井上夢人發表了《兩個怪人》這本足以稱為岡嶋二人傳記的作品。書裡詳細記錄這位作家「出生」後十八年的生活點滴，從如何走上創作道路，到經由江戶川亂步獎出道成為作家，開始暗無天日的寫作，最後邁向「死亡」的歷程，全收錄在這本書裡。短短八年的作家生涯，共寫出二十八部作品，其「一生」可歌可泣，令人稱羨，卻也令人惋惜。

我以上的說法十之八九會引人誤會。事實上，岡嶋二人並不是早夭的作家，也不是才十歲就出道的天才，他的「死亡」純粹意味著——他再也無法回到推理文壇。

因為「岡嶋二人」嚴格說來並不是一位作家，而是類似音樂界的「恰克與飛鳥」那般，一個創作雙人組合。

從無到有，從相遇到拆夥

一九七二年六月十二日傍晚，二十一歲的青年井上泉（後來的井上夢人）正在後院準備搬家。

早已辭掉工作，正為生活愁苦的他，因為妻子懷孕不得不遷出與朋友合租的工作室，轉而搬到月租金一萬的閣樓小房間。當天來幫忙的友人向井上介紹另一位朋友，並說他可以開車運送家具。那位朋友名叫德山諄一，比井上年長七歲，西裝筆挺還打領帶，與當時穿著寒酸的井上宛如兩個世界的人。

這，便是德山諄一和井上泉的初次見面，也是決定日後兩人命運的一刻。

當時的德山任職於機械設計公司，與熱愛披頭四、夢想成為電影製作的青年井上，不管在所學領域、興趣、個性等方面，無一相同。然而，井上很快就被德山的健談與廣博的涉獵所吸引，兩人成為相當投合的朋友。

相識一年後，他們與那位共同的友人合開一家綜合設計公司「Babel Image Restaurant」，主要從事電影、短片或照片拍攝的代理工作，只是生意清淡，根本接不到幾件委託，開張十一個月即宣告倒閉。在這段期間，三人經常無所事事地在充當事務所的房間裡打屁閒聊，某天德山拿著當年江戶川亂步獎的得獎作《阿基米德借刀殺人》給井上，請他看看書末的參賽辦法，井上當下對於該獎項所提供的高額版稅感到不可思議，兩人便開玩笑說不如也報名參賽吧，因而埋下日後「岡嶋二人」的創作種子。

事實上，當時的井上對「推理」一竅不通、連小說都沒看過多少，關於推理小說的知識全是從德山口中聽來的，更遑論對「寫作」有什麼專業的想法。

公司倒閉後兩人為了理想與生計嘗試過不少出路，如發明專利、動畫製作，甚至考慮漫畫創作，最後，還是當年亂步獎的新聞讓他們下定決心。一九七五年九月二十日，兩人決定將亂步獎當成就職考，將人生賭在創作上，以「作家出道」為終極目標。

一九七七年二月，就在他們第一次投稿前，腦中浮現出劇作家尼爾・賽門（Neil Simon）的作品標題《單身公寓》*，於是他們隨即以發音類似的「岡嶋二人」（Okajima Futari）為筆名。（有趣的

是，他們當時尚未看過那部電影）

亂步獎這一試，就試了七年。

七年之間，兩人一直過著邊打工、邊構思寫作的生活，「完全推理素人」的井上泉，也開始大量閱讀，偶爾接受一些劇本創作的委託以磨練筆力。在這段漫長的歲月裡，他們共投稿四部作品參賽：一九七七年《倒下吧，巨象》，一九七九年《偵探志願》，而一九八一年的《讓明天好天氣》則入圍最終候選，到了一九八二年《寶馬血痕》終於獲獎。在不停投稿直到獲獎得到肯定的日子裡，亂步獎對當時的他們而言，彷彿是生命中唯一的方向。

而他們也陸續從落選挫敗中汲取經驗。靈感擴大的方式、小說布局的技巧等，各種寫作基本功都是他們日漸成熟的養分。根據井上在回憶錄中所言：「投稿亂步獎的這幾年，是岡嶋二人創作生涯中最快樂的黃金時期，在獲獎的那一刻則達到最高峰。」

這句話，背後其實潛藏著可怕的涵義。

得到亂步獎、成為職業作家後，兩人間的創作溫度開始逐年下降。頻繁的邀稿與嚴苛的截稿日致使他們再也無法依照以前的合作方式創作（因為耗費的時間太多），逐漸形成惡性循環。此外，兩人對推理小說的認知也日益產生落差，討論時經常無法取得共識。一九八九年四月二十八日，井上泉毅然決定與合作多年的德山諄一拆夥，以《克萊茵瓶》做為最後的告別作，「岡嶋二人」正式走入歷史，僅留下二十八部著作成為書迷們共同的回憶。

一九九二年井上改筆名為井上夢人，並發表新作《有人在裡面……》正式「再出道」，並於翌年出版《兩個怪人——岡嶋二人盛衰記》公開這個創作組合從相遇到拆夥的過程。以上所述的詳細內容，全記載在這本自傳（也可說是回憶錄）裡。

個性互補的「最佳拍檔」

一提到作家兩人協力創作——只要是推理迷，應該都聽過如下幾個組合：美國的艾勒里．昆恩（Ellery Queen）、法國的波瓦羅＝納爾瑟加克（Boileau-Narcejac），抑或是瑞典的麥．荷瓦兒（Maj Sjöwall）與派．法勒（Per Wahlöö）。

或許「岡嶋二人」這個雙人組難以和上述三者的文學地位相比，但就「從無到有的努力」這一點，卻是這三者無法成就的。

看出來了嗎？岡嶋二人並不像美國的表兄弟與瑞典的夫婦那樣，有著難以切斷的親情羈絆，也不像法國那一對在合作前早已是得獎作家。岡嶋二人的友情、寫作經驗（甚至對推理小說的認知），都是在他們相遇後隨著歲月的累積，一點一滴建立起來的，開始合作的三年多前，他們不過是陌生人。

從這點來說，岡嶋二人與一些演藝界的雙人團體有著驚人的相似之處：兩人在出道前並不相識（當然也有例外），合作幾年便解散各自單飛，以及最重要的一點——兩人往往會給人「互補」的印象。

演藝團體中的成員如果形象太過雷同，通常就不會紅，因此「互補」的印象往往是經紀

---

* The Odd Couple，日文為おかしな二人（Okashina Futari），即「兩個怪人」之意。

公司包裝下的結果，然而「岡嶋二人」在這點上卻顯得渾然天成。

前文提到過，在兩人相遇前井上完全不懂推理，相關知識都是經由德山啟蒙的。相較於熱衷鍛練身體，對賽馬、拳擊、棒球等職業運動有高度興趣的德山，井上完全不熱愛運動，他的興趣是電影和音樂，而且自接觸電腦等高科技後，井上的休閒便是窩在家裡看電影、彈吉他與打電動。對小說的構思也是如此，德山經常從單一的空間場景下手，思考具體的詭計點子，井上則從整體的時間順序下筆，構思故事欲呈現的主體。

井上泉在回憶錄中提到：「我和德山之間的諸多差異，形成『岡嶋二人』的最強武器。」互相截長補短，持續著兩人三腳式的前進，才是支持他們創作生涯的力量。也難怪當時許多人稱他們為「最佳拍檔」。

另外，凡提到創作二人組，最常見的疑問是：「他們如何合作寫小說？」

這基本上是祕密，不過有時會得到「一人構思，另一人執筆」的答案——在岡嶋二人身上，這只能說「還算對」，卻不夠精確。

岡嶋二人的創作方式是由某人拋出一個點子開始，另一人接收後加以改良修飾，對方收到改良後的點子再使其更精進——如此像是玩傳、接球的交談方式，將靈感滾雪球般愈滾愈大。德山將數個「大雪球」搭配伏筆、收線的布局方式串連起來，決定所有人物的對話、流動後，再交由井上表列大綱、執筆撰寫小說。

然而在岡嶋二人後期，經常發生井上也參與劇情布局的狀況，相反地，德山幾乎從未協助井上執筆。兩人的工作量逐漸形成明顯的不對稱（這或許是兩人拆夥的遠因），最後一作《克萊茵瓶》可說完全出自井上之手。

多元的故事背景與創作領域

日本推理的大前輩島田莊司，一九八一年發表處女作《占星術殺人魔法》，與一九八二年出道的岡嶋二人僅相差一年，這兩位（正確來說是三位）幾乎同時踏入文壇的作家經常被放在一起比較，其中最有名的是這句話：

「分屍的島田，綁架的岡嶋。」

相對於喜愛在作品中切割屍體的島田，岡嶋二人在「綁架」方面的議題給予讀者強烈的印象。這倒不是說岡嶋的綁架長篇很多（只有五部），而是那些作品都能表現出一種獨特的「存在感」。

據井上所言，「綁架」是他和德山諸多相異點中唯一共同喜愛的題材。如此一來，他們自然不會滿足於創作「普通的綁架小說」，事實上，在這五部長篇裡，兩人都灌注了各自絞盡腦汁想出的趣味性：《讓明天好天氣》將綁架與賽馬界緊密結合（「人質」是一匹馬），《冠軍戰》結合綁架與拳擊（贖回人質的條件不是金錢，而是在場上將對手KO），《藏得再完美也……》結合廣告業界，《七日贖金》則是披「綁架」外殼的密室推理，最後《99%的綁架》則以父子間的羈絆為主軸，強調犯人與警方的直接對決，並結合高科技的綁架手法，是岡嶋二人評價最高的作品，兩人也以此作獲得第十屆吉川英治文學新人獎。

同樣的主題藉由結合不同的背景舞臺無形中增進新穎性，只要該舞臺具有足夠的特殊性

（意即「主題材料」是其他舞臺無法提供的），便能創造出具有新意的作品。因此，縱使同樣走的是寫實本格或懸疑、冒險路線，岡嶋二人就是能寫出賽馬場特有的詭計，拳擊場獨特的緊張氣氛，或是利用電腦遂行高科技犯罪等如此創新（至少在當代是）的格局。對照八〇年代經常出現「公式化、樣板化」的創作風氣，岡嶋選擇非暢銷作家求新、求變的路線，也是讀者之福。

的確，若視岡嶋二人為單一作家，會發現他筆下的舞臺竟如此多元：賽馬、拳擊、棒球、保齡球、校園推理（第三十九屆日本推理作家協會獎《巧克力遊戲》）、廣告與電視業、徵信業、電腦與高科技（包括虛擬實境的開創作《克萊茵瓶》）。除了純本格（《於是門被關上了》）、寫實本格、B級懸疑（《血腥聖誕夜》）、心理懸疑、幽默推理、冒險等題材，岡嶋還嘗試過推理謎題集，及當時正流行的Game Book創作《查拉圖斯特拉之翼》。

八年間的創作廣度絕非一般作家單靠「取材」便能達成，而是兩人在知識層面的互補結果，德山與井上在各個領域方面的喜好，幾乎毫無重疊。

也唯有如此，才能成就多采多姿的作品風格吧！

故事、主題至上論

除了避開「樣板化」的創作風氣外，岡嶋二人還有一項與當代作家不同之處——很少創作系列角色。

二十八部作品中出現過的系列角色只有在《吾乃萬事通大藏》（短篇連作集）中登場的釘

丸大藏，《該死的星期五》、《非常加爾底亞》的「山本山二人組」，及《不眠夜的殺人》、《不眠夜的報復》的「搜查0課三人組」而已，且出版冊數不超過兩本。

或許從某方面來說，「系列角色」也算是一種「樣板化」，不過追根究柢，還是要歸因於執筆者井上泉「喜新厭舊」的人格特質，與他的寫作理念——他原就不是「從角色、人物出發」的單一創作者。

大抵來說，「從角色出發」與「從劇情出發」的創作者，兩種創作策略有著根本上的不同：前者好比先決定好演員名單的即興舞臺劇，作者給予每一名角色性格後，賦予故事一個開頭，再由人物的個性決定劇情如何發展；反之，後者就像依照劇本挑選演員的電視劇，作者決定好欲呈現的主題及劇情走向後，再根據大綱設定登場人物，這些角色的性格與身分設定都得配合故事才行。

一般而言，「從角色出發」的作品，登場人物個性鮮明且獨特，劇情卻往往不受控制，無法抵達令人滿意的終點；「從劇情出發」的作品，故事的結構性較強，邁向結局的過程相對順利，但人物塑造較平板（或是流於典型），無法深入描寫人性。當然也有兩者兼顧的傑作，但比例不多。

岡嶋二人則近似於後者。井上泉在回憶錄中提到：「我的小說本來就不打算描寫人性（當然他也肯定這類作品的價值），對我而言，登場人物只是『棋子』，是為劇情而存在，是為將包含故事的小說全體引導至同一個方向而存在……（略）不過我也必須賦予角色們對應的存在感，即使是『棋子』也得下一番工夫，讓讀者感覺不出他們是『棋子』。如果登場人物都如橡膠人偶般單調，讀者是感受不到樂趣的。」

換句話說，井上的創作態度是「在劇情走向的限制下」盡量給予登場人物鮮明的個性，反之，若某人物塑造會妨礙想呈現的劇情主旨，他會毫不猶豫地完全推翻。最有名的例子便是岡嶋的純本格創作《於是門被關上了》，井上自承這部作品的原稿寫了兩次，第一次完稿後因書籍的發行延期，他又拿回去重改——只因為他覺得角色性格無法呼應故事主題。

這便是井上對創作理念的堅持。

承先啟後的歷史地位

藉由這般「劇情導向」的作法，讀者可以發現岡嶋二人是很重視「閱讀過程」的作家。比起意外的真相或「一口氣揭開謎團」的俐落感，岡嶋更看重「逐漸逼近事件核心，如此令人興奮的過程」。井上泉早期讀過松本清張的《砂之器》，對故事裡今西刑警不斷奔走、迫近真相的劇情描寫，產生這樣的體悟，他認為有趣的不是詭計本身，而是詭計的呈現方式與解開詭計的經過。

因為重視「過程」，岡嶋的作品中少見同一個謎團從頭懸念到尾。如前所述，岡嶋的創作法是將數個「滾雪球」的靈感串在一起，所以讀者會覺得謎團的數量「隨著書頁的翻閱而逐漸增加」，這樣的閱讀層次感，便是來自兩人所汲取的前輩們的養分。

廣而精的書寫背景、無法量產的寫作態度，促使岡嶋的作品一直有著不錯的評價，是以不僅汲取「養分」，岡嶋作品本身的「養分」也持續為後世作家吸收，成為他們的創作肥料。

貫井德郎便是其中一例，在《不眠夜的殺人》文庫版解說裡，他對岡嶋「隨翻閱而增殖」的謎團呈現相當激賞，甚至借用這個系列二部曲「搜查0課」的設定構想，完成自己的作品《失蹤症候群》。更顯著的例子是歌野晶午，在《櫻樹抽芽時，想你》的書末訪談中，他提及喜歡的作家是島田與岡嶋，事實上，早期他試圖轉型時，也寫過三部綁架推理，在陸續發表的一些作品中，也可看見若干與岡嶋題材相符之處，法月綸太郎還在歌野《希望被綁架的女人》文庫版解說中期許他成為「二十一世紀的岡嶋二人」呢！

曾經，一加一等於二，由於井上夢人的復出，答案又回歸為一……

但是，因為有了這些新苗，未來將會是無限大。

作者簡介／寵物先生：

本名王建閔，台灣推理作家協會會員。以《虛擬街頭漂流記》獲第一屆島田莊司推理小說獎首獎，另著有短篇〈名為殺意的觀察報告〉、〈犯罪紅線〉、〈凍夏殺機〉，與短篇集《吾乃雜種》。

<CHAPTER 01>

第一章

昭和五十年（一九七五）十一月二十八日，大型相機製造公司「里卡德」半導體機器開發事業部部長生駒洋一郎，因胃癌末期住進東京都品川區的關東遞信醫院。由於惡性腫瘤轉移至消化系統，手術已不具意義，只是確認事實而已。

雖然生駒直到最後一刻都不清楚自己的病情，卻似乎預見了死期，某天突然向妻子要求紙筆。以下即是生駒臥病在床時所寫的三本筆記本手稿，內容始於昭和五十年十二月九日，至生駒再也無法握筆的隔年一月十一日為止。

昭和五十一年一月十五日，生駒洋一郎結束了四十七歲的短暫生命。

1

慎吾，你還記得「三億圓搶案」嗎？

你應該忘了吧。不，或許你根本不曉得這件事。畢竟那時候的你，連小學都還沒上呢。

事情發生在昭和四十三年十二月十日的東京府。日正當中，一輛運鈔車遇襲，一名歹徒搶走將近三億圓的現金。當時大學畢業生的起薪不過四萬圓左右，即使是現在，三億圓依然是難以想像的巨額，更何況是七年前。因此那起案件著實震驚社會。

而那三億圓搶案的追溯期將於今天期滿。

電視從早上就持續播報著這則新聞。十日的凌晨十二點是最後時效，各家電視台都製作了特別節目，要在這歷史性的一刻拍下搜查本部的情形。

我向醫生提出看電視的請求，但醫生不答應。儘管我保證會戴上耳機，不造成同房病患的困擾，醫生仍舊無動於衷。在這裡，無論吃飯或就寢時間都相當早，生活大小事都受到限制。很像小孩吧？醫生還常叮嚀我「早點睡」，是不是很好笑？

發生三億圓搶案的那年對我別具意義，對你來說應該也是，所以我才想看電視。然而醫生不允許，連你媽媽千賀子也不答應，還說「明天再看新聞就好」，我真可憐。

不過，我突然有個想法，便要千賀子幫我買筆記本，她嘮嘮叨叨地抱怨「買什麼筆記本啊」，可是我只有這麼點微薄的請求，應該不算過分吧。

對了，千賀子帶來去年在苗場山拍的照片，就是那張你滑雪跳躍的帥氣照片。我一直放在枕邊，看過不下數十次。白色滑雪場與藍天互襯的風景真美，那身紅色滑雪服也相當適合你。

到頭來，我都沒能親眼目睹你滑雪的英姿。由於工作繁忙不曾陪你滑雪，這一直是我心中的遺憾。早知如此，陪你去個一次也好。

千賀子告訴我，滑雪老師十分看重你。聽說今年寒假還舉辦特別集訓，看來是要集合天分不錯的小孩一起練習吧。那會是怎樣的訓練課程呢？爸爸從未滑過雪，所以無從想像，只希望你千萬要小心，別受傷了。

我也跟千賀子提過，對現在的你而言，談技術或速度還太早。你才小學六年級，玩得盡興比破紀錄重要吧？但媽媽說你十分樂在其中，這是真的嗎？

瞧，電視又在報導那起三億圓搶案。雖然距離追溯期滿只剩幾小時，搜查員仍不放棄地持續訪查，看得我心裡五味雜陳。

為什麼唯獨三億圓搶案能引起這麼大的騷動？同年發生而尚未偵破的，不止這件搶案。在那三個月前襲擊我們的事，早已遭大眾遺忘，任誰都不會去回顧。

這七年中，我沒有一天忘記那件事。雖然我不再向任何人談起，但當時的情景依然深深烙印在我腦海裡，住院後更是如此。我時常做夢，夢中的你仍是五歲時的模樣。

你還記得嗎？

或許你早忘了，但那也沒關係。你從未向我提過那件事，應該是不願回想吧，這也是人之常情。

慎吾，這份手稿是為你而寫。

你不想看的話，直接燒掉也無所謂。你肯定不想再觸及那段不愉快的回憶，不看也好，或許這麼做才是對的。

不過，說不定有一天你會想了解那件事，想知道你五歲時發生的事的一切細節，而能告訴你真相的只有我。那些卑劣的傢伙對我們做了什麼，爸爸最清楚不過。

只是，到時候不曉得我還在不在人世。慎吾，你有權知道自己的遭遇。當然，你也可以拒絕，如同你有知道的權利一樣。

為了那一刻，我寫下這份手稿。

慎吾，我只為你一人而寫。

如今應該已無人記得那件事。即使追溯期迫近，警方還是鍥而不捨地追查三億圓搶案的真相，對我們的案子卻不再聞問。

事情發生於那年九月九日，星期一的早晨。

當時，日本籠罩在大學學運紛爭下，繼東京大學之後，日本大學亦搭起拒馬，學生與封鎖校園的機動隊爆發衝突的消息時有所聞。

十月，墨西哥奧運開幕，緊接著十二月便發生三億圓搶案。人們的話題總圍繞在大學學運紛爭、恰斯拉夫斯卡*及三億圓搶案上。

社會大眾很快就將我們的遭遇忘得一乾二淨。

我再提醒一次。

你遭到綁架的那天，是昭和四十三年九月九日。

2

你總是在早上八點十五分出門。

對一個五歲小孩來說，走到小光幼稚園的路程有點遠。每天八點五分，目送我離家上班後，你會換上幼稚園制服，拿著縫有小熊圖案的黃色提袋走向廚房，讓媽媽把便當裝進袋子，接著穿上鞋子先到外面，在車庫前邊玩耍邊等媽媽出來。

當時我們住在代官山，相簿裡不是有些照片拍到裝飾著籐架的房子嗎？那就是舊家，我

---

* 恰斯拉夫斯卡（Vera Čáslavská），著名捷克體操選手。

們和身體還很健朗的奶奶住在一起，年底才搬到蒲田。

那天跟平時沒什麼不同。不，應該說至少表面上看不出有何異常。

整理好廚房，千賀子準備帶你去幼稚園。就在她打開車庫鐵捲門，讓你坐到副駕駛座上時──

一輛路過大門前的車子突然響起刺耳的喇叭聲，一名男子從車窗裡探出頭，指著住家的方向大叫：「起火了！」

千賀子旋即慌張地回頭，只見後門附近竄出白煙。

「小慎，待在這邊，別跟過來喔！」如此交代你後，千賀子喊著「奶奶、奶奶」跑回家中。

事後，我曾怪千賀子行動太草率，但這樣的指責有點過分。換成是我，應該也會那麼做吧。處於家裡有老人，濃煙又不斷冒出的情況下，慌亂之餘當機立斷地將你留在車內也是人之常情，帶著五歲小孩進入冒煙的地方反倒有違常理。

總之，千賀子拚命呼喚著奶奶，奔向冒煙處。

千賀子在後門旁的杜鵑花叢前看見奇怪的景象，猛烈的火勢和煙不斷從一個倒地的粗大白色圓筒冒出。

千賀子以為那是炸彈，連忙拿桶子到後門外的水龍頭裝水，直往冒煙的圓筒倒。但火勢未能一次消滅，她又倒了桶水，煙才不再冒出。

奶奶困惑地從後門探出頭，兩人一時只能愣愣地盯著那焦黑的圓筒。

之後根據警方的調查，那是火車平交道等處用於緊急狀況的發煙筒。當時，千賀子和奶奶都以為是某個傢伙所開的惡劣玩笑，世上偶爾就是會有為尋開心而在別人家縱火的壞蛋。千賀子不由得生氣地往外看，卻沒瞧見任何可疑的人影。

「小慎呢？」奶奶這麼一問，千賀子才想起你還在車內。

「幸好沒釀成什麼大事。」千賀子說著走回車庫。只不過，真正的「大事」才正要拉開序幕。

只見車門開著，而你不在副駕駛座上。

「小慎？」千賀子心想你一定就在附近，以至於並未特別留意副駕駛座的情況。千賀子呼喚著你跑向馬路，卻沒得到任何回應。奶奶也跟著千賀子在附近不斷地尋找，甚至翻遍了家裡。

你自己也知道必須到幼稚園上課，更何況千賀子交代要留在車內，以你的個性應該不會擅自亂跑。千賀子覺得不太對勁，便又走回車庫。正當她打算關上車門時，赫然發現座位上放著一張紙。

コドモ ヲ アズカル.

ケイサツ ニ シラセルナ.

シラセタラ コドモ ハ シヌ.

（你的小孩在我手裡，

不准報警，

一旦報警，小孩必死無疑。）

紙條上以片假名打字機打著三行字。依我判斷，那是張像圖畫紙般有點厚的紙，文字有些模糊。由於字跡濃淡不一，打這封信的人大概不習慣打字。當時，廠商推出各式各樣的片假名打字機，警方分析字型後研判歹徒使用的是OLIVETTI牌製品。可惜，警方從片假名打字機上得到的線索也僅止於此，雖曾找出購買地點，卻無法藉以掌握歹徒的行蹤。

生駒洋一郎在手札中詳細記載著歹徒的恐嚇信及電話內容，與警方的紀錄對照之下，正確性相當高。只不過，其中有些記憶仍不免與事實有所出入，好比留在副駕駛座上的紙條內容便略有不同。

「コドモ　ワ　アヅカル　ケイサツ　ニワ　シラセルナ　シラセルト　コドモ　ワ　シヌ.」

諸如文字排成兩行而非三行、遣詞用字也略有出入等類似的小誤差，或許生駒洋一郎在記憶中修正過文句。但無論如何，就像他所寫的，七年前那件事已深深烙印在他腦海裡，詳細得令人驚歎。

千賀子扶奶奶回家後，隨即打電話到工廠給我。在那次通話中，我才得知你遭到綁架。我當下決定將那天的工作全交給間宮處理，急忙趕回家。當然，我沒向任何人提及真正的事由，只告訴間宮奶奶病倒了。

「對不起……」

千賀子一見到我，便這麼開口道。至今我仍記得那張失去血色的面孔，她那樣的神情我還是第一次看見。千賀子覺得你會遭到綁架全是她的責任，而將所有過錯攬在自己身上。但我根本無暇體恤她的心情，連一句安慰的話也沒說。

我不斷逼千賀子說明事發過程，並要她取來後門那個溼答答的發煙筒。我猶豫著該不該報警，雖然尚未下定決心，但那發煙筒遲早得交給警方。

這時，歹徒打來第一通電話，我順勢接起話筒。

「喂。」

——你是生駒吧？

「我是。」

——你的小孩在我手上。

「帶走慎吾的就是你嗎？」

——沒錯。

「慎吾在那邊嗎？」

——對。喂，來叫聲爸爸。

聽到你在男人身旁呼喊「爸爸、爸爸」，我不禁閉上雙眼，千賀子湊近話筒，顫抖地叫著「小慎」。

——明白了吧，小孩在我這兒。

「請讓我跟他說說話。」

——不行。你沒報警吧？

「沒有，請將慎吾還給我。只要慎吾回家，我絕不會通知警方。」

——一旦通知警方，你就再也見不到小孩。

「好，那我該怎麼做，你才會把慎吾還給我？」

——我會再打給你，一有電話，馬上接起。

「啊？喂，喂……」

歹徒倏地掛斷電話，大概是為試探我們的反應才打來。我頓覺氣力盡失。

之後，我還是聯絡了警察。

慎吾，有一點希望你能明白。通知警方並非不顧你的安危，而是出於不安，我和千賀子沒把握我們所做的一切都是正確的。

我害怕若犯下意想不到的錯誤，反而會致使你陷入險境。警方處理擄人勒贖案件的經驗豐富，儘管不乏小孩不幸遇害的恐怖案例，但據我所知，歹徒因家屬報警而撕票的情況不多。我相信只要得到警方的幫忙，我們也依歹徒的指示行動，你一定會平安歸來。

「求求你不要報警。」

千賀子極力反對。雖能理解她的心情，我卻無視於她的懇求。

撥打一一〇後，經過四十分鐘刑警才姍姍來遲。等待的期間，我們只能死守在電話前，焦慮不已。

3

來訪的警察共有五人。

那件事過後他們曾上門好幾次，或許你有印象吧，其中一位是堀內先生，其他刑警稱呼他為「課長」。

「那麼，太太看見車上那名告知火災發生的男子嘍？」大致聽完我們的說明，堀內先生問千賀子。「記得他的長相嗎？」

「呃，這個……」

千賀子難受地皺著臉拚命回想。看著一臉痛苦的千賀子，我不由得煩躁起來。

「就是那傢伙綁走慎吾，妳不是看到了！」

千賀子緊咬嘴唇，軟弱無力地搖搖頭。

「妳的眼睛長在哪裡？」我對千賀子怒吼。

刑警制止想要撲上前的我，我不禁用力拍打膝蓋。

我和警察都認為是那個按喇叭喊著「起火了」的男子帶走你。他利用發煙筒製造煙霧轉移千賀子的注意力，支開千賀子後趁機綁架你，將恐嚇信放在座位上隨即離去。

然而，千賀子卻不記得男子的長相及車款。

「我想……應該是輛白色轎車。」

這是千賀子唯一記住的事。

千賀子的記憶模糊不清，其實也不能全怪罪於她。這或許早在歹徒的算計之中，我也明白在那樣的狀況下，要她分神留意那男子及他搭乘的車種，實在是無理的要求。

可是，我能發洩怒氣的對象只有千賀子。當時，我不斷苛責因你遭到綁架而痛苦萬分的千賀子。我知道她強忍著淚水，卻無法不口出惡言。

即使已過七年，我還是不曾向她道歉。儘管好幾次都想著該跟她說聲抱歉，我依然選擇逃避。我畢竟只是個凡人啊。

不過，警方從千賀子的話裡發現一個重要線索。

「歹徒起碼有兩個人。」堀內先生告訴我。

「兩個人……」

「丟下發煙筒的人，和開車的男子。」

「啊。」

沒錯。

發煙筒上並未找到任何設定起火時間的裝置，換句話說，歹徒在丟下發煙筒前才點火。歹徒雖然開車，但若先將發煙筒丟到後門，再回到車上肯定來不及。因此，綁匪至少要有兩人。

生駒慎吾回來後，警方曾詢問他當時的狀況。儘管五歲小孩的話聽來有些含糊不明，仍能大致推測出綁架的過程：

千賀子一朝後門跑去，男子立刻下車對慎吾說「小朋友，這裡很危險，離遠一點比較好喔」，並將他從副駕駛座抱出。面對問著「媽媽呢？」的慎吾，男子回以「沒關係，不用擔心，到叔叔車裡等吧」，接著便放下恐嚇信，抱慎吾進車內後隨即駛離。慎吾不停吵鬧，惹得男子突然發怒，不耐地摀住慎吾的嘴，從頭頂罩下「像布袋的東西」──慎吾如此形容。

不久，歹徒停下車子，將慎吾移至後座。前往「黑暗房間」的路上有個男人一直抓著慎吾。

由他的描述也可看出，歹徒最少有兩人，因為行車期間另有一人在後座制住慎吾。

歹徒第二次打電話來時，警察已安裝好訊號來源追蹤器。

堀內先生表示要代接電話，不過我拒絕了。歹徒聽過我的聲音，如果察覺任何變化，說不定會起疑心。刑警又提議「不然請女警假裝你太太和歹徒通話吧」，我還是回絕。

「警官，這傢伙或許早把我們家調查得一清二楚。雖然他不太可能認得我太太的聲音，保險起見，別貿然行動比較好。拜託，請讓我和他直接通話，我會盡量拖延時間。儘管害怕，但我會努力的。」

堀內先生無奈地點頭同意。

第二通電話於下午打來，距離九點多來電的第一通間隔約三、四個小時吧，真是漫長啊。

「我是生駒。」

——不太對勁喔。

「啊？什麼意思？」

——你是不是報警了？

「怎麼可能，我絕不會做那樣的事。」

——我不是警告過你，一有電話就要立刻接嗎？為什麼響那麼久才接？

「因為我去上廁所。」

——難道你連妻子和老太婆都一起帶去嗎？

「不，不是這樣的，她們離電話有點遠。我真的沒報警。」

——如果你亂來，我會知道的。

「是，我明白。嗯，慎吾呢？」

——在睡覺，現在是午休時間。

「請讓我跟他講講話。」

——他睡在稍遠的地方。小孩很平安，我沒對他下毒手，安心吧。

「求求你，我什麼都願意做，請快將他還給我。」

——我要五千萬圓。

「呃？」

——別讓我重複，快去準備五千萬。

「這……有點困難。」

——你不是生駒電子工業公司的社長嗎？這點錢對你來說不成問題吧？

「但五千萬……」

——好好考慮吧，這攸關你兒子的性命。我會再打給你。

「啊，請等一下！喂喂！等等……」

歹徒掛斷電話。

由於通話時間太短，警方的訊號追蹤並未成功。

七年前，也就是昭和四十三年，社會大眾普遍已對電話追蹤有基本的認知。每當發生重大綁架案件，報紙都會報導相關資訊，歹徒應該也具備這方面的常識，因而懷疑我聯絡警方，顯得格外謹慎小心。

而我，則對歹徒要求五千萬圓這樣的金額感到非常震驚。

當然，只要能救你回來，再多的錢我也不在乎。與你的性命相比，五千萬、五億都不算什麼。即便聚集這世上所有的錢財，也遠不及你寶貴的生命。

我之所以訝異，是因歹徒要求的金額幾乎等同我全部財產。基於這一點，公司所有員工頓時成為警方調查的對象，歹徒相當清楚我的境況。

自己身邊的某個人綁架你……我實在不願這麼猜測。

或許你連「生駒電子工業」這名字都沒聽過吧。這是我當時經營的公司，包括我在內，共有員工二十二人。雖然是家小公司，卻走在時代尖端，業績不錯，也有穩固的基礎，還打算在栃木縣蓋新工廠。

要懷疑這二十一名員工，我實在辦不到。他們是和我一起打拚過來的好夥伴，就像我的家人。

然而，歹徒要求的五千萬贖金，對我來說意義重大。

4

昭和三十五年，我創立生駒電子工業公司。這家公司有我的夢想、我的生存價值，及我的一切。在那件事發生前，我大半輩子都貢獻給公司。

電氣通信省——你應該也不曉得是什麼吧。那是個短命的機構單位，昭和二十四年從遞信省獨立出來，二十七年便轉型為現今的日本電信電話國營企業。

大學畢業後，我進入電氣通信省的電氣試驗所工作。你相信嗎？爸爸曾夢想成為電子工程學的學者，可惜我不適合學術研究一途。

昭和二十五年，我跟隨試驗所的主管前往美國。回想起來，那趟赴美之旅決定了我的未來。

當時，取代長久以來的真空管，一項名為電晶體的新技術逐漸引起關注，美國貝爾實驗室在昭和二十三年發明的電晶體，不只體積小、不會發熱，使用壽命也相當長，可說揭開電子技術的新序幕。而我們此行的目的，便是想觀摩電晶體的研究及生產現場。

美國是個不簡單的國家。昭和二十一年，麥克阿瑟要求日本制定新憲法時，美國已發明世界第一台電腦，日本的科學技術遠遠落後美國。

慎吾，生活在現代日本的你一定難以想像，那是個美國至上的年代，我們只能向美國學習新技術。

我們在美國參觀許多研究所及工廠，備受震撼。美國政府編列巨額的國家預算研究半導體，無論研究或生產設備都精良得超乎想像。

我對其中一家科普羅度公司特別感興趣。雖然不過是民營的小公司，卻充滿年輕活力，社長更是位了不起的人物。在眾多瞧不起日本人的美國人中，科普羅度的社長對我們非常友善，甚至邀請我到自家，並特地準備晚餐招待我。

年僅二十二歲的我，拚命向社長表達日本人也想獨立製造電晶體，他帶著微笑傾聽我的破英文。

回國後，我立刻著手準備再次前往美國，打算直接到半導體的研發現場學習技術。兩年後，也就是昭和二十七年，我實現了這個計畫。

我辭去電氣通信省電氣試驗所的工作，獨自前往美國拜訪科普羅度公司的社長，請求他雇用我。社長看到突然出現的我，吃驚地瞪大雙眼。一開始社長斷然拒絕，但我幾乎每天都到公司懇求他，持續一星期後，他感受到我堅決的意志，終於點頭。那時我還在擔心若社長遲遲不答應的話該怎麼辦才好，因為我連回日本的旅費都已用盡。

科普羅度公司的規模與兩年前截然不同，電晶體的產量緊追在龍頭德州儀器公司之後。我辛勤地投入製造部門的工作，身為來自日本的新手，我得加倍努力。

我在科普羅度公司待了八年。

昭和三十三年底，德州儀器公司開發出名為「Solid Circuit」的固體回路，也就是所謂ＩＣ的前身。聽到這個消息，我雀躍地想著要回日本實現長久以來的願望——開設半導體工廠。當時，社長十分器重晉升為製造主任技師的我，可說是我的大恩人，但我已過三十歲，不得不鼓起勇氣，戰戰兢兢地向社長表達心中的意願。

令我驚訝的是，社長二話不說地贊成。他拍拍我的肩膀說：「原以為你會更早開口。」

當下我才曉得，社長答應讓我進公司時，就有設立科普羅度日本分公司的念頭。

那時以電晶體為首，美國輸出半導體器材至日本的數量非常龐大。當然，日本的半導體研究也頗盛行，且已著手製造，不過一般仍認為美國製的品質較好，因此幾乎都使用進口的電晶體。

科普羅度的社長認為，出貨到日本的同時，若能在當地直接生產製造也不錯。「日本短期內便會發展為巨大的半導體市場，得先想辦法提競爭力才行。」社長這麼告訴我。但我任性地回應：「我不是要設立科普羅度分公司，而是生駒工廠。不只製造科普羅度的商品，我也想以日本人的身分，開發適合日本人的新產品。」

往後幾個月，社長和我經過多次討論，最後達成共識，生駒電子工業公司將成為科普羅度的代理廠。

對我而言，這是何其幸運。新公司若缺少科普羅度的後援便有天壤之別，即使在日本生產電晶體，也無法在市場上占有一席之地。能夠販售科普羅度的產品是我求之不得的事。當然，說是科普羅度的產品，實際上卻是由我的工廠製造。

昭和三十五年，我滿懷希望地回到日本，在東京品川區創立生駒電子工業公司。慎吾，那是你出生前三年的事。而我結識千賀子並決定結婚，則是公司剛上軌道的時候。

起初，公司所有業務就是製造及販售科普羅度的產品。表面上雖以自己的名義營運，但說到底只是科普羅度的日本代工廠，不過公司也因此打下穩固的基礎。

半導體的時代來臨，而我們剛好搭上這股熱潮。電晶體、ＩＣ、二極體等需求量都有逐年增加的趨勢。原先僅有五人的生駒電子，至三〇年代末已增為十八人。慎吾，後來你的出生，便讓我彷彿置身人生的顛峰時期。

由於員工擴增，品川的工廠顯得更為狹小，我計畫在栃木縣建一座大規模的ＩＣ工廠。然而籌備中，卻收到一則令人措手不及的消息。

昭和四十年代初期，美國科普羅度的產品接連發生問題，事故與故障頻傳，研判是其製造的雙極電晶體積體電路（Bipolar IC）異常所引起。此外，因工廠的品管不佳，市面上還發現大量不良品。

科普羅度的市占率急遽萎縮、陷入低潮，生駒電子工業公司亦受到波及。

科普羅度的產品在日本的銷售量也和美國一樣跌至谷底，無論再怎麼向客戶保證生駒電子的產品一定沒問題，客戶仍執意取消訂單，退貨量也瞬間暴增。

而後，昭和四十三年六月，科普羅度的社長稍來最後通告，表明將退出日本市場。「看來不承認徹底敗北不行」，他這麼向我說道。

但我認為不該就此放棄。

我告訴全體員工：「不能再依賴科普羅度，生駒電子必須打造出屬於自己的產品。」事實上，生駒電子具備足夠的實力，因為我們擁有最好的半導體製造技術。

不久，電腦也邁入ＩＣ時代，各廠無不競相販售桌上型電腦。為重振生駒電子，我打算推出自製品牌的電腦，即使投入所有財產也在所不惜。為此，不得不中斷栃木縣工廠的建設計畫。

不少企業亦對我們伸出援手，其中規模最大的是相機製造商里卡德。對方提議合併，似乎早有意加入電腦開發的競爭行列，因而需要生駒電子的技術。

只是，考量到雙方的規模，我突然陷入猶豫。表面上雖說是合併，我們其實是遭吞噬的一方。如果是電腦製造商也就罷了，對方卻是以相機聞名，我非常不甘心。

於是，我將科普羅度退出日本市場一事，視為生駒電子真正成為名實相副企業的契機。若求助里卡德，往後便永遠不可能獨立。

為提振員工士氣，我把身家財產全抵押給銀行，東挪西借後籌到五千萬資金，並在所有員工面前出示這筆金額的支票。

「我以性命擔保，這些錢雖不足以興建新工廠，卻能帶來轉機。科普羅度的力量已不存在，我們得自食其力重新開始。這需要所有人的支持，希望大家能跟隨我。」

這是一場鼓舞士氣的演說，二十一名屬下認同了我的話。

豈料不到一個月就發生那件事，歹徒綁架你並要求五千萬的贖金。那正是我賭上一切，宣誓決心的保證金。

5

我似乎有些離題，讓我們回到九月九日那天。

我和千賀子等待著犯人的聯絡。我將走廊上的電話拿到客廳，警方已為其裝上錄音裝置，隨時有三、四名刑警輪班待命。大夥很少交談，只緊盯著靜悄悄的電話，氣氛相當凝重。

天黑之後，歹徒才連續打來兩通電話。

——爸爸！

突然聽到你的聲音，我不禁緊握話筒，千賀子一副受到驚嚇的樣子，隨即湊近。

「慎吾，你還好嗎？」

——叔叔叫我打給你們。

千賀子搶過話筒。「小慎，聽得見嗎？」

——媽媽！

「啊啊，小慎，媽媽對不起你。」

——沒關係，我不害怕。

「有好好吃飯嗎？」

——嗯，我剛才吃過泡麵。

「有沒有挨打?」

——沒有,只是有點寂寞,就一點點而已。我肚子都沒餓著喔。

「別擔心,很快就能回家,我們馬上會去接你。」

——什麼時候呢?

我推開千賀子。「慎吾,你在哪裡?」

——不曉得,我的眼睛被蒙住了。

「眼睛被蒙住?帶走你的人在那裡嗎?」

話筒傳出嗶的一聲,電話倏地切斷。

「喂!慎吾!慎吾……」

我身旁的千賀子忍不住哭起來。

我不該貿然這麼問,歹徒當然在旁邊,他不可能讓慎吾亂說話。

聽到歹徒蒙住你的雙眼,我的神經彷彿遭根根撕裂。

我無力地將話筒遞給一旁的刑警,跌坐在榻榻米上。

間隔十分鐘左右,鈴聲再次響起,我飛快地拿起話筒。

「喂!」

——生駒,你家裡果然有警方的人。

「不,只有我和千賀子。是真的,請相信我。可否再讓我跟慎吾講講話?」

——聽聽聲音就夠。我們換地方了,總覺得你好像在搞什麼鬼,還問小孩地點。

「不是的，我這麼問也是人之常情啊，我純粹是擔心孩子，絕不會報警。」

——別忘記你這句話。你決定要付五千萬嗎？

「到哪裡交付贖金，你才會放慎吾回家？」

——你打算付錢嗎？

「你真的會將慎吾還給我吧？」

——你遵守約定的話，我也會守信。

「要送到什麼地方？」

——錢備妥沒？

「我馬上就能籌到。」

——喲，真了不起啊。聽好，我不會說第二次。

「是。」

——我要你將五千萬換成金塊。

「金塊？」

我驚訝地複述，只見幾名刑警抬起頭。

——沒錯，五千萬應該可以換到七十五公斤的金塊。

「七十……呃，七十五公斤的金塊嗎？」

——沒錯，別讓我一直重複。全都要一公斤的金塊，總數七十五。

「但為什麼要換成金塊？」

——避免你耍花樣。

「耍花樣……可是，我不敢保證能立即籌到七十五公斤的金塊。」

——你沒問題的，快想辦法，手腳愈慢就愈晚見到兒子。我會再打給你。

「啊，請等一下，湊齊金塊後……」

歹徒掛斷電話。

我看向一旁的堀內先生，他皺眉望著我喃喃低語：「金塊？」

「警官，我沒買過黃金，怎麼做比較好？」

「你籌得到五千萬嗎？」

「嗯，我為公司預備了一筆錢。當然，這不是公司的資產，而是我以個人名義借來的。」

「……」

我覺得自己實在很沒用。你被蒙住雙眼，不但只能吃泡麵，還飽受驚嚇。你那句「只是有點寂寞，就一點點而已」一直殘留在我耳裡。

「你真的打算準備金塊嗎？」

聽見堀內先生的問話，我詫異地看著他。「當然，那男人不是這麼交代嗎？」

「唔……」

「假如慎吾能回來，付再大的代價我都願意。難道警官認為我不該把金塊交給歹徒？」

「不，我不是這個意思，只是五千萬不是一筆小數目。」

「那是我的小孩，你也聽到他說感到寂寞吧？」

「我明白了。」堀內先生點點頭。
「眼前最重要的是如何籌到金塊。」
「唔，應該得用買的吧，我不是很清楚。一般的交易，真能買到七十五公斤的金塊嗎？」
「我心裡有底，會去試試看，總之必須盡快準備……」
刑警帶著複雜的表情離開我身邊。
我內心非常焦慮。刑警在想些什麼，對我而言並不重要。目前為止歹徒共打來四通電話，但每次都因通話時間太短，沒能成功追蹤到信號來源。仰賴警察是沒用的，得靠自己才行。只有我才能救出慎吾。
「七十五公斤的金塊要怎麼搬啊？」
另一頭的刑警這麼說著。

6

在此之前我還不曉得，昭和四十三年那個年代的黃金價格不同於現行的浮動制，每公克固定是六百六十圓。這項制度維持到四十八年的二月。
就像歹徒所說的，五千萬圓與七十五公斤的黃金幾乎等值。七年過後，黃金每公克已超過一千四百圓，如今七十五公斤的金塊價值一億圓以上。雖然不知你何時才會讀到這份手稿，但到時價格應該會更高吧。

當時，市面上從事黃金交易的大盤商共有十五家，我另外查到一些百貨公司也兼營一般的黃金買賣，便趕緊聯絡在三越百貨公司外商部任職的朋友。他立刻介紹一家黃金物料供應商給我。

然而，我要購買的量大得驚人，普通情況下不太可能一下子買到七十五公斤的黃金。為消除對方的疑心，我只好據實以告。

我拜託堀內先生，希望能由警方居中協調。好不容易籌到七十五公斤的黃金時，已是兩天後的十二日。我記得很清楚，那是星期四的早晨。

兩天中，歹徒打來五次電話，連先前共是九通。這幾次聯絡大都只是簡短地詢問我金塊準備好沒。

一公斤的金塊看上去就像小巧克力板。堀內先生借走一塊進行測量，金塊寬五公分，長十一公分，而厚度僅七、八公厘。

「一塊巧克力竟要價六十六萬圓……」堀內先生嘆道。

金塊雖只有手掌般大小，拿起來卻相當有分量。七十五塊一公斤重的金塊堆在一起散發出的美麗光澤，我實在沒心情欣賞。在刑警的戒護下，原料供應商開車將金塊運送到家裡，七十五塊金塊排放在客廳桌上。從那時起，便衣警察的數量增加一倍。原料供應商的營業部長低著頭，默默接下我的支票。

「這些黃金我們無論何時都願意以相同金額贖回，由衷希望您的孩子能平安歸來。」部長懇切地說完後低頭致意。

十二日上午十一點左右，歹徒第十次打電話到家裡，這也是最後一通電話。我告訴歹徒，金塊已備妥。

——是真的黃金吧？

「當然！我從沒想過以贗品魚目混珠。」

——好吧，我相信你。只是你要有心理準備，黃金到手後我會再次確認，如果是假的，你就再也見不到孩子。

「全是真貨，而且就在我身邊。請讓慎吾聽一下電話。」

——他還在睡，昨天好像很晚才睡。

「他在旁邊嗎？」

——不在這裡，我在稍遠的位置打電話。

「我要將金塊運到哪裡？」

——七十五公斤的金塊你一個人是搬不動的，還得有兩個人幫忙。不過，必須是我指定的人。

「誰？」

——你公司有個叫間宮的吧？

「間宮？有的。」

——還有一個叫鷲尾的。

「嗯，你認識他們嗎？」

——我認得他們的長相。假如出現你和那兩人之外的人，我會殺掉小孩。

「間宮和鷲尾是吧？我知道了。那金塊要送到什麼地方？」

——我看看，依現在的時間，一點鐘的班次比較恰當。

「一點鐘的班次？」

——搭一點鐘的新幹線，班次名稱是HIKARI 25號。

「HIKARI 25號？」

——沒錯，坐到新大阪站，換車……等一下。

電話另一頭傳來翻頁聲。

——有一班到宮島的快速車，搭那班去神戶。

「神戶？」

——對。下午五點三十一分抵達後，出神戶站北口，走到多聞大道上的「橘」咖啡廳。

「等等，要把金塊運到神戶嗎？」

——不要讓我說第二次。

「那就是出神戶車站北口後，直接前往多聞大道上的『橘』咖啡廳？」

——沒錯。

「慎吾會在那裡等我們嗎？」

——去就對了，先交出金塊再說。記好發車時間，就這樣。

「啊，等一下……」

歹徒掛斷電話，我一時感到慌張。

刑警也忙碌起來。堀內先生抓著我的手腕問：「剛剛歹徒指名的間宮和鷲尾是誰？」

「間宮在我公司負責設計產品，鷲尾則是製造部門的主管。」

「告訴我兩人的全名。」

「間宮富士夫、鷲尾綱行。」

「歹徒指定這兩人，你知道為什麼嗎？」

「唔……」我實在想不出原因。

之後據搜查本部調查，某週刊採訪過做為先端產業推手的生駒電子工業公司，並刊登照片。

雜誌上除社長生駒洋一郎外，同時載明間宮富士夫和鷲尾綱行的全名及照片。由於內容未提及其他員工，警方推測歹徒可能看過這則報導。

歹徒指定的是一點鐘發車的新幹線，時間太過緊迫。我趕緊打電話到公司，要間宮和鷲尾到家裡來。

在那之前，我不曾向公司任何人提及你被綁架的事，僅以奶奶身體不好為由請長假。我從沒休過假，員工非常擔憂，紛紛表示想來探病，但全遭我婉拒，大家一定百思不解吧。

不久，間宮和鷲尾開車過來。兩人看到滿屋子的便衣警察及桌上的金塊，訝異得好一陣子說不出話。然而，更讓他們難以置信的是你遭歹徒綁架的消息。

「為什麼指定我？」

間宮聽到歹徒指名他時，面頰微微顫動。

「社長……」

鷲尾不由得抓住我的手腕。

7

我以二十五塊為單位，將金塊分別放入三個提袋。而後我們便開車前往東京車站，由鷲尾駕駛，間宮坐在副駕駛座，我則在後座看守提袋。千賀子也想同行，但我提醒她歹徒只允許三個人去，留她在家裡。

我們前後各跟著一輛偽裝成普通轎車的警車，還有一名刑警縮著身體躲在後座下方。

這趟運送的可是七十五公斤的金塊，路程中絕不能有任何閃失。刑警的隨行不單是為我們與歹徒碰面那刻做準備，另一方面也為了保護金塊。既然歹徒要我們前往神戶，應該不會留在東京繼續監視，不過審慎起見，警察決定低調行動。感謝他們設想得如此周全。

實際上，我們也無法完全排除受歹徒監控的可能性，因為當初綁架你的至少有兩人。或許其中一人在神戶等候，另一人待在東京負責監視。歹徒異常神經質，不時懷疑我是否已報警。若歹徒看到警察……想到這點，我便感到極度不安。

這時，警方已將生駒慎吾遭綁架視為頭要案件。人命關天，加上七十五塊金塊的存在讓搜查過程充滿緊張的氛圍。

警視廳同時向兵庫縣警局請求支援，因此生駒洋一郎等人出發時，神戶市楠町的「橘」咖啡廳周圍早已暗中布下天羅地網。

此外，考量到生駒洋一郎等人抵達神戶前與歹徒接觸的可能性，全程都有警察埋伏戒護。

出發後，間宮和鷲尾幾乎沒開口，我也默不作聲。我大概猜得到他們在想些什麼。這回除了救出遭歹徒綁架的你之外，還牽涉到另一層面——那就是我身旁的三袋金塊。

倘若我順從歹徒的要求，交付五千萬贖金，生駒電子工業公司就等於走到盡頭。之前我也提過，這五千萬是生駒電子工業公司重新起步的重要資金。

你很黏間宮和鷲尾，對常到家裡來的兩人應該不陌生吧。他們會這麼疼愛你，並不是因為發生那件不幸事。昨天間宮到醫院探望我，鷲尾則一星期會來個一、兩次，兩人與其說是我的屬下，倒不如說是好伙伴。

鷲尾比間宮早一年進公司，我和他都曾待過電氣通信省，他是晚我兩年的後輩。雖然他沒去過美國，但與我一樣畢生都貢獻在研究及製造半導體上。

鷲尾綱行徹底檢討我從科普羅度帶回的技術後，更進一步改良生產線，生駒電子的產品也才能順利獲得顧客的信賴。尤其是ＩＣ製造過程中最重要的單晶體切割技術改良，缺少鷲尾根本不可能成功。

另一方面，間宮是先端半導體研究的開拓者，他在京都大學研究室時才能便廣受肯定。他聽說我在製造科普羅度的產品，有次來東京時順道到我的工廠參觀。這和我進科普羅度的情況有點類似，只不過當初我是毛遂自薦拜託社長，而間宮則是我主動延請。

之後，間宮投注相當大的熱忱在提高ＩＣ的集積度上。我不知道你是否了解，ＩＣ大致分為「Bipolar IC」和「MOS・IC＊」兩種。當時日本生產的大體上都是Bipolar IC，速度快卻非常耗電，製造成本相對偏高。相較之下，MOS・IC速度雖不快，但耗電量低，容易提高每個晶片的集積度，且成本較低。

那時日本幾乎沒有能生產高品質MOS・IC的廠商，正巧我的公司剛完成MOS・IC生產線。間宮很是激動，因為他打算提高ＩＣ的集積度，研發通用各領域的高集成電路。即使如今看來，間宮當年所提出的產品構想仍非常新穎先進。

昭和四十七年，美國英特爾公司（Intel）發表四位元微處理器，緊接著日本電氣公司也在一年後開發出相同的東西。只不過，早在昭和四十年代初期，間宮便向我提過微處理器的概念。簡單來說，它不同於以往僅有固定功能的積體電路，而是一種泛用型的晶片，能隨程式改變迴路以達到各種用途，稱得上是劃時代的產品。

昭和四十三年的夏天，你被綁架時，間宮即將完成以此概念為基礎所設計的微處理器。我們試作不下百枚晶片，一旦成功，便會成為栃木工廠的第一項產品。

不只負責設計的間宮，我和鷲尾也拚命想完成。雖然科普羅度公司退出日本市場一事曾威脅生駒電子公司的存續，但重新振作的好時機眼看就要來臨。

儘管鷲尾和間宮沒說出口，然而望著裝著七十五塊金塊的提袋時，內心想必相當絕望吧。

歹徒勒索五千萬，等於要我放棄一切。

我們三人各自捧著提袋坐上HIKARI 25號，一路上完全沒有交談。

8

歹徒為什麼特意指示將五千萬換成金塊呢？搭新幹線前往新大阪的三個多小時裡，我一直思考著這個問題。

——為了避免你耍花樣。

那男人是這麼說的。意思是紙鈔方便動手腳嗎？或許歹徒擔心警方記下紙鈔編號，但若指定交付五萬張千圓舊鈔，要一一監控談何容易。

然而，我最難以理解的一點是刑警也提過的，歹徒究竟要如何搬運重達七十五公斤的金塊？歹徒表示要三個人運送贖金，換句話說，他們那邊也會有三個人現身嗎？

指定交付五千張萬圓紙鈔是最單純的方式。不但體積不大、重量也輕，不需要三個人搬運，一個人就綽綽有餘。

＊　即MOSFET IC，金氧半場效電晶體積體電路。

而且，歹徒還要我們送到神戶……

當然，黃金事後可加工處理。我在電影還是哪裡看過，黃金如果做成擺飾品，再噴上石頭顏色的油漆，單從外表是很難分辨出來的。況且黃金還有可切割販售的優點，能暗中一點一點地處理掉。即使在金塊上做記號，一旦熔化就什麼也看不到了。

這做法確實較保險。

但這都是金塊得手之後的事，對歹徒而言，風險最大的應該是交付贖金的那一刻吧。

我不認為歹徒會毫無理由地要我們將贖金換成金塊。若非經過深思熟慮，不會下達這樣的指示，還指定送到神戶。在東京綁架你，卻在神戶接收贖金……無論怎麼想，我都猜不透歹徒的用意。難道歹徒是神戶人？不，應該沒這麼單純。

數名便衣刑警亦搭上這班新幹線。所以，不時會有之前見過的刑警假裝要去洗手間，從我們座位旁邊經過。

我想，即使歹徒搭乘同一班新幹線，也不可能和我們有所接觸，因為他無法從行駛中的列車上逃逸。這班列車沿途只停靠名古屋和京都兩站。

只不過，我覺得其中一項指令很奇怪，為什麼抵達新大阪後，要改搭開往宮島的快速車？

下午一點發車的 HIKARI 25 號預計在下午四點十分抵達新大阪。為確認換車時間，我查閱時刻表，發現從新大阪前往宮島的快速車下午四點五十二分出發，五點三十一分到達神戶。為何歹徒要指定那班開往宮島的快速車？

如此一來，我們得在新大阪等候四十二分鐘。這段期間，由新大阪開往神戶的普通列車有三班。或許趕不上下午四點十一分往播州赤穗的列車，不過另有二十六分往上郡，及四十一分往西明石的列車。要是往宮島的快速車較快抵達神戶我還能理解，但那兩班普通列車都會先抵達，其中往上郡的列車甚至早了三十分鐘。

一般來說，歹徒會希望盡快拿到贖金，若金塊能早三十分鐘到手不是更好？

然而，歹徒卻指示我們搭乘往宮島的快速車，難道其中另有隱情？

我聯想到的只有抵達新大阪後那四十二分鐘的等待時間。歹徒煞有其事地要我們前去神戶的「橘」咖啡廳，實際上是打算在新大阪取走贖金，搞不好對方會趁我們等候列車的空檔要求交出金塊，這也不無可能。

警方也考慮到這點，所以自我們抵達新大阪後，周遭便有員警交替嚴密戒護。只是，我反而擔心歹徒起疑。

新幹線停靠在第二月台，我們爬上爬下地前往在來線*列車的月台。候車時，我們抱著沉重的提袋左顧右盼。

「社長，」間宮突然輕聲叫道：「為什麼不早點告訴我們？」

聽起來雖不像責備的口吻，但鷲尾馬上搖著頭對他說：「間宮，換成你是社長，你會怎麼做？」

「…………」間宮沒再開口。

---

* 日本鐵路用語，意指新幹線以外的所有鐵道路線。

「很抱歉。」我只能對他們如此說道。

歹徒終究沒在新大阪現身，於是我們搭上下午四點五十二分開往宮島的快速車。

9

列車準時在下午五點三十一分抵達神戶。

當時我心焦如焚，幾乎失去思考能力，只想盡速把三個提袋交給歹徒。我一直以為對方會在指定的咖啡廳交還你，加上我們午後才從東京出發，到站時已接近傍晚，我直覺認定這家店就是終點，未料這想法太過天真。

「橘」是家頗有規模的雙層樓咖啡廳。我們推開玻璃門進入店內，一時不曉得該坐哪裡而不知所措，我只好不斷地找尋你的身影。

女服務生說著「這邊請」為我們帶位，我搖搖頭問道：

「二樓有位子嗎？」

「有的，請從這邊的階梯上樓。」

在女服務生的示意下，我們走上櫃檯旁的階梯，可是二樓也不見你的蹤影。

「社長。」間宮在我耳邊低聲道。「坐樓下比較好吧？說不定歹徒也在找我們……」

「啊，嗯，有道理。」

我們不顧一臉狐疑的女服務生，再次走回一樓。

歹徒或許就在這些客人當中。對方認得我們，因此我特地揚起臉。為了讓歹徒從任何角度都能看見，我們走至中間的空位。

我們將提袋放在腿上，二十五公斤的金塊沉甸甸地壓著膝頭。這時女服務生送上咖啡。

我瞥向手表，接近五點四十五分，牆上時鐘也顯示相同的時間。店裡坐滿八成，一桌桌望去，便衣警察說不定也混在其中，但我盡量不多想這件事。

「請問生駒先生在嗎？櫃檯有您的電話。」

聽到服務生的廣播，我隨即站起來。間宮和鷲尾也隨我走向櫃檯旁的電話。

我拿起暫放一旁的話筒，深吸口氣。

「我是生駒。」

——聽好，走到一樓最裡面左邊角落的座位。

「最裡面左邊？」

我轉頭望去，只見一對年輕男女坐在那裡聊天。

——桌子下方貼著一塊膠布，撕下後會看到一把鑰匙。那是神戶車站剪票口旁投幣式置物櫃的鑰匙。去看置物櫃裡的東西。

歹徒只交代這幾句便掛斷電話。

我向間宮和鷲尾轉述通話內容後，迅速走向最裡頭的座位。那對情侶疑惑地望著我們問道：「有什麼事？」

「抱歉，東西忘在桌下。」

「東西忘了拿？」

我一鑽進桌底，那女孩便大喊：「你們到底在幹嘛！」男孩立刻起身抓住我的肩膀，我沒理會，逕自探看桌子內側，上頭果然貼著一塊膠布。

「喂，大叔，快住手。」

男孩按住我的肩膀，我整個人跌坐在地板上。間宮上前制止男孩說：「抱歉，這麼做是有原因的，只要一下子就好，不會打擾太久。」

「喂，誰快來幫忙啊！」

女孩大叫，但我仍專注在膠布上。撕下那塊摸起來凹凸不平的膠布，鑰匙就黏在上面。

「真的很抱歉。」

我向那對情侶低頭致歉，把帳單交給聞聲趕來的服務生。

「請結帳。」

店內所有客人的目光都聚集在我們身上。付完帳，我們走出「橘」，返回神戶車站。

警方事後曾詳細調查「橘」咖啡廳那張黏著鑰匙的桌子，及神戶車站剪票口旁的四十九號置物櫃。

生駒洋一郎抵達前，歹徒已先在一樓最裡頭的左側座位桌下黏上投幣式置物櫃鑰匙。警方耗費不少時間反覆訊問服務生與客人。

據當天的帳單明細顯示，開店後有十五組客人坐過那座位，雖掌握到其中三組熟客的身分，卻查不出任何與歹徒相關的線索。

另外，警方也拚命找尋投幣式置物櫃的目擊者，但仍徒勞無功。

而在桌子、投幣式置物櫃、鑰匙及膠布上採集到的指紋，都無法成為有力的證據。

投幣式置物櫃內擺著中型瓦楞紙箱和縫有小熊圖樣的黃背包，紙箱以膠帶封住。我拿起背包。

你上幼稚園時總會揹小熊背包，歹徒綁走你那天也是如此。

「慎吾……」

我在投幣式置物櫃前打開背包，裡面放有三張船票與一張折起來的紙。攤開那張紙，只見上頭以片假名打字機打出一連串文字。

ハコ　ハ　マダ　アケテハ　ナラナイ.
イソイデ　ウオザキ　ノ　ハンキュウ=フェリー　ノ　ノリバ　ヘ　イケ.
19ジ　ハツ　ノ　コクラ　イキ　ノ　ジョウセン　テツヅキ　ヲ　セヨ.
ジカン　ハ　ホトンド　ナイ.
ハコ　ハ　フネ　ノ　ヘヤ　ニ　ハイッテ　カラ　アケロ.
ソノマエ　ニ　アケタリ　ケイサツ　ニ　タスケ　ヲ　モトメタリ　スレバ　コド

モ　ハ　コロス.

（現在還不能打開箱子，
趕緊到魚崎港口阪九渡輪登船處，
辦理晚上七點出發前往小倉的乘船手續，
時間緊迫。
等進船室才可拆箱。
在那之前開箱或向警察求助，
我會殺掉小孩。）

「船？」
鷲尾盯著信喊道，間宮看看手表。
「晚上七點出航，那就只剩一個小時左右，乘船手續應該開始了吧？」
「走吧。」
我旋即招來停在車站前的計程車，將金塊提袋交給鷲尾，再從投幣式置物櫃裡抱出紙箱。

10

歹徒預先準備好神戶魚崎港往小倉日明港的長程頭等艙船票。那是我生平第一次搭渡輪，事後我才知道，這艘渡輪一個月前才開始營運。

我猜不透歹徒究竟在盤算什麼，滿懷不安地抱著歹徒下令登船前不得打開的紙箱。唯一確定的是歹徒很擔心警方介入，才會將我們呼來喚去。若在我們的行動中察覺警方介入的跡象，對方一定會停止交易。我非常後悔當初於情急之下報案，可以的話，我很想向堀內先生說「請你們回去吧」，但他的身影一直沒出現。

搭渡輪到九州……

為什麼要我們做這種事？難道慎吾在小倉？

抵達阪九渡輪的登船處時，乘客已陸續上船，我趕緊到服務窗口。

我邊辦理手續，邊確認抵達小倉的時刻。預定隔天九點三十分抵達。

航程十四個半小時——明早以前我都見不到慎吾嗎？為何要讓我等這麼久？我內心煎熬難耐。

我們穿過登船處二樓的等候室，走向登船板，按服務人員的指示上樓，進入B層甲板最深處的頭等船室。甲板共有三層，由上而下依序為A、B、C層。我們分配到的船室隔成放有兩張床的雙人房和單人房。兩間格局都十分狹窄，我們選擇聚在較寬敞的雙人房。

「箱子呢？」

在鷲尾的催促下，我趕緊將紙箱放上床，撕下膠布。間宮也從旁幫忙。

當我正要打開箱子時，突然傳來敲門聲。我們嚇了一跳，全望向門口。鷲尾心驚膽戰地開門，只見一名身穿制服的男服務員站在走廊上。

「堀內先生……」穿著船員制服的堀內刑警走進船室。

「警官，如果歹徒看見……」

堀內先生點頭。「這我明白，我會謹慎行事，請放心。歹徒似乎很神經質，我不會故意惹惱他。」

而後，堀內先生看向紙箱，動動下巴示意。

我點點頭，取出箱子裡的東西。

「這是什麼？」間宮喃喃自語。

箱裡放著一台小型錄音機、雙面總長一小時的卡式錄音帶四卷、八個一號電池及一張以片假名打字機打出的便條紙。

テープ　ニハ　オンガク　ガ　ロクオン　サレテ　イル.
トコロドコロ　オンガク　ガ　トギレテ　コエ　ガ　キコエル.ソノ　コトバ　ヲ
ノコラズ　カキトレ.
スウジ　ノ　アトニ　コトバ　ガ　ツヅク.コトバ　デ　タイセツ　ナノハ　サイシ

ヨノ　1モジ　デアル．4ツ　ノ　テープ　ヲ　キキオエタラ　スウジ　ノ　ジュンジョ　ニ　コドバ　ヲ　ナラベカエ　サイショ　ノ　モジ　ヲ　ツヅケテ　ヨメ．

ソレガ　ツキ　ノ　メイレイダ．

ナヲ　サイショ　ノ　モジ　ガ　「ム」　デアル　バアイ　ハ　ソレヲ　「ン」　ニ　ヨミカエルコト．

（錄音帶裡錄著音樂。

每個音樂中斷處會出現說話聲，將內容一字不漏地寫下。

每句話都接在數字後面，最重要的是各句首的單字，聽完四卷錄音帶後，依數字的順序排列這些話語，再念出第一個字，那便是下一道指令。

另，若第一個字是「ム」（MU），要替換成「ン」（N）。）

「這是什麼意思？」我不禁開口問道。

「總之先聽聽看吧。」間宮說著拿出錄音帶。上頭什麼也沒寫，看來沒有先後順序。

間宮將最上方的帶子放進錄音機，按下播放鍵後，傳出強而有力的管弦樂演奏曲，間或穿插著鋼琴聲。

「…………」

我們不禁面面相覷。

「這是柴可夫斯基的音樂吧？」堀內先生說道，我轉頭望向他。
「你說什麼？」
「柴可夫斯基，你不知道嗎？這是《第一號鋼琴協奏曲》。」
「…………」
我對音樂一竅不通，雖然聽過柴可夫斯基這個名字，但他曾作過什麼曲子，我完全不知。
——五。
音樂猝然中斷，我聽見女人的話聲。
——酒窖中的葡萄酒。
女人接著說，而後樂聲再度響起。
我皺起眉頭。「酒窖中的葡萄酒？」
「也就是指『さ』*嘍？」　鷲尾神情不安地應道。
堀內先生拿出隨身記事本，寫下「5－さ」。
「歹徒為何要我們做這些事？」
「大概想爭取時間吧。」間宮回道。
「爭取時間……」
「這是總長一小時的錄音帶，共有四卷，全部聽完至少得花四小時。現在差不多七點，渡輪即將出航，等於在十一點之前，我們必須將時間耗在這些膠卷上，這就是歹徒的用意吧。」
「但這樣對歹徒有什麼好處？」

間宮搖搖頭。「我不清楚。」

此時，音樂再度中斷。

——八、七。

女聲如此說道。

——高級蛋糕。

接著又回到樂聲。

「所謂的八、七，應該是八十七吧？而高級蛋糕是指『じ』**。」

堀內先生自言自語地記下。

「發音相當準確呢。」鷲尾向我說。

「應該是從哪裡錄下的吧。」

然而，對我來講這些都不重要。

我坐立難安，那莊嚴的音樂直讓我不舒服。看著不斷旋轉的錄音帶，我不禁緊咬嘴唇。

如同間宮所言，一切不過是歹徒為爭取時間布下的局。由於得按每句話前面的數字順序排列，沒聽完根本猜不到歹徒下一個指令。湊齊所有數字前，我們記下的僅是不具意義的文字。

---

* 酒窖的原文「酒蔵」，讀音為さかぐら，因此第一個音是さ（SA）。

** 高級的原文「上等」，讀音為じょうとう，因此第一個音是じ（JI）。

不光這些錄音帶，歹徒不准我們搭乘能提早抵達神戶的列車，反倒特地指定往宮島的快速車，目的也是要讓我們沒有多餘的時間反應。直到最後一刻才給予指示，我們根本無暇思考就搭上這艘渡輪。

這時，我才驚覺歹徒竟設想得如此周到。

據警方分析，錄音帶裡的音樂是從市售唱片錄下來的。這是柴可夫斯基作曲，赫伯特．馮．卡拉揚指揮，維也納愛樂管弦樂團演奏的《降B小調第一號鋼琴協奏曲，作品23》。四卷錄音帶重複播放著這首曲子。

穿插其中的女聲則取自薄型塑膠唱盤《朗讀／世界童話》。這張唱盤搭配繪本一起販售，其中收錄由L. Leslie Brooke繪製的〈金鵝〉和〈三隻熊〉。

而數字部分也從同系列的朗讀繪本《各式各樣的數字》中擷取。

在我看來，這簡直像齣鬧劇。音樂間穿插的淨是「肚子咕嚕咕嚕叫」、「這樣應該會變聰明點」、「很久很久以前」之類的句子，清脆女聲的口吻彷彿對著小孩子說話。句子間距很大，有時兩、三分鐘就會聽到，有時等了快五分鐘才聽見。

「如果能節省時間……」間宮緊盯著錄音機說道。

「節省？」

「我來試試。」

間宮隨即按停，打開錄音機外殼察看內部。他從橡皮軸和動力軸之間拉出磁帶，使其脫離轉軸控制，接著按下播放鍵，直接以手轉動錄音帶。喇叭傳出吱吱嘎嘎的樂聲，音色瞬間改變。這時間宮停手，倒轉一小段後再置回磁帶，重新播放。

——五、三。毫不猶豫地前往森林。

女聲如此說道。

「這樣比較快，歹徒一定認為我們無法在十一點前解讀出錄音帶的內容。若能多爭取時間，或許就能及早看穿歹徒的詭計。」

「間宮，做得好！為什麼我沒想到呢？」鷲尾附和道。

多虧間宮，我不用把那令人難以忍受的柴可夫斯基音樂從頭聽到尾。我們輪流操作磁帶，九點多便完成聽寫，記下多達一百四十個文字。

換句話說，我們共花兩個小時解讀這一百四十字的指令。

11

我重新審視堀內先生記下的文字，並依號碼排列，結果如下：

にじゆうさむじさむじゆうふむにつぎのしじおじつこうせよしいでつきのにとうせ
むしつみぎおくいこましむごのなまえいりあかいかばむありかばむおせむしつにも
ちかえりなかおあらためよじこくいぜむにかばむにておふれるものあればけいさつ

とみなしとりひきはちゅうしするしむごのいのちはないとおもえ

將「む」(MU)換成「ん」(N)後，重新整理一次，便完成這段文章：

晚上十一點三十分時，依以下指示行動。C層二等船室右邊最深處放有寫著「生駒慎吾」的紅色提包，將提包拿進船室打開。假使有人在指定時間前取得此提包，我會認定他是警察，立即中止贖金交付，小孩也會沒命。

我看看手表，剛過九點十五分，距離拿提包的指定時間還有兩個多小時。

堀內先生讀完歹徒的訊息，對我們行禮致意後便走向門口。我連忙拉住他問：

「那麼，我先告辭。」

「警官，你要去哪？」

「我必須做些安排。」

「可是，如果有人碰那個提包……」

堀內先生點點頭，將手放在我的肩膀上。

「別擔心，我不會動提包。當然，我也不會對歹徒唯命是從。」

「那你想指示屬下做的是……」

「這個。」

堀內先生指著根據錄音帶寫下的文字。
「從內容可確認一點，歹徒應該躲在C層二等船室附近。」
「啊……」我不自覺地望向刑警。
「歹徒間接洩漏了藏身之處。在救回慎吾前，即使發現歹徒的蹤跡，我也不會貿然採取行動，但我得為後續行動做準備。」
接著他又補充：
「生駒先生，請先待在這裡不要離開。多虧間宮先生的機智，好不容易爭取到兩個小時。歹徒一定認為你們還在聽錄音帶，我想有效運用這段時間。倘若紅色提包尚未出現在指定地點，那麼等歹徒行動時，就能窺見他的真面目。」
堀內先生說完便走出船室。
我覺得他的話有道理。
歹徒應該在這艘渡輪上，雖然慎吾也在船上的可能性極低，但不能說完全沒有。一想到你懷抱著怎樣的心情等待爸爸去救你，我就難以忍受。我很想追在堀內先生後頭，呼喊著你的名字來回找遍整艘船，然而這是不可能的事。
渡輪維持長周期性地搖晃，朝九州方向前進。我的身體已習慣一路上的微弱晃動。我不清楚渡輪目前航行到何處，因為我們一上船便直奔這間船室，不斷聽著柴可夫斯基的錄音帶，連渡輪長什麼樣子都沒印象。
「究竟想做什麼……」鷲尾在床緣坐下喃喃地說。

「什麼意思？」

「我是指綁匪。」鷲尾朝錄音機抬抬下巴。「原以為歹徒要我們解讀的暗號裡會有指引交換慎吾的訊息，但這次竟又冒出一個紅色提包，真不曉得為何要故弄玄虛。」

「這一切應早有預謀。」間宮在鷲尾身旁坐下說道。

「預謀？」

「歹徒事先便策畫好如何利用慎吾換取金塊。包括新幹線和前往宮島的快速車，以及這艘渡輪、錄音帶、提包，都事先備妥。錄製這樣的帶子也要耗費不少工夫。」

「歹徒接下來會怎麼做？這裡可是船上，取走金塊後也無處可逃啊。」

「你為什麼如此肯定？」

「為什麼……船外就是漆黑的大海呀。」

「若有同夥，大可備好船隻，到時跳入海中遁逃也不無可能。夜晚的大海對歹徒不是更有利？」

「…………」

我抬起頭。「所以，慎吾也在那艘船上──」

「不，社長，目前無從得知歹徒是否準備船隻。歹徒的計畫或許跟我們所想的全然不同。」

間宮和鷲尾似乎覺得說了不該說的話，紛紛閉上嘴。

我看著床上的三個提袋，暗自希望歹徒能早點取走金塊……

依調查紀錄，當時阪九渡輪上共有五名搜查員。

不用說，搜查員對這種警備人力不足的處境頗為不滿。雖然不曉得歹徒是否也算計到這點，但時刻變換的指示令警方疲於奔命。

實際上，生駒等人離開「橘」時，沒人預測到歹徒會指示他們搭渡輪。而且，渡輪一個月前才開始營運，這點更讓搜查員措手不及。

最後，搜查員只能在一頭霧水的情況下，追逐生駒洋一郎等人搭乘的計程車，一路從神戶車站的投幣式置物櫃來到渡輪的出航地魚崎港。當他們趕到時，乘客已陸續登船，所以順利潛入的只有堀內課長在內的五名搜查員。

得知由錄音帶解讀出的內容，其中三名搜查員在C層監視歹徒的行蹤，一名偽裝成一般乘客走到二等船室深處，沒想到紅色提包已放在牆角。

根據目擊者的證詞，擺放提包的男人戴著巴拿馬草帽及太陽眼鏡。不過，這是在生駒慎吾回家後才查出的。那時，搜查本部才驚覺歹徒的行動超乎想像地難以捉摸。

過了好一陣子，堀內先生才回到船室。

「難道……」間宮說：「是空城計嗎？」

「空城計？」堀內先生反問。

「我們將在十一點半到二等船室拿紅色提包吧？那時船室空無一人，加上歹徒指示要帶回提包，所以金塊會擱置在這裡。表面上叫我們去取提包，其實是想趁這邊鬧空城之際……」

堀內先生搖搖頭。「我認為不是這樣。」

「為什麼？」

「歹徒若要趁隙取走金塊，就得設法讓所有人離開船室。你們也許會一起去拿提包，但留其中一人看守金塊的可能性也不小，這對歹徒來說風險太高。」

「啊……」

「歹徒行事非常謹慎，且放在二等船室的提包不大，根本不需動用到三個人。提包裡應該會有下一個指示，總之，歹徒只是在耍我們。當然，生駒先生你們去拿提包時，我也會繼續監視這個船室。」

我再次確認時間。

距離十一點半還有四十多分鐘。

12

我們在十一點二十五分離開船室，原本打算留下一人，但聽了刑警的建議後，決定一起前往C層。堀內先生說，不如賭賭閻宮之前提過的想法，看歹徒會不會趁無人留守的時候現身。對我來說，即使歹徒在那段期間拿走裝金塊的提袋，我也不在乎。

二等船室和我們待的船室不同，是多人共處一室的大房間。船室裡有コ字型走道，兩側為鋪著墊子的床板。船客們兀自蓋著分配到的毛毯，擠在一塊兒睡覺。

我們朝船頭的右側深處前進。紅色提包很是醒目，遠遠就能看見。十幾件行李沿著右牆排放，那提包便在最裡面。

我請間宮和鷲尾在走廊上等候，獨自穿過一群酣睡的旅客。那是個紅布製的圓型小包，附有黑皮革的提手，提包側邊上以奇異筆寫著「生駒慎吾」，布料摸起來非常柔軟。

我抱著提包回到走廊上，拚命壓抑著當下打開提包的念頭，和兩人返回船室。

剛踏入船室，堀內先生也隨後進來。

「歹徒果然沒現身。」

堀內先生說著望向並排在床上的金塊提袋。

我拉開拉鍊，取出僅見的白毛巾攤開在床上，毛巾裡裹著一把鑰匙和一張便條紙。鑰匙和我們船室使用的樣式相同，還掛著一塊塑膠片，便條紙上則寫著：

11ジ45フン　ニ　ナッタラ　75キロ　ノ　キン　ヲ　モチ，カギ　ノ　シメシテイルヘヤ　ヘ　イケ．ジカン　ヲ　ゲンシュ　セヨ．

（十一點四十五分時，帶著七十五公斤的金塊，前往鑰匙上標示的房間，務必準時。）

鑰匙尾端懸吊的塑膠片上刻著數字「63」。我們住的雙人房是二十四號，單人房的則是五十八號。依數字推斷，那應該是間頭等單人房。

我看一下手表，快要十一點四十分，時間所剩不多。

「生駒先生，請冷靜行動。若見到歹徒，交出提袋前，一定要先問清楚慎吾的所在地。我們會守在六十三號房周圍。」堀內先生說完便走出船室。

歹徒在六十三號房，或許能在那裡見到你，我很緊張。歹徒儘管拿走這些金塊沒關係，總之，我只想早點擁你入懷。

我們沿著B層的走廊繞了半圈，找到六十三號房門，而堀內先生埋伏在走廊對面，另一頭也可看見裝成一般旅客的刑警倚牆望向我這裡。

我在房門前深吸口氣，聽見身後的鷲尾吞了口口水。確認時間為十一點四十五分後，我將鑰匙插進門把下方的鎖孔，緩緩開門。

「…………」

房裡沒有任何人影。

只見床上放著奇怪的東西。那是圓弧形、泛著黑色光澤的塊狀物。我踏入房內，間宮和鷲尾也跟著將提袋拿進來。

床上的黑色物體是兩條以細繩綁成8字形的巨大輪胎內胎，還繫著三個黑袋。粗大的內胎上放著一張紙，內容仍是以片假名打字機打出的文字。

ジカン ガ ナイ.タダチニ キン ヲ 25キロ ズツ ニ ワケテ タイヤ ニ ツナガッテイル バッグ ニ ツメロ.カンゼン ニ クチ ヲ トジ,ソレヲ モ

ッテ　コウブ　サゲン　デッキ　ヘ　イケ．マチガエルナ．シンコウホウコウ　ヒダリガワ　ノ　コウホウ　デッキ　ダ．

ゴゼン０ジ　チョウド　ニ　バック　ノ　ツイタ　タイヤ　ヲ　ウミ　ヘ　ナゲイレロ．

チュウコク　シテオクガ　ケイサツ　ノ　フネ　ナド　ゼッタイ　ニ　ヨウイ　スルナ　ソレラシキ　フネ　ガ　ミエタラ，コドモ　ハ　コロス．

キンカイ　ヲ　ウケトリシダイ　コドモ　ハ　アンゼン　ナ　カタチ　デ　カエス．

コクラ　ニ　ツイタラ　トウキョウ　ヘ　モドレ．

ゴゼン０ジ　ヲ　ゲンシュ　セヨ．

（時間緊迫。立刻將各二十五公斤的金塊分裝進繫在輪胎上的袋子。記得綁緊袋口，再拿到後方左舷甲板。別搞錯，是面對航向的左側後方甲板。

凌晨十二點一到，連袋將輪胎丟進海裡。

警告你，絕不能要警察準備船隻，倘若出現可疑的船隻，孩子的命便不保。

金塊一到手，就會讓孩子安全回到你身邊。

到小倉後，立刻返回東京。

記住，十二點，務必準時。）

我望著兩名部下。

將金塊投到海裡，那慎吾呢？

「社長。」鷲尾叫住我。「時間緊急，不早點去的話恐怕會……」

「啊，也對。」

我連忙將金塊從原本的提袋取出，塞進新袋子。歹徒真的會信守承諾嗎？慎吾一定會平安歸來吧？我腦中思考著這些事，拿取金塊的手不自覺地顫抖。

「怎麼回事？」

堀內先生走進房間，我遞給他那張訊息。

「真是該死！」

我聽到堀內先生輕聲咒罵。

正綁緊袋口的間宮，突然皺起眉說：「這是？」

連接兩條內胎的地方綁著一個方形金屬黑箱，箱上突起一根約十公分長的黑棒。

「這不是發信器嗎？」

「發信器……」我看向堀內先生。「警方出動了船嗎？」

堀內先生皺著眉，微微點頭說：

「我們擔心歹徒會乘船逃逸，便請海上保安廳的巡視艇尾隨在後。」

「請告訴他們不要跟來！」我抓住堀內先生的手腕。「請叫他們把船開回去，一旦歹徒發現巡視艇……」

「我會請他們離遠一點，小心別讓歹徒發現。」

「不是遠離，是請他們返航。警官，我不在乎能否抓到歹徒，只要慎吾回來，只要他平安無事……」

堀內先生按住我緊抓他的手說：「生駒先生，請相信我。情況緊急，總之，大家先按歹徒的指示行動吧。」隨即拿著歹徒留下的紙便條走出船室。

「社長。」間宮手放在我的肩膀上喚道。「走吧，都裝好了。」

「…………」

我振作精神，時間所剩不多。

我們各自拿起袋子，抱著以細繩相繫的內胎走出船室。雖是深夜時分，仍有人在廊上走動。旅客紛紛對我們怪異的舉止投以狐疑的目光。

一到甲板，鹹濕的海潮味便撲鼻而來，船外一片漆黑。遠方亮光點點，左舷的方向就是四國。不曉得那點點亮光是來自四國的城鎮，還是海面上漂浮的船隻。我耳裡只聽到波浪拍打船腹的聲響及渡輪發出的低沉引擎聲。

我們走到左舷甲板最尾端，把袋子和內胎抬上扶手。我瞥向手表，距離十二點剩不到一分鐘。

「間宮，鷲尾……」我看著他們，「這麼做好嗎？」

兩人都沉默不語，僅微微點頭。

凌晨十二點，我在間宮和鷲尾的協助下，將綁在內胎上的三個袋子投入海中。

８字型的內胎飄浮於白色浪花間，我們就這樣眼睜睜地目送內胎往後方流去。不到十秒，內胎便在黑暗裡消失無蹤。

我們無言地站在甲板上，愣愣地望著什麼都看不到的墨色大海。

在鷲尾的催促下我們轉身返回船室，只見堀內先生也在甲板邊緣，凝視著同一片大海。

13

「歹徒果然備有船。」

一回到船室，間宮便如此說道。

「那內胎綁著發信器，簡而言之就是浮標，裝上發信器的浮標。歹徒打算靠著電波回收金塊。」

「…………」

我衷心祈求歹徒能順利拿走金塊，唯恐歹徒失敗。

——キンカイ　ヲ　ウケトリシダイ　コドモ　ハ　アンゼン　ナ　カタチ　デ　カエス．

（金塊一到手，小孩就會安全地回到你身邊。）

信裡是這麼寫的。

倘若有人打亂歹徒的計畫，阻礙歹徒取走金塊……

堀內先生提過已派出巡視艇，所以我憂心忡忡，歹徒最提防的就是這種事吧。警方應該不會在慎吾回來前逮捕歹徒，但萬一歹徒注意到巡視艇的蹤跡，難保……

渡輪無視於我的心情，持續在瀨戶內海上前行。抵達小倉時已是隔天早上九點半，這段期間對我來說簡直是度日如年。

基於警視廳和兵庫縣警方的請求，當晚神戶第五管區的海上保安本部派出兩艘小型巡視艇戒護阪九渡輪。

巡視艇收到渡輪上搜查員的通知，在十一點五十五分時熄滅所有燈光，靜待金塊投入海裡的那一刻。另外，由於得知內胎上綁有發信器，也同時展開頻率偵測作業。而渡輪上的搜查人員沒帶任何儀器，無法進行偵測。

凌晨十二點一到，兩艘巡視艇各自採取行動。一艘繼續跟在渡輪後頭，另一艘則停留在投擲金塊處附近的海面上。事後輿論批判，兩艘巡視艇都該在投下金塊的地方待命，當然，這不過是放馬後砲罷了。

金塊落入香川縣三崎半島外海約三公里處的瀨戶內海。直到最後，巡視艇都沒發現前來回收黃金的船。在無法使用探照燈的情況下，光靠肉眼很難看清浮在海面上的內胎。巡視艇上的人員只憑雙眼及雙耳監視，終究未能找到可疑的船隻。

儘管偵測發信器電波的作業持續進行，依然沒能鎖定任何頻率。三天後，警方在岡山縣兒島半島的石岸邊發現一艘裝備外接式馬達的小船，事實才逐漸明朗。船上殘留著以細繩綁成8字型的內胎，其上繫著三個袋子。電波發信器以膠帶固定在內胎上，電池已耗盡。當然，袋裡空無一物。

小船中留有二柄划槳。據警方推測，歹徒應該是在靠近金塊投下地點後，先關掉外接式馬達，才划槳拿取金塊。

早上七點左右，堀內先生跑進船室說：

「生駒先生、生駒先生，慎吾回來了！」

我從床上彈起。

「你的小孩回來啦。」

「回來……」

我無意識地在船室裡左顧右盼，間宮和鷲尾也站到我身後。

「警官，你的意思是？」

「歹徒似乎將慎吾丟在幼稚園門口。」

「…………」

「一名婦人路過幼稚園時，發現慎吾在門前哭泣，便暫時陪著他。歹徒則幾乎在同一時刻打電話到府上，表示確實收到金塊，小孩在幼稚園。」

「警官……」

「聽說小孩平安無事，你太太已去接他。他沒受半點傷，而且很有精神。」

「嗯。」我高興得講不出話。

「社長，真是太好了。」鷲尾哽咽地說，間宮則抓住我的手腕。

「謝謝你們。」我只能以這句話表達內心的感謝。

我們走上甲板，此時天已亮，海鳥跟在渡輪旁緊貼著海面飛翔，遠方看得見九州的山巒起伏。船持續以相同速度往小倉前進。

我好想立刻飛回東京。

雖然得知你安全回家，但沒親眼目睹，我仍難以置信。刑警告訴我們已訂妥機票。

14

渡輪一抵達小倉，等著採訪的新聞及雜誌記者便團團包圍住我們。

沒錯，在那之後，媒體便大肆報導這件事，眾人都對我和你投以好奇的眼光。不單是利用長距離渡輪接收贖金的手法震驚社會，歹徒在警方層層戒備下還能取走相當於五千萬圓的金塊，一時也成為眾人談論的話題。

轉搭飛機回到東京後，我們便直奔你接受檢查的醫院。記者也聞風而至。

在診療室看到千賀子抱著你時，我才真正鬆口氣。

「爸爸。」

見到你的笑容，我覺得一切都是值得的。

媒體的報導和警方的搜索此刻才正式展開，但對我來說，這件事在你平安歸來時就已結束。而實際上也真是如此，因為七年過去，警方的搜索仍毫無進展，也逮不到綁匪。

昭和四十三年九月十二日，警方在阪九渡輪抵達小倉日明港前便開始調查乘客。

除生駒洋一郎、間宮富士夫、鷲尾綱行三人外，所有旅客都延遲將近一小時才下船。當時，警方認為渡輪上至少會有一名歹徒。

然而，遭攔阻下船的旅客發生騷動，搜查員只能拿著乘船名單一一對照就草草結束。直至此時，搜查員才得知一件從未料想到的事。

當天的乘客包含生駒洋一郎等三人在內，共有七百一十六人。但是，核對名單和旅客後，警方發現船上只有七百一十五人，一人行蹤成謎。

據名單記載，失蹤的那名旅客叫安井兵吉，來自大阪市阿倍野區。更重要的是，他就住在放有輪胎內胎的那間六十三號頭等船室。

事後警方曾查訪名單上記錄的地址，卻找不到安井兵吉。有個旅客表示曾目擊一名戴著巴拿馬草帽及太陽眼鏡的男子，將紅色提包放在二等船室。而船室服務人員也說帶領過一名相同裝扮的男子到六十三號船室。那名男子無疑就是歹徒。

後來，神戶魚崎港阪九渡輪的一名員工證實，出航前一刻，有個男子從船尾車輛出入口下船。雖然該員工的記憶有些模糊，無法確定男子的模樣，但那恐怕便是戴巴拿馬草帽的歹徒。由於對方的行為舉止相當泰然自若，在搜查員問起前，這名員工從未將此事放在心上。

換句話說，歹徒在渡輪出神戶港前便已下船。即使搜查本部傾注全力想找到戴巴拿馬草帽男人的目擊者，終究沒能查獲新線索。

另外，儘管警方拚命地調查在岡山縣兒島半島發現的小船、輪胎內胎、細繩、袋子、發信器等物，同樣是無疾而終。

警方曾透過電視、廣播公布歹徒打電話到生駒家的聲音，然而在民眾提供的大量情報中仍舊無法鎖定歹徒的身分。

搜查作業就這麼不了了之，如同生駒洋一郎所寫的，幾個月後，人們便將此案忘得一乾二淨。

15

慎吾，我昨天收到你寄來的賀年卡。

滑雪的練習應該很快樂吧。我彷彿看見你的笑容，感覺很窩心。這是我第一次在醫院病床上過年，不知為何，感覺只有自己沒能迎來新的一年。雖然年初時探望我的人不少，但新年的時候還是待在家裡比較好。

我很擔心那件事會在你心裡留下難以抹滅的陰影。你回家後沒什麼改變，還是一樣開心地笑，四處遊玩。我和千賀子經過討論，決定不再讓你上幼稚園，你也沒有特別的反應。只是，每當警察上門詢問那件事時，你的笑臉就會瞬間消失。你惜字如金地說著「我不知道，我的眼睛被蒙住了」的畫面，至今仍留在我腦海中。

「夠了，別再逼慎吾。」我請求過刑警無數次。

堀內先生人雖好，到底沒能抓到綁架你的歹徒。即便握有以片假名打字機打出的恐嚇信、柴可夫斯基的錄音帶、回收金塊使用的小船、留在船裡的輪胎內胎等諸多調查資料，依然查不出歹徒的身分。

你知道爸爸在相機製造商里卡德上班，可是不清楚爸爸實際上負責什麼工作吧？

我任職於半導體機器開發事業部。經歷那件事後，里卡德向生駒電子工業伸出援手，由於需要我們的技術，對方原就有意合併。兩個月後，生駒電子工業成為里卡德的一部分。儘管生駒電子工業不復存在，我們製造的商品卻在里卡德內占有一席之地。生駒電子工業栃木分工廠的預備用地，如今座落著里卡德的半導體工廠。以製造相機起家的里卡德，目前也涉足辦公室相關機器及電腦領域，且頗有佳績。以爸爸、間宮、鷲尾為首，生駒電子工業的職員也在公司裡扮演極重要的角色。

生駒洋一郎塗掉手稿接下來的數行，還撕走後一頁。雖然很難想像撕去的那頁寫些什麼，但部分遭塗抹的文字仍解讀得出來。由於內容不完全，僅復元可辨認的詞句：

只是[redacted]有時會認為[redacted]。

[redacted]要求五千萬[redacted]的時候，對我來說[redacted]應是生駒電子[redacted]的資金[redacted]。歹徒為什麼[redacted]會知道[redacted]遭奪走[redacted]，歹徒將我的[redacted]裡[redacted]

黑色方塊是完全無法辨識的字詞。

不過，從支離破碎的字句中可以想見生駒洋一郎有多痛恨那件事造成的後果。他寫完後，或許考慮到不該讓慎吾看到這些內容才選擇抹去。

生駒洋一郎自始至終都非常抗拒合併一事，這更加深他對綁匪的怨恨。他的病情日益惡化，到後來手稿的字體也愈大愈潦草。或許可說，完成這份手稿是他活下去的動力吧。

在撕掉的那一頁後面，生駒洋一郎寫著幾句簡短的話語：

慎吾，你要成為堅強的人。爸爸太過軟弱，無法堅持到最後。但慎吾你不同，一定要堅持到底。軟弱的人，我來當就足夠。

慎吾，請原諒爸爸。

最後這段文字寫於昭和五十一年一月十一日。這一天，強烈的疼痛侵襲生駒洋一郎。

一月十五日，生駒洋一郎在妻子千賀子及兒子慎吾的陪伴下，走向人生盡頭。

＊　＊　＊

這三本手札由千賀子保管，慎吾則在不曉得父親手稿存在的情況下長大成人。慎吾看到這些內容時，洋一郎已去世十一年。

昭和六十二年七月，發生在廣島縣福山市的事故，成為生駒慎吾閱讀父親手札的契機。

CHAPTER 02>

第二章

1

昭和六十二年七月十七日晚上十點多，岸本宗武接到一通電話。

「醫生，我家那口子還沒回來。」

打來的人沒報上姓名，但岸本馬上知道她是長沼貞子。由於岸本在廣島縣福山市的鞆町開外科診所，大家都稱他為「醫生」。

「都這種時候，他還沒回家。」

長沼貞子重複一次。

岸本回過頭，哀怨地望著轉小音量的電視畫面，九點開始的懸疑劇才剛要進入高潮。電話響起前，美麗的寡婦走進黑心律師的房間，就在律師不動聲色地背著手鎖上門時，長沼貞子打來訴說老公尚未返家。此刻律師正將白蘭地倒入玻璃杯。岸本心想，那白蘭地千萬不能喝啊……

「醫生，你還在嗎？」

「我在聽。」岸本應道。

長沼榮三經營一家小咖啡店。他從東京的公司退休後，便和老婆貞子搬到鞆町。那家店只是長沼榮三的興趣，真正在打理的是貞子。他總乘著小艇出海，不是釣魚就是潛水，過著悠閒的生活。

「他該不會是去找女人吧？」

岸本說著，注意力幾乎全在電視螢幕上。他深知長沼榮三不可能在外面拈花惹草，才敢開這樣的玩笑。

「不是的，醫生，他出海至今未歸。」

「出海？」

岸本瞥向牆上的鐘。

「現下海上應該一片漆黑吧？」

「他不曾在外頭待到這麼晚。我四處打電話，但都沒有他的消息，平常他要在哪過夜一定會先跟我說。」

「妳確定他不是去夜釣嗎？」

「不可能，他早上就出門了。」

「早上？」

「對，他還帶著便當，可是只拿中午的份。」

「…………」

那傢伙在搞什麼？岸本不禁皺起眉頭，早上出門到現在還沒回來？

「醫生，怎麼辦？我好擔心。剛去港口沒找著他的小艇，問那邊的漁夫也都說沒見到他的人影，該如何是好？」

「問過工會那邊嗎？」

「嗯，沒人看見他。」

「港務中心呢？」

「呃，還沒。」

「有沒有拜託工會的人幫忙搜索？」

「我不曉得怎麼做比較好，雖然很想請求協尋，但怕給人家添麻煩。」

「添麻煩？眼前不是講這種話的時候……不過，妳也不必太擔心。」

岸本語氣緩和下來，盡量別說會加深貞子不安的話吧。

「我會再問問他可能去的地方。」岸本說完掛斷電話，隨即打到港務中心。

長沼榮三使用的小型汽艇以輕量玻璃纖維製成，只要裝上外接式馬達便能輕易出海。雖然不清楚他的目的地，但那樣的小艇遇到大浪極易翻覆。儘管瀨戶內海不至於有什麼大風浪，他應該也沒那麼傻跑到會捲入漩渦的區域，仍無法排除翻船的可能性。

長沼榮三有點古怪，不太提自己的事。岸本知道他已退休，可是若問起之前待在東京哪間公司，他總是笑而不答。

他對將棋很拿手，岸本贏的次數少之又少。偶爾他會突然從後門進醫院，要岸本拿出棋盤。兩人邊喝茶邊下棋聊天，話題總圍繞在最近閱讀的小說。兩人經常互相借書。如今岸本手邊還有兩本向長沼借來的冒險小說。

岸本播打電話給港務中心、漁業工會及派出所，而後也親自前往港口。

岸本宗武終究沒看到那晚連續劇的結尾。隔天，十八號的早晨，在海上尋得長沼榮三漂浮的小艇。

2

七月十八日的清晨六點十分左右，從四國丸龜港口出航的第五豐榮丸漁船通過三崎半島外海約三公里處，船員發現平靜的海面上有艘無人小艇，起先還以為是遇難的船隻。

那小艇以藍玻璃纖維製成，船身橫貫著一道白線，外接式馬達也配合漆上藍白兩色條紋。小艇裡遺留著許多東西，計有兩根划槳、四綑繩索、一罐裝汽油的塑膠罐、兩罐備用的潛水氧氣筒、精巧的方位儀、羅盤、尺、一副釣具、折好的T恤、白短褲、長筒球鞋、空便當盒及放在塑膠盒中的航海圖，唯獨不見小艇的主人。

昨晚，海上保安廳對瀨戶內海的港灣單位和航行中的各船隻發出協助搜索的請求，因此第五豐榮丸漁船才以無線電回報尋獲小艇的消息。

早上七點左右，收到通知的海上保安廳巡視艇抵達現場，為確認那艘小艇是否為經營咖啡店的長沼榮三所有，特地請來福山市鞆町的醫生岸本宗武。

調查顯示，小艇並非失控漂流在海上，船腹有條固定用的繩子延伸至海底。瀨戶內海不深，但小艇所在位置距海底十七、八公尺，在這種地方下錨有點奇怪。

依岸本所說，長沼榮三的興趣是潛水，加以小艇裡留有備用氧氣筒，海上保安廳推測他可能在潛水途中遭遇不測，緊急派潛水員到海裡搜索。

「長沼先生是不是在從事什麼特別的活動？」

救生員說著拿出一樣東西，岸本看得皺起眉頭。那是張編號「第１３７號Ｂ」的備讚瀨戶西部詳細航海圖。

岸本不懂航海圖，但看得出那繪的是這一帶海域。圖上有長沼做的無數記號，名為「備讚瀨戶航路」的出口附近標著紅圈，剛好在三崎半島和六島的中間位置。以紅圈為中心，旁邊畫記著無數個黑色「Ｘ」。

「這是什麼意思？」

岸本疑惑地偏著頭思考，即使是興趣，在這裡找釣點也太不合常理。何況，他從沒想過長沼竟會開小艇到這麼遠的地方。此處離鞆町少說有十五公里以上，幾乎接近四國。再者，鞆町附近不乏好釣點。只不過，由航海圖上的記號判斷，長沼榮三恐怕很久之前便常出海到這一帶。

「究竟是為什麼……」

岸本望向周圍的大海，只見一片風平浪靜，天空晴朗無雲。前方看得見四國的三崎半島，左邊有無數小島如盆景般散布在海面上。無論是晴空下的瀨戶內海，或是薄霧籠罩的瀨戶內海，岸本都非常喜愛。

這時，小艇四周突然冒起泡沫，岸本從巡視艇的甲板走近，剛剛那名負責人員卻舉手示意岸本離遠一點。

「怎麼回事？」

「好像找到了。」

「找到……」岸本不禁喃喃重複。

「待會兒再麻煩您幫忙確認，打撈上來前請稍等一下。」

這是指找到長沼榮三吧，該怎麼跟貞子說……岸本搓著被海風吹得濕黏的脖子，閉上雙眼，他不想讓貞子看到溺斃的屍體。他因工作見過多次死亡的情狀，當中不乏溺死的人。溺斃者多半面目全非，慘不忍睹。

不久，一具海中撈起的男屍橫放在甲板的墊子上。死者身穿黑色潛水服，腳套蛙蹼，揹著氧氣筒，幾乎無法辨識長相。

岸本此時才注意到救生員的神情不太對勁，應該已完成任務的潛水員再度潛入海裡。甲板上的救生員竊竊私語，不時望著屍體，又看向潛水員下潛的海面。

岸本靠近穿著潛水服的屍體，只見臉部已膨脹。凡浸泡在海水裡的屍體都會變成這樣，雖然腫得很誇張，但那確實是長沼榮三。岸本輕輕合掌。

「岸本先生。」

先前那名負責人員走到岸本身旁。

「這是長沼榮三沒錯。」

岸本這麼一說，對方點點頭，接著湊近道：

「有件事很怪。」

「…………」岸本望著他。

「長沼先生似乎想撈起細繩另一頭綁著的黑色物品。」
「黑色物品？」
「好像是橡皮製的內胎和三個袋子。」
「你說什麼？」
「潛水員試圖把袋子拉上來，不料袋底破裂，掉出不得了的東西。現下正在打撈。」
岸本目光轉往海面。「不得了的東西是指什麼？」
「潛水員說是金塊。」
「金塊？」
岸本看向負責人員，對方也不解地偏著頭。

3

三天後，岸本宗武終於找到空檔和長沼貞子談話。
這幾天，警察、報社記者、攝影記者團團包圍長沼家，岸本無法靠近。此事在向來平靜的鞆町掀起軒然大波，岸本也因不斷接受警察的訊問及報社記者的採訪，身心疲憊不堪。
總而言之，這事相當匪夷所思，長沼榮三竟抱著七十五個金塊死在瀨戶內海海底。
「真的非常感謝。」
貞子低頭致意，並請上完香的岸本坐到座墊。

「怎麼會發生這種事？」

「是啊。」

岸本坐下，拿起裝著麥茶的杯子，環視長沼家的客廳。夜晚好不容易安靜下來，不見電視台的燈光，也沒有咄咄逼人的記者。

「醫生，給您平添許多麻煩……」

「那倒沒什麼。只是我心裡十分震驚，妳應該也一樣吧？」

「是的。」

貞子垂下目光，不再哭泣，或許淚水已流盡。

「我看過報紙，報導說妳對榮三做的事一無所知，是真的嗎？」

「我完全不知情，所以那些人講的事我都不明白。」

貞子輕輕搖頭。

「我也是因為這次的事，才曉得榮三以前在里卡德公司工作。」

貞子沒回答，只低著頭。

「看來是不想透露，每次我一提起，他都笑笑帶過。」

「應該不算隱瞞，但他就是不願讓別人知道吧。他也不准我把東京的事告訴任何人。」

「嗯……」

「我一直以為他每次出海只是單純遊玩。」

「他以前待在里卡德的什麼單位呢？」

「他擔任總務課課長，直到退休。」
「總務課啊。他不曾提過金塊的事嗎？」
「從來沒有……」
貞子皺著臉抬頭，岸本還以為她要放聲哭泣。
「那麼，十九年前的事情呢？」
貞子搖搖頭。
「當然記得。雖說如此，也只是有發生過這件事的印象而已。至於報上寫的……」
此時，貞子突然抓住岸本的手肘，力道出奇強勁。
「醫生，那些都是亂說的，都是騙人的。我家那口子不可能和那種可怕案件扯上關係。」
岸本有點慌張地按住貞子的手。
「嗯，我明白，那都是報紙擅自揣測的。只因榮三知道十九年前應該被拿走的金塊還在海底，就斷言他涉案，不過是想製造話題。」
雖然這麼說，其實岸本也不清楚真相如何，報紙也僅曖昧地寫著「部分人士抱持這樣的看法」。
只不過，長沼榮三在遷居鞆町、開店後的三年間，確實經常出海找尋金塊的下落。航海圖上遍布的「X」記號能證明這一點。
岸本這二、三天才從報上得知，十九年前那起綁架案的贖金交付地點在瀨戶內海。贖金為七十五塊一公斤的金塊，時價五千萬，如今少說也值一億四千萬以上。

奇怪的是，那些贖金直到現在才被發現。十九年前，歹徒早該拿走的金塊竟還在海底……海底的金塊分裝在三個黑袋中，綁在兩條橡皮內胎上，還裝有電波發信器。簡單來說，贖金狀態和當年交付時一模一樣。

根據報導，當年案發後，警方在岡山縣兒島半島岩岸發現歹徒丟棄的小船。船上留有裝設電波發信器的內胎及三個袋子。

報紙及電視媒體感興趣的正是這點。換句話說，歹徒根本沒拿金塊，卻偽裝成已取走並釋放人質。歹徒為何這麼做？

長沼榮三之前任職的公司此時便引起話題。十八年前，里卡德公司曾合併一家小型半導體公司。目前里卡德在ＯＡ*機器製造商中大概排名第三、四位。有人認為，里卡德從照相機製造商轉型為ＯＡ機器製造商的契機，是因吸收那家半導體公司。而十九年前那起綁架案的受害者，正是那家半導體公司的社長。

消息靈通的業界人士表示，當初若沒發生那件事，里卡德是無法成功併購那家半導體公司的。

於是，電視上開始出現一些大膽的臆測：莫非十九年前的那起綁票案，是里卡德為強化自身利益所策畫？而觸發這種說法的，便是長沼榮三。

直到三年前，長沼榮三都待在里卡德公司。

---

* Office Automation，辦公室自動化。

退休後，長沼隨即從東京搬到鞆町，或許在任職於里卡德的期間便已計畫好。他開咖啡店，卻全交由貞子打理，逕自乘小艇出海。從航海圖上的標記看來，他潛至超過四十個地點，才在最後一處找到尋覓已久的東西。

為什麼長沼曉得海底沉有金塊？真正的原因已無從得知，案子早在九年前過了時效。

聽說長沼的死狀十分淒慘，恐怕是發現金塊而興奮得失去理智吧。當他將袋子繫上繩索準備拉起時，袋底意外破裂，為防止任何遺漏，他試圖把金塊全綁到繩子上。

但不知何故，繩子纏住長沼的身體，連帶氧氣筒的呼吸管也掉落。然而，興奮過頭的他喪失冷靜判斷的能力，慌得甚至想不出割斷繩子這樣簡單的方法。

或許該考量長沼的心情：費盡心力終於找到金塊，他片刻也不願放手，因此絕不會割斷繩子。

雖然只能憑空想像當時的狀況，但長沼榮三確實是抱著七十五公斤的金塊身亡。

「我……」貞子小聲說道。「我根本不想要那些金塊。都怪我們沒小孩，都怪我沒辦法生育，才會發生這樣的事……」

「…………」

岸本不曉得該如何回應貞子的低喃。儘管知道貞子並不期望得到回應，他還是想說些安慰的話。

岸本終究找不到適當的言語，只好從手提包拿出兩本書，放在榻榻米上，推向貞子。

「這是……向榮三借的書。」

「嗯。」貞子輕輕點頭。

<CHAPTER 03>

第三章

1

昭和六十二年底，間宮富士夫造訪位於山形市郊的里卡德應用電子研究所。此行除聽取「OCR」的開發進度外，還要會會生駒慎吾。間宮約有半年沒見到慎吾了。

里卡德將與加拿大柯林茲科學研究所共同開發未來都市的綜合保安系統。里卡德這邊會派八名研究員前往加拿大，生駒慎吾被拔擢為其中一人，是團隊裡最年輕的電腦設計師。慎吾在兩年前進入公司，期間間宮一直對慎吾照顧有加。

慎吾如果遠赴加拿大，將有一段時間碰不到面，所以間宮拒絕山形研究所前往東京報告的提議，決定親自走一趟山形。慎吾雖是開發OCR的研究員之一，卻非主要成員，來東京說明輪不上他。比起OCR的進展，間宮更想見慎吾。

或許是因中央研究所所長來訪，山形研究所瀰漫著緊張的氣氛。間宮一抵達就受到熱烈歡迎，隨即被引導至大會議室。會議室中央已備妥報告所需設備，機器旁厚厚的資料堆疊如山。間宮苦笑著在特地為他準備的高級座椅坐下。

「感謝您今日大駕光臨。」

山形研究所所長在間宮下車時便曾如此寒暄，此時又重複一次。間宮取過咖啡，聽著冗長的客套話環顧會議室。生駒慎吾和其他研究員站在窗邊角落。兩人四目交會時，慎吾微微揚眉，間宮則對他眨眨眼。而後，間宮把咖啡放回桌上，打斷所長的話：

「謝謝。不過很抱歉，我時間不多，能否盡快進入主題？」

「呃，好的。」

所長為間宮介紹研發組長，便退到後頭。

「之前向您書面報告過，我們共試作三種輸入裝置。硬體方面已大致完成，目前正著手修正軟體。」

組長繃著興奮脹紅的臉說道。

「可以先演示看看嗎？這樣比較清楚。」

「好的。嗯，這是今天早上的報紙，我想試著讀取這個。」

間宮點點頭。

組長開啟「ＯＣＲ」，將報紙放上讀取器，按下按鈕，螢幕便顯示出報導內容。

「若要輸入此篇文章，就在螢幕上，像這樣——」

組長以光筆點文章邊角一下，接著輕觸對角線上的另一隅，畫面產生變化，一旁記憶裝置的存取燈亮起。

所謂的ＯＣＲ，是一種新型的資料輸入系統，為「Optical Character Reader」（光學字元辨識裝置）的簡稱，乃應眾多領域的需求而開發。舉例來說，要儲存舊有印刷品上的內容到資料庫時，運用此功能便可事半功倍。

紙本印刷品資料庫化大致分為二個方法。一是製成微縮膠捲（Microfilm）以圖像方式保存，另一種則是將文章內容轉換成文字碼，以磁帶或磁碟片保存。考量到資料的活用性，後者較有效率。轉換成文字碼的資料，往後就能輕易截取，進而引用在其他文章中。

不過，編碼化有個缺點，那就是輸入相當花時間。由於必須先讀過紙本印刷的文章，再鍵入處理器。要完成一本書的內容，即使是專業人士也十分費時耗力。

當然，很久以前便有讀取文字的設備，好比郵局的郵遞區號辨識器早就行之有年。只是，想開發出能讀取各式各樣印刷物的泛用輸入裝置，目前尚有許多待解決的問題。如今，條碼讀取機已成為各方面的主流，但市場真正渴求的是能直接識別並自動儲存我們日常生活所見文字的系統。

而那可能就是OCR。

組長接連運用幾個範例，持續進行無趣的說明。有關系統的部分，間宮閱讀送來的報告後已大致了解，至於內部細節交由研發組處理即可，根本沒有非過目不可的地方。

「講解得非常清楚，謝謝。」

間宮等說明到一個段落後便站起身。

「問題只剩讀取及轉換的速度吧？」

「是的，我們正針對這點改良軟體。您要看一下程式的內容嗎？」

「不用了。」間宮搖搖頭。「這樣就足夠，目前只差最後一步，我相當期待，要好好加油喔。」

「是，感謝您的鼓勵。」

站在旁邊的研究員同時低頭鞠躬，間宮露出苦笑。

「那麼，一起用餐如何？」所長提議。

「抱歉，可能沒辦法。我接下來得去一趟山形分公司，之後便要搭機前往鹿兒島。」
「呃，這樣啊，是幾點的班機呢？」
間宮搖頭答道：「不太清楚，應該已預定機位。」
「……好的。」
所長有點不知所措地低頭鞠躬。間宮轉頭看向窗側，慎吾與一旁的研究員不曉得在講什麼悄悄話，對方笑得肩膀微微顫動。間宮面對所長說：
「我能跟生駒談談嗎？」
所長看一眼慎吾，才望著間宮問：「您想跟生駒談的是？」
「沒什麼，是私事。由於時間緊迫，方便的話，希望他陪我去分公司。」
「是，沒問題……」
所長點點頭，朝窗戶的方向喊聲「生駒」。
間宮先上車等慎吾，不久，慎吾拿著一個紙袋坐到間宮身旁。車子在研究所全員的目送下駛離，一出大門，間宮終於鬆口氣。
「好久不見。」
間宮開心地笑著，慎吾害羞地看向間宮。
「叔叔真過分。」
「過分？」
慎吾噗哧一笑，換回孩子氣的表情。

「叔叔想害我被孤立嗎？」
「孤立……怎麼說？」
「中央研究所所長指名一個小研究員談私事，其他人會怎麼想？」
「啊，原來如此。」間宮搔搔臉，「抱歉，沒料到所方會如此隆重地接待我。這趟來是想和你說說話，卻完全找不到機會。」
「我開玩笑的。」慎吾揮揮手笑道：「大家都很好相處，很少人會為這種事眼紅。」
「很少？這麼說還是有嘍？」
「我個性比較粗線條，所以沒感覺到。啊，這是所長交代要給叔叔的。」
慎吾將膝上的紙袋遞給間宮。
「這是什麼？」
「不清楚，不是伴手禮嗎？好像是糕餅之類的。」
「幹嘛還準備這些……」
「不想要就丟掉吧。」
「不太妥當。真拿他沒辦法，我明明提過還得去鹿兒島一趟，帶著這個可麻煩了。」
「那到山形分公司時，請快遞送到東京如何？」
「嗯，這樣也好，拜託你啦。」
慎吾將紙袋放回膝上，然後問間宮：「叔叔要談什麼事？」
間宮露出微笑。「我只是想在你去加拿大前，再見你一面而已。」

「這又不是永別。」
「是沒錯啦，但待的時間不短吧？」
「目前暫定兩年，之後可能會視情況延長。」
「何時啟程？」
「過完新年就動身。」
「出發前到我那兒一趟。」
「嗯，我也會去看一下媽媽。」
「那就好。」
間宮帶著笑容望向前方。
兩年前，慎吾說要進入里卡德公司時，最高興的人就是間宮。間宮把慎吾當親生兒子般看待，這樣的心情固然是因自己沒有小孩，不過與生駒洋一郎的交情還是占絕大部分，再來便是十九前的那件事……
轉眼間，慎吾已二十四歲，當時他才五歲。間宮如今仍常夢見那晚的瀨戶內海。這個夢，恐怕會跟著他一輩子。
「叔叔這回在別墅過年嗎？」慎吾問道。
「不，在家裡。」
「待在別墅不是比較好？」
「是嘛。但到時家裡會有許多訪客，所以冬天別墅都丟著不管。」

「真是浪費哪，夏天不是也很少使用？」
「是啊，因為我覺得出門頗麻煩。」
「房子不住的話容易壞喔。」
「嗯，那房子一直空著，你想住隨時都可以。你很中意那裡？」
「今年夏天在那裡玩得非常愉快。」
「真的？我原以為你會帶女朋友一起來。」
「如果有我也想帶去呀。」
「目前沒有啊？」
「叔叔要幫我介紹嗎？」
「呃……」
間宮看著慎吾，心想父子倆連這點都十分相似。生駒洋一郎晚婚，慎吾在他三十五歲時出生。洋一郎二十二歲赴美，三十二歲創立生駒電子，兩年過後才和千賀子結婚。
「你聽說金塊的事了嗎？」
間宮這麼一問，慎吾直視著前方點點頭。
「金塊會交還給媽媽。由於在法律上算遺失物，領回要再等個一年。」
「嗯……」
夏天時，警方在瀨戶內海找到七十五公斤的金塊，證實和十九年前從渡輪丟下的金塊相同，研判物主為生駒洋一郎。只是，洋一郎十年前便已不在人世。

慎吾沉默地望著前方。間宮暗惱自己說錯話，為緩和氣氛，他隨即轉換話題。

「在加拿大就能盡情滑雪吧？」

慎吾聳聳肩回道：「或許吧。」

「滑雪用具也一起帶去嗎？」

「應該還是會寄過去，畢竟我不曾在加拿大滑雪。」

「沒再參加比賽？」

「不行哪，我年紀太大，又疏於練習。」

「明年的冬季奧運據說辦在加拿大？」

「我很期待能親眼看看。」

慎吾學生時代曾在國家體育大賽的高山滑雪項目獲得第五名。

車子進入山形市內，慎吾轉向間宮說：

「叔叔想跟我談的，就是金塊的事嗎？」

「呃，雖然這也是其中之一，但最主要是很久沒和你見面。」間宮含糊地答道。

「某些雜誌提到里卡德是那起綁架案的幕後黑手，目的是要合併生駒電子。」

間宮回望慎吾：「你該不會相信雜誌上寫的吧？」

慎吾噗哧一笑。「這說法很有趣。」

「有趣？」

間宮反問，慎吾只搖搖頭。

「慎吾，你可別受那些愚蠢的報導影響。」
「愚蠢的報導？」
「是啊，那都是胡說八道。」
「叔叔為什麼能這麼肯定？」
「…………」
間宮皺眉等著慎吾接下來的話，他卻沒再開口。間宮嘆口氣，正要打破沉默時，車子停下，司機回頭告訴間宮「到了」，只見已抵達山形分公司門口。
兩人帶著尷尬下車。
等待電梯時，慎吾走到櫃檯拿出紙袋。
「我想寄這個到中央研究所，可以給我一張送貨單嗎？」
「請。」
慎吾填完必要資料，取出紙袋中的糕餅禮盒貼上單子後，望向間宮：
「叔叔等會兒要去鹿兒島嗎？」
「對，假如能再多點時間相處就好了。」
「我過年會回東京，到時再去拜訪叔叔。」
「嗯，一定要來喔。方便的話，帶媽媽一起來吧。」
「好，那麼我就送叔叔到這裡。我把這個寄出去。」
慎吾微微抬高禮盒，間宮輕輕點頭。接著，慎吾遞出禮盒，只見櫃檯小姐收下並放到身後的藍色籃子中。

電梯門一開，間宮走進去，慎吾則在門外對間宮深深一鞠躬。

——叔叔為什麼能這麼肯定？

慎吾的這句話迴盪在間宮耳裡。

2

間宮富士夫造訪山形應用電子研究所的五天後，生駒慎吾租車前往東伊豆。

慎吾昨天已處理完所內工作，向所長道別。寒休從今天開始，新年一過便要前往加拿大，一起工作兩年的七名同事約在渥太華會合。柯林茲科學研究所位於桑德灣市，是個靠近蘇必略湖的地方都市。

回東京老家住了一晚，慎吾今天以和朋友見面為由，早早出門。出發到加拿大前，還有幾件非做不可的事。這半年裡，慎吾一點一點地進行前置作業，目前已大致完成，只剩最後的確認。

慎吾順著國道一三五號線南下，行經熱海及網代，在接近宇佐美時放慢速度。這條沿海道路的左側，有處向外擴張、供遊客停車的地方。那裡停著兩輛轎車，一輛空無一人，另一輛則敞著門，一對年輕男女站在車外欣賞海景。

慎吾駛進最深處的停車格，拿起副駕駛座上的背包下車。他身穿灰工作服及運動鞋，戴著皮革手套和深色雷朋太陽眼鏡。

戴上原掛在背包的帽子後，慎吾放下背包打開後座的門，拖出一只帆布袋。接著，他鎖上車門、揹起背包，拿著布袋離開停車處。

慎吾沿著國道前進，看見前方的宇佐美街景後，轉進右側免下車休息站旁的小路。這條蜿蜒而狹窄的山路相當險峻，進入宇佐美後，可由另一條平整的柏油路上山，但慎吾選擇走小徑。

步行約莫十分鐘後，隱約可從樹木間看到一棟白色建築物。這棟雙層建築位於陡峭的山坡上，面對著相模灣。從門口延伸出的私人道路，繞了個大彎通向縣道。在樹木的掩蔽下，縣道看起來斷斷續續的。慎吾走到門口，放下帆布袋，轉身確認四周情況後在門前蹲下。門縫下夾著一張咖啡色小紙片。

慎吾微微點頭。

看來自上次離開後，沒人動過這道門。因為只要門一開，小紙片就會掉落。這是個陽春卻實用的偵測裝置。

慎吾從工作褲口袋掏出鑰匙，開門拖進帆布袋，在走廊卸下背包，再次確認外頭狀況後，由內側反鎖。

慎吾脫掉鞋子，帶著背包和帆布袋走上二樓，只見兩旁各有一道深鎖的門。他放下行李，自背包取出一個手掌大小的塑膠盒。

慎吾先走到左側的門，拉住手把大力搖晃，鎖依然紋風不動。接著，他拿起塑膠盒，拉出數公分天線，按下中間按鈕。

咔啦一聲，門靜悄悄地開啟。

這裡本來是間書房，有扇能俯瞰海景的大窗戶，左側牆邊放著一張桌子，桌子的另一頭有座嵌入式書架，房間正中央則擺著大辦公桌。

慎吾將背包及帆布袋拿進房裡，走向大辦公桌。

桌上以里卡德製的十六位元電腦為中心設置幾台機器。電腦主機左上方的綠色指示燈亮起，螢幕上顯示著數行文字：

1987年12月28日　10時36分07秒
接收最優先識別頻率：148.22MHz
接收最優先識別頻率：436.85MHz
接收最優先識別頻率：162.27MHz
波形比對中…………結束
模式確認
要求：打開第二道門
許可
動作結束：無異常
Ready>

慎吾確認螢幕上顯示的內容後，戴著手套鍵入四個字母：

TEST

硬碟裝置的讀取燈閃爍，過了一會兒，畫面出現以下文字：

主機：正常

硬碟：正常

數據機：正常

無線電收發器：正常

語音合成器：正常

第一道門：上鎖中（鑰匙優先模式）

第二道門：解鎖中（電磁鎖模式）

第三道門：解鎖中（電磁鎖模式）

聲響感應器：停止運作

振動感應器：停止運作

鍵盤輸入：可

目前進度：0
Ready>

「乖孩子。」
慎吾對著電腦這麼說。所有裝置都正常運轉。
他從背包中拿出一罐啤酒，拉開拉環，舉向電腦。
「乾杯。」
電腦半點回應也沒有，慎吾苦笑著喝下啤酒。
——你要當個堅強的人。
慎吾腦中瞬間浮現父親留下的字句。雖然字不成形，卻力透紙背。那是父親用盡最後氣力寫下的訊息。
——爸爸太軟弱，沒能堅持到最後。但慎吾你不同，一定要堅持到底。
慎吾一口氣喝完啤酒。
警方發現瀨戶內海的金塊後，慎吾向母親問起十九年前的事。母親沒回答，只從壁櫥最深處拿出三冊筆記本。慎吾反覆讀了無數次，心中的計畫逐漸成形。
慎吾花一個月擬定所有細節，之後便展開準備工作。他在山形研究所的單身宿舍裡寫完所有程式，每次回東京就順道前往秋葉原購買必要的器材，再配合計畫進行改造。當然，他早刮除機器上的編號。

得像太空梭一樣精確啊……，慎吾望著電腦喃喃說道。

他將啤酒空罐放回背包，面向鍵盤，下指令解除第三道門的鎖。門外傳來細微的咔啦聲。門的編號是慎吾隨意取的。「第一道」是大門，「第二道」是書房的門，「第三道」則是對面寢室的門。慎吾將原本的門鎖換成電磁鎖，方便以電腦控制門的開關。

接著，他下達啟動聲響及振動感應器的指令，確認螢幕上的文字後，拿起背包和提包走到對面寢室。

開門後，只見兩張床間的桌上有台電腦。他將背包放在床邊，輕輕關門，門咔嚓一聲鎖上。

他握住門把試著轉動，門已無法開啟。

他深吸口氣，猛力搖晃門把。

房裡倏地「嗶嗶」響起電子音，電腦喇叭傳出女聲。

——危險，危險。

那聲音既甜美又溫柔。

——請不要在房內引發振動，否則裝在天花板、地板下及牆裡的塑膠炸藥會自動引爆。很危險，請勿嘗試。

「我知道啦，明日香。」

慎吾笑著轉頭看向電腦。女聲是以語音合成器製作出來的，偶爾音調會有些奇怪，但這也是她的可愛之處。慎吾把這聲音取名為明日香。這個名字沒什麼特別含意，只是當初測試合成音時，身旁剛好有本叫明日香的漫畫雜誌。

「明日香？」慎吾喚了一聲。

電腦沒反應，於是他更大聲呼叫：

「明日香。」

電腦依然保持沉默，這次慎吾使盡力氣呼喊：

「明日香！」

這麼一喊，明日香突然發出回應：

——危險，危險。請不要在房內高聲喊叫，否則裝在天花板、地板下及牆裡的塑膠炸藥會自動引爆。很危險，請保持安靜。

慎吾滿意地點點頭。

他拿起床畔的背包，走向房間角落。牆邊有台冰箱，上方放著微波爐和熱水瓶。

冰箱裡空無一物。慎吾將提袋內的東西塞進冰箱，當中大部分是罐頭和可微波加熱的速食食品，其餘還有一大箱即溶果汁粉及茶包、一盒巧克力、一大袋花生，五盒冷凍披薩則放到冷凍庫。

冰箱上的熱水瓶旁擺著一人份的湯匙、叉子與馬克杯。

慎吾往冰箱邊放了箱罐裝可樂，並將換洗內衣褲、睡衣和居家服疊在床上。

接著，他拿出提袋底層的四條毛巾，取出背包中的兩捲衛生紙及盥洗用具，打開冰箱對面的門。

那是間浴室，他將毛巾放上靠牆的架子，衛生紙則放在下方。盥洗用具理所當然地放至洗臉台。

慎吾拉開厚重的窗簾，只見硬木板嚴密地釘死窗戶。木板後另有一道窗簾，如此一來，無論誰路過自然都會以為這是扇放下簾子的窗戶。

回到寢室，慎吾折好空提袋放進背包，拿出剛才那個塑膠盒，拉出天線，按下按鈕。確實聽見門開的聲響後，他再次環視寢室。

「可別出亂子啊。」

對電腦這麼說完，慎吾拿著背包關上寢室的門，直接走進書房鍵入：

START

螢幕原有的畫面瞬間消失，出現下列文字：

1987年12月28日　11點16分22秒
第一道門：上鎖中（電磁鎖模式）
第二道門：上鎖中（電磁鎖模式）
第三道門：上鎖中（電磁鎖模式）
聲響感應器：運作中
振動感應器：運作中

鍵盤輸入：不可

目前的進度：1

慎吾揹起背包。

「一切拜託嘍，明日香。」

他步出書房，門上傳來電磁鎖啟動的細微聲響。

3

對葛原兼介來說，昭和六十三年二月一日本該是最棒的一天。至少前半段確實如此。

今天雖是星期一，但由於創校記念日，連休兩天。放假當然高興，不過今天還有件大事等著兼介完成。

那就是，終於要和明日香見面了。

明日香是個遊戲管理員，在兼介心目中她就像神一樣。

近三個月以來，兼介每晚都會登入「GAMES」。「GAMES」是一種電腦通訊網路，只要透過名為數據機的魔法盒子連接個人電腦和電話線路，執行通訊軟體程式、跑完既定步驟後，螢幕上便會顯示：

*** WELCOME to GAMES!! ***

這是「GAMES」主機發給兼介的歡迎訊息。

不同於「PC-VAN」和「ASCII-NET」等商務性質的系統，「GAMES」顧名思義是專供玩家盡情遊戲的通訊網路。

玩家可從緊接在歡迎訊息後出現的選單，進入各式各樣的遊戲世界。不僅能瀏覽市售遊戲軟體的資訊，也能獲得攻略的提示，甚至上網郵購。

此外，會員還可自由在「電子布告欄」交換意見，或一對一利用「電子郵件」互相聯絡，同在線上的會員也可以打字方式「聊天」，相當有趣。自己房裡的電腦，彷彿就是一扇通往其他世界的窗戶。

不過，「GAMES」最有意思的是其獨創的二十五種遊戲關卡。換句話說，共有二十五道門，玩家可隨意挑一道門進入，選擇想玩的遊戲。每道門都有名稱，兼介最喜歡的遊戲是「明日香的祕密寶物」。

在這款最近新增的遊戲裡，每個參加者都是主角，必須一路打倒眾多敵人，找出隱藏在地底深處的「明日香的祕密寶物」。有時參加者之間還得相互對抗。

兼介申請加入遊戲時，遊戲管理員明日香為他命名「小兼」。起初，小兼只是平凡的旅人，某次拯救遇上搶劫的女孩後，從奇妙的老婆婆手中得到一張地圖。那張地圖僅有一半，並不完整，下方寫著一排古怪的暗號。之後，小兼在山上打倒一隻突然撲來的大熊，驚喜地發熊肚內有把刻著相同暗號的青銅劍。

兼介玩這個遊戲將近二個月，不久前，他終於找到深藏在地底的「明日香的王冠」，但出乎意料的是，遊戲並未就此結束，王冠到手的那一瞬間，明日香竟直接與他交談。

——勇者小兼，你的名字將永遠為世人傳誦。我授與你「騎士」封號。

畫面上出現這些文字後，遊戲管理員告訴兼介：「我將賜予你真正的明日香王冠。」

真正的王冠？

兼介雙眼一亮，連忙鍵入：

真正的王冠，是指現實生活中的王冠嗎？

明日香回答：「那是觸碰得到的王冠，雖然尺寸較小無法戴在頭上，鑲嵌的寶石也只是玻璃珠，卻非常閃亮動人。」

兼介將在二月一日獲得王冠，也就是今天。王冠的授予方式非常符合「ＧＡＭＥＳ」風格。不是用郵寄，也不是到哪個地方領取，而是精心設計一個特別的儀式。

早上九點，葛原兼介走出家門。

肩揹的大提包裡裝著攜帶型電腦和聲波耦合器＊，他必須沿途登入遊戲，與明日香聯絡。

——路程有點遠，要多帶車錢。另外，別忘記準備一些連接公共電話用的零錢。

兼介從昨天就雀躍不已，這是他第一次帶遊戲出門。除了在錢包裡裝進許多十圓和百圓硬幣外，還拿出剩下的壓歲錢，那至少有五萬圓以上。帶著這些錢，前往日本哪個地方都不成問題。

「小少爺要外出嗎？」

女傭問正在穿鞋子的兼介。

「我出去一下。」

兼介說完便離開家門，沒告訴任何人要去哪裡，因為他也不知道目的地。他的心情非常亢奮，感覺真的變成遊戲中的主角。出發吧，踏上冒險的旅程。

4

第一個聯絡點是東京車站，明日香指示兼介在車站附近先登入遊戲一次。

在丸之內南口找到電話亭，他立即飛奔進去。由於要進行電腦連線，在電話亭裡比較方便。

兼介拿出攜帶型電腦，接上聲波耦合器。要連結電腦和電話線路，必須使用功能和數據機相同的聲波耦合器。平時兼介若有想要的東西，只要向父親哀求，幾乎是要什麼有什麼，尤其是電腦相關產品，父親從不曾拒絕。

將電腦設定為通訊模式後，兼介投下一枚百圓硬幣，撥打「ＧＡＭＥＳ」的登入號碼，然後把聲波耦合器裝在話筒上，輸入自己的ＩＤ及密碼，螢幕上便出現平常熟悉的歡迎訊息。

「很好，很好。」兼介喃喃自語。

為了和明日香直接交談，他選擇「聊天」。明日香告訴他的ＩＤ，確實列在聊天室的等候名單上。兼介輕咬嘴唇，輸入對方的ＩＤ。

——嗨，小兼，我等你好久。

畫面顯示出明日香的回答。兼介向電腦微笑，他完全不曉得明日香的長相、年紀及職業。在兼介的想像中，明日香就像外國電影裡的間諜。

——小兼，你在什麼地方？

兼介拚命鍵入文字。明日香打字很快，兼介再怎麼使出全力，速度也不及明日香的一半，選漢字時偶爾還會失去耐性。

——我在東京車站南口的公用電話亭。

——你有帶軟碟片吧？

——當然，裡面存著拿到明日香王冠時出現的密碼，和昨天妳給我的檔案。

——很好。那是不可或缺的東西，如果你沒帶來，我就無法判斷你是不是葛原兼介本人。

——我存在常用的三．五吋軟碟片裡。

——你才國二吧？

——對，沒錯，今年四月要升三年級。

＊ Acoustic Coupler，早期將電話話筒放在聲波耦合器上可傳輸資料，目前已很少使用。

——真厲害，我在你這個年紀時，還不怎麼懂電腦。

兼介不禁臉紅，幸好明日香看不見自己。

——ＯＫ，那我們趕緊回到遊戲吧。你準備好了嗎？

——隨時可以開始。

——我接下來要指引你去一個地方，但實際地點你必須自己尋找。

——那地方很遠嗎？

——得搭電車。不過別擔心，我不會要你到九州。嗯，注意，坐特急電車需一個半小時，這是第一道提示。

坐特急電車，要一個半小時……

兼介仰頭思考，他的地理不太好，早知道就把地圖一起帶出門。

——再來，請從我的話中找出目標場所，你最好先預備紙跟筆。

兼介慌張地拿出筆記本。

——好，請說。

——「川端康成抓到一隻兔子，切掉牠的尾巴，再切下一隻耳朵代替。」

「………」兼介不禁吞口口水，好難啊，我猜得出要去哪嗎？

他努力地將螢幕上的字句寫在筆記本上。

——抄完沒？

——嗯，但我沒什麼自信能找出答案。

——希望你好好加油。獲得騎士封號的你，應該兩三下就能解決這種謎題。

——猜出後呢？

——我希望你三十分鐘再登入一次，如果你猜錯可不妙。猜不出來也一樣要登入，知道嗎？

——好的。

——加油吧，祝你成功。

兩人的交談到此結束。

兼介返回「GAMES」的選單，點下「結束」。

他將電腦及聲波耦合器放回提包，絞盡腦汁地思考。

川端康成抓到一隻兔子，切掉牠的尾巴……

這到底是什麼意思？坐特急電車要一個半小時的地點？川端康成？

兼介確認時間，十點五分。下次登入是在十點三十五分。

僅有的三十分鐘裡，最初的十分鐘轉眼消逝，兼介腦海中沒浮現任何答案。他坐在長椅上緊盯著筆記本，卻毫無靈感。

他咬著嘴唇環顧四周，附近應該會有提示吧？

川端康成，川端康成……

兼介的目光停在服務窗口上。

對了，時刻表上有地圖和各站站名。

他抓起提背包走到服務窗口，翻開厚重的時刻表查看索引地圖。
搭特急電車得花一個半小時。
但一個半小時究竟是多遠的距離呢？地圖上完全看不出來。
等等，兼介抬起頭，只要鎖定從這裡出發的特急電車就好。
從東京車站發車的有山手線、京濱東北線、中央線、總武線、東海道本線、橫須賀線，當中僅總武線和東海道本線有特急電車。
兼介先查東海道本線特急電車的時刻表。
「舞孃號。」兼介不禁脫口而出。
「舞孃號」連接東海道本線與伊東線，且川端康成有部作品便叫《伊豆的舞孃》。
——就是這個！
沒錯，兼介相當篤定。那麼，接下來只要找出此班列車一個半小時後會抵達哪些地方即可。
舞孃1號列車早上八點從東京出發，九點半抵達的站是……網代？到網代時是九點三十一分。
網代和兔子有什麼關聯？
——川端康成抓到一隻兔子，切掉牠的尾巴，再切下一隻耳朵代替。
切掉兔子的尾巴。兔子，兔……？
兼介又看時刻表一眼。

「宇佐美！」

兼介忍不住大喊，隨即慌張地左右張望。身旁有個中年大叔正瞅著他。

網代的下一站是宇佐美。切掉「兔子（U SA GI）」的尾巴，也就是拿掉最後一個「GI」音，而耳朵（MI MI）只剩一邊是「MI」，代替「GI」接上便成為「宇佐美（U SA MI）」。

搭特急「舞孃號」前往宇佐美，這就是答案。

兼介瞥向時鐘，十點三十分，距離登入時間只剩五分鐘。

太棒了，沒什麼能難倒我。

他拿起提包離開服務窗口，走向電話亭，心裡感到相當滿足。

兼介登入「GAMES」，邀請明日香交談。

——哈囉，小兼。

——明日香，我解開謎底嘍。

——哦，答案是什麼？

——坐特急「舞孃號」到宇佐美。

——做得好！不愧是小兼。對，那就是你要前往的地方。嗯，出發吧，現在應該趕得上「舞孃11號」。我希望你到宇佐美後，在車站前再登入一次。這次是長途電話，記得準備零錢，能用電話卡的話是最好不過。

——好的。

兼介登出後，把機器裝回提包，精神抖擻地走向服務窗口。

5

中午十二點三十六分，兼介抵達宇佐美。

「咦？」

他走出剪票口，邊環顧四周邊喃喃自語，總覺得眼前的景象似曾相識。

這是個鄉下小鎮。往車站的出入口望去，看得見兼具巴士站功能的廣場。那邊有販賣名產的低矮建築物、民宿的廣告看板和採橘子活動的海報——兼介想著，這就像被施了魔法一樣。

他解出明日香的謎題來到此地，雖然之前從未在宇佐美站下車過，卻對這裡感到十分熟悉……

真有趣。

兼介輕輕聳肩，瞄到候車室的角落有座綠色的插卡式公共電話，便朝那處走去。在這站下車的人不多，兼介從提包中拿出電腦及聲波耦合器，按下開關後插入電話卡，選擇「GAMES」的「聊天」選項。

——看來電車沒誤點。

——嗯，我在宇佐美車站。

——會不會累？

——一點都不累。接下來呢？

——之後你得用走的。

——請給我提示。

——ＯＫ，這次的提示，同時也是要測試你到底是不是真正的葛原兼介。

真正的我？兼介盯著液晶螢幕。

——「真正的」是什麼意思？

——因為「明日香的王冠」只能交給小兼，但你看不到我，我也看不到你，對吧？

——嗯，沒錯。

——我不曉得目前在宇佐美車站的你，是否為葛原兼介本人。說不定你是代替葛原兼介前來。

兼介有些慌張，不禁吞口口水。

——我就是葛原兼介。我帶著軟碟片，絕不是冒牌貨。

——你一個人吧？

——是的。

——很好。假如你真是本人，那麼我出的問題，你應該能輕鬆回答。若是替身，肯定一頭霧水。

兼介搓著手想，明日香到底會出什麼樣的難題？

——我明白，紙筆準備好了。

——「回想兩年前的夏天，當時小兼的棲息之處在哪裡？」
什麼？
兼介眨眨眼。兩年前的夏天？
他抬頭環視四周，接著凝望廣場彼端的景色。
——小兼，你還在線上吧？
——嗯，我在。
——你知道該去什麼地方嗎？
——抱歉，能不能等我一下？
——有什麼問題嗎？
——沒有，只是想到車站外頭瞧瞧，總覺得有點奇怪。
——好啊，我等你，去吧。
兼介擱下電腦及電話走出車站，在附近晃了一圈。
這個車站三面環山，只有正面向海。前方有座海水浴場，山上橘子田連綿。這片景色我有印象……
——回想兩年前的夏天，當時小兼的棲息之處在哪裡？
兩年前的夏天，也就是前年暑假，國中一年級的暑假。對，當時我來過這裡，但不是搭電車，而是坐爸爸開的車子，媽媽及和貴子也同行。和貴子表姊大我一歲，是個自大的討厭傢伙。

當初是坐車子，所以剛下電車時沒察覺到。那時爸媽只說要到伊東，我便一直以為這地方是伊東，但確實是這個城鎮沒錯。

小兼的棲息之處，指的是當時住的那間別墅吧。

「不過……」兼介又皺起眉頭，注意到什麼似地走回車站。有個站務員遠遠地望著他的電腦。

不過，為什麼明日香連我前年的事都知道？真不可思議，簡直像置身魔法世界。

兼介走回電腦鍵盤前。

——抱歉讓妳久等，我似乎知道答案了。

——真的嗎？你能回想起來，我很高興。

——為什麼明日香曉得我前年來過這地方？

——我說不定是你認識的人喔。

認識的人？兼介思索一會兒，「啊」地一聲點點頭。

——是間宮叔叔嗎？

——哦，你怎麼會認為我是間宮？

——因為前年我是和爸爸一起到間宮叔叔的別墅玩。我的棲身之處，就是間宮叔叔的別墅。

——關於我是誰這件事，讓我們保持點神祕感吧。我或許是間宮，或許不是。那麼，你知道接下來要去哪嗎？

——間宮叔叔的別墅？

——沒錯，現在我確定你是葛原兼介本人，可以安心地招待你到別墅。

兼介臉上散發出光采。

——意思是明日香在別墅裡嘍，到時就能見面吧？

——對。只是，別墅大門深鎖，而你手上沒有鑰匙，要怎麼進來呢？

——我不知道。

——最初三隻手，接著兩根手指，最後一隻手。

「…………」兼介愣愣地看著螢幕。

——這一樣是出給我的謎題嗎？

——是的，在這些提示消失前，先寫下來吧。

兼介趕緊拿出紙筆記下。

——我寫好了。

——那麼，祝你順利。我很期待跟你見面喔。

——請等等，這是打開別墅大門的關鍵嗎？

——沒錯，如果實在想不出答案，三點時再登入一次。

——好的。

交談結束。

「…………」兼介看著筆記，答案到底是什麼？根本無從猜起。

算了。

他重新振作精神，將電腦和聲波耦合器收回提包，抽出電話卡放入提包上的附袋。

「那是什麼？」

身後傳來問話聲，兼介回頭一看，是剛剛那名站務員。

「沒有，沒什麼。」

兼介搖搖頭走出車站，瞄向時鐘，現在是十二點五十分。若沒能解開謎題，便得在三點登入，那大約還有兩個小時。

兼介憑印象沿左側鐵道前進，若直往右轉即通向海水浴場，綠油油的山林很快地出現在眼前。

明日香就是間宮叔叔吧。

兼介邊走邊思考，只有那間別墅的主人間宮叔叔會待在那裡。

不知為何，兼介感到有些失望。間宮叔叔是爺爺公司的職員，據說是個了不起的人，地位比爸爸還高。他和爺爺交情不錯，偶爾會來家裡和爸爸聊天，也曾一起用餐，算是熟面孔。爸爸跟他提過我很迷電腦，他似乎相當感興趣。

如果是更年輕的人就好了……

兼介一直以為明日香是個大學生，那樣比較好，因為間宮叔叔比爸爸年長。

但他又轉念一想。

——我或許是間宮，或許不是。

明日香這麼說。難道他是出乎意料的人物嗎？對，肯定沒錯。

因為他設計出「明日香的祕密寶物」。兼介從沒玩過這麼刺激的遊戲，至今仍意猶未盡。

他環顧四周的景色，道路兩旁開著旅館及魚乾店，前方盡是山巒。

接續縣道的是一段上坡小路，一般民宅突然少了很多。雖然不是很陡峭的山坡，提帶仍深深陷進兼介肩頭。

步行十五分鐘左右，終於看見第一間別墅。這一帶的別墅不多，間宮叔叔曾說喜歡閑靜的地方，所以選了這裡。每棟別墅都隔得很遠。

真遠。兼介回想前年的暑假，那時無論到哪都坐車，來別墅也好，去海邊也好，開車一下就到，走起來卻相當有距離。

兼介穿的是運動服，愈走愈熱，但不流汗時又會覺得冷吧。幸好目的地是伊豆，假如更往北，只穿運動服肯定不夠。

他爬過漫漫山路才到達間宮的別墅。寬廣的山路旁，豎有寫著「間宮」的小立牌。由此走進碎石窄徑，別墅就在最深處。

周圍都是翠綠的森林，兼介沿碎石小徑走著，一大片草坪突然躍進眼底。草坪彼端有棟雙層白色別墅，別墅後面是陡峭的山坡，往下便是廣闊的海。

他想著待會兒再來好好欣賞海景，先開鎖要緊。

兼介站在門前眺望整棟建築物，一樓和二樓都低垂著窗簾。他專注地觀察窗簾有無動靜，明日香應該正從屋內看著自己。

光想到這一點，兼介便不由得興奮起來。他原想大喊明日香的名字卻又忍住沒開口，因為這違反規則，得自行想辦法開門。

兼介走向大門，試著轉動門把，果然上了鎖。

──最初三隻手，接著兩根手指，最後一隻手。

鑰匙藏在哪裡呢？三隻手……

兼介左右張望，門板上並未掛著像手的東西，建築物上也沒有，他接著看向屋簷。

難道那就是「手」嗎？

不，第一項提示是三隻手，重點是「三」這個數字。

草坪正中央種有一棵大樹，兼介看著延展的樹枝在門口放下提包，走近樹下。只見枝幹朝四方延伸，數量豈止三枝。他懷疑鑰匙掛在樹枝上，凝神細看，卻沒發現類似的東西。

三隻手，二根手指，一隻手。

他盯著雙手思索，手有兩隻，指頭有十根，真搞不懂……

兼介決定繞建築物周圍一圈。他邊走邊仔細觀察，牆壁、窗戶、地面都不放過。不久，他發現一扇後門，便上前嘗試轉動門把，但一樣緊鎖著，即使將耳朵貼在門上，也只聽得到低沉的馬達聲。

從建築物後面看得見海景。今天天氣晴朗，碧藍大海延伸到遙遠的彼端，靠近岸邊的綠色海水，愈往深處愈顯靛藍。一艘白船拖著波紋劃過海面。

走完一圈卻沒發現任何像手或手指的東西，兼介在門廊坐下。

就此認輸實在太冤枉，只差最後一步。他不想在三點時再登入一次，於是從提包裡拿出筆記本。

——最初三隻手，接著二根手指，最後一隻手。

對了，兼介回頭看向玄關，門旁有個對講機。

難道這是暗語嗎？

他起身按下對講機的按鈕，靠近麥克風說「最初三隻手，接著兩根手指，最後一隻手」，接著轉動門把。

「還是不行。」門依舊紋風不動，這並非暗語。

可惡，兼介生氣地瞪著門。明日香聽得到我的聲音，肯定正在竊笑。

兼介握緊拳頭，作勢要敲門，卻沒真的敲下。這樣明日香只會更看不起自己，所以他只敲敲左手。

「…………」

他望著自己的拳頭。

「最初三隻手——」

兼介看看拳頭又看看門，而後鬆開拳頭，豎起食指。他盯著指頭在門板上緩緩滑動，直到滑出門板邊緣，停留在對講機按鈕上。

「接著兩根手指！」

兼介綻放笑顏，鼻子發出嘿嘿笑聲。

他深吸口氣，在門前站穩腳步，握緊拳頭敲三下門，接著按兩次對講機，最後又敲一次門。

門上傳來開鎖的咔啦聲。兼介咬著嘴唇，握住門把。

「太棒了！」

門把順利轉開，輕輕一拉門便靜靜往外開啟。

「咦？」

兼介窺探門內，期望落空，原以為是明日香聽到敲門聲及對講機鈴聲符合暗號才解開鎖，玄關卻不見人影。

難道明日香開門後隨即躲進屋裡？

「有人在家嗎？」

兼介試著朝屋內喊道，但沒有回應。

「你好，是我，葛原兼介。」

這次他試著更大聲地呼喊，依舊未得到任何回音。

兼介偏著頭，拿起放在門旁的提包走進玄關，並把門帶上。

「有人在嗎？我可以進來嗎？」

還是毫無動靜。

兼介脫掉鞋子，由玄關走上門廳，戰戰兢兢地望向起居室，誰都不在。

「明日香！」

他進入起居室後，也繞到廚房及裡頭的和室間，依然半個人影也沒有，心中不禁湧起一股不安。

「妳在什麼地方？」

兼介走回門廳，上到二樓，原打算進書房，門卻緊鎖著。

另一頭的寢室則沒上鎖。

「啊，原來在這兒。」兼介腦中瞬間掠過這個想法，兩張床中間的桌上放著一台電腦，螢幕還發出亮光。

「明日香？」

怪的是房裡也沒人。兼介將背包放在床上並環顧四周，這房間和前年來的時候有些不一樣，之前浴室門旁並未擺放冰箱。

「明日香。」

兼介試著再次呼喚明日香，仍無聲無息。他走進浴室，裡頭也沒人。

兼介望向對門的書房，只有那扇門上鎖，明日香應該在那兒。

他心想，難道這裡也需要敲三次門嗎？不過書房前沒裝對講機。

此時，兩張床之間的電腦發出嗶嗶聲，兼介吃驚地回頭一看，螢幕上出現電子漩渦圖樣，顏色由藍轉綠、綠轉黃、黃轉紅。

兼介走向螢幕，只見漩渦消失，顯示以下文字：

歡迎你，小兼。

我是「明日香」。

更令兼介詫異的是，文字映現的同時，電腦喇叭傳出女人的聲音。

──歡迎你，小兼，我是明日香。

「…………」

兼介還來不及回過神，電腦就繼續出聲，話語一樣顯示在螢幕上。

──你終於來到這裡，好棒。門一直開著會冷吧？只有這個房間開暖氣，你能幫我關上嗎？

「呃？」兼介回頭一看，寢室確實敞著門。

兼介眨眨眼，走去關門。電腦又說：

──謝謝。

雖然發音怪怪的，講話速度也很緩慢，卻明顯是女人的聲音。

──那麼，只剩最後的確認。你帶著軟碟片吧？

「是的。」

回答後，兼介連忙鍵入「是的」。

──直接答覆就好。要用鍵盤輸入也行，不過當我說話時，請出聲回話。

「出聲……妳聽得見嗎？」

──當然。

「呃，妳是明日香嗎？」

——是啊，你很驚訝？

「為什麼……呃，妳在哪裡？」

——我不就在這兒嘛？

「可是……」

——你覺得電腦不可能會說話嗎？

「不，嗯……」

兼介不敢相信眼前所見的一切，自己竟然在和電腦交談。談話過程中，兼介發現電腦回應時總是慢半拍，大約是呼吸一次的時間。

「明日香，妳不是人類嗎？」

——你覺得我看起來像什麼？

「電腦。」

——不對。

「不對？」

——我是程式，一個被命名為明日香的程式。

「…………」

兼介覺得這簡直太超現實，只有科幻電影才會出現這樣的場景。

「妳是女生嗎？」

——嗯，我不知道，聲音是程式設計師給的，而電腦程式基本上沒有性別。那麼，先讓我檢驗一下你的身分。這是確認你為葛原兼介本人的最後一道關卡，請插入帶來的軟碟片。

「啊，好。」

兼介拉過床上的提包，拿出軟碟片，插進電腦。

此時硬碟的處理燈號閃爍一會兒又消失。

——確認無誤，謝謝你。

兼介決定將內心的疑惑向明日香問個明白。

「為什麼妳會知道我的事情，還有這棟間宮叔叔的別墅呢？寫出妳這套程式的人是間宮叔叔嗎？」

——我的資料庫中記載著很多你的事情，這是為你量身打造的程式。

「為我？」

——沒錯，「明日香的祕密寶物」也是為了在今天呼喚你到這裡而設計的遊戲。

「我不懂，那是什麼意思？」

——所謂明日香的祕密寶物，指的就是葛原兼介。

「…………」

——對我來說，你是我獲得珍寶的工具。我可以用你的生命跟你爺爺換取龐大的金錢。

「啊？」

兼介緊緊皺眉看向螢幕，電腦則語調不變地說：

——現在，你被綁架了。

6

里卡德股份有限公司第三代社長武藤為明的宅邸座落於市中心赤坂，高大石牆和鐵門包圍的七百坪建地上廣植草皮和樹木，東西側各有一棟房，西側比東側大上許多。武藤社長住在西側，女兒苑子夫婦住在東側。

武藤社長邀請間宮富士夫來家裡用餐，間宮在晚間八點左右抵達。

「告訴久高，間宮到了。」

間宮一走進客廳，武藤社長如此吩附太太照枝，而後便說著「這是別人送的」，幫間宮倒酒。

「我希望葛原也一起用餐，你不介意吧？」武藤社長問道。

「當然不介意。」間宮點點頭。

葛原久高是武藤為明的女婿，也是里卡德公司的執行董事，兼任光機及營業部部長。他跟妻子住在另一棟房。

「社長是不是有話對我說？和葛原執行董事也有關係嗎？」

間宮這麼一問，武藤含著酒，「嗯」地點頭。

「我啊，」武藤開了話頭，從酒杯抬眼望向間宮，略微停頓。「你覺得我老了嗎？」

「…………」

間宮沉默地注視著武藤，七十八歲確實不算年輕，平貼的頭髮也已斑白，不過從氣色看來只有五十多歲，臉頰及下巴也相當緊實。武藤每星期會去附近的游泳池兩次。此外，雖不清楚詳情，但聽說武藤有三個情婦。

「如何？怎麼想就怎麼說吧。」

「有誰說社長的年紀大嗎？」

「別人說什麼我才不介意。」

「那我的想法也不是很重要吧。」

武藤笑出聲。「你不一樣，我想知道你的看法。」

「在年輕人的眼裡，我也算老頭一個。社長的年齡大我兩輪，可是我不曾把您當成老人。」

「真老實。」武藤噗哧一笑。

「社長為何這麼問？」

武藤搖搖頭，將酒杯放回桌上。「前陣子醫生說我的身體十分健朗。」

「這不是很好嗎？」

「問題出在這裡。」武藤比比頭。

「這裡？」

「腦袋。」間宮微笑。

「您不像有老人痴呆的症狀。」

「幸虧事情多到我沒時間老人痴呆。只是，最近我偶爾會喪失自信。」
「喪失自信？」
「嗯，有時我根本無法理解年輕人在說些什麼。」
「社長的想法要是跟十幾歲的年輕人一樣，我們會很困擾。」
「不必和十幾歲的年輕人有相同思路，但完全無法理解可不妙。里卡德也有那種年齡群的客戶。」
「您要不要先休養一陣子？」
「不。」武藤社長搖搖頭。「我有個打算。」
「什麼打算？」
「總有一天我會退休，儘管不是最近的事，不過我想預做準備。」
「…………」
「依你看，目前的光機和ＯＡ部門的關係如何？」
「這個嘛……」間宮點點頭。
間宮是里卡德中央研究所的所長，也是ＯＡ部門的最高負責人。這應該就是武藤社長安排葛原久高一起用餐的用意吧。
光機和ＯＡ部門近來處得並不好。這幾年，相較於ＯＡ部門的銷售業績年年上升十一到十二個百分比，里卡德原先的主要產品相機的銷售成績反倒不甚理想。三年前，ＯＡ部門的營業額已超越光機部門。

雖非真的起衝突，但兩部門從當初的競爭意識轉變為對立是不爭的事實。光機部門本來是里卡德的核心，有著延續傳統的驕傲，可是新成立的ＯＡ部門後來居上，如今反倒在公司內呼風喚雨。面對這樣的態勢，光機部門的心情也就可想而知。

「你能不能幫忙葛原？」武藤看著間宮問道。

接著，武藤似乎想起葛原還沒到，便望向客廳入口。

「好慢啊。喂！」

聽到武藤的高聲呼喚，女傭走上前，同時也向間宮點頭致意。

「久高呢？」

「剛剛去請過，說是兼介小少爺還沒回來。」

「兼介？」

武藤挺起靠在沙發的上身。

「兼介發生什麼事？」

「不，只是小少爺早上出門，至今仍不見蹤影，少夫人正四處打電話詢問。」

武藤皺起眉。

葛原兼介是武藤的孫子。武藤社長對孫子的溺愛，公司裡人人皆知，他甚至會在年初致詞時提到兼介的學校成績。

「還沒回家？也不知道他去哪嗎？」

女傭才要應答，外面突然傳來話聲，回頭一看，只見葛原久高走進客廳。

「我來晚了，真抱歉。」久高後面那句是對間宮說的。

「兼介到家沒？」

武藤一問，葛原苦笑著搖搖頭。

「苑子太小題大作，這孩子大概玩到沒注意時間吧。」

「但也快九點了啊。」

「不過，他都國中二年級……」

「他究竟是去什麼地方？」

「沒說，他好像一大早就出門。」

「今天學校不是放假？」

「對，聽說是創校紀念日。」

「有沒有打去他好朋友家問？」

「苑子正在聯絡，請不用擔心。不好意思，為一點小事驚動您。」

葛原說著苦笑地看向間宮，間宮微微點頭。武藤則皺著眉從沙發上站起身。

三人移步至飯廳，剛在餐桌旁落座，電話便突然響起。

「老爺，有一通奇怪的來電……」女傭將無線電話拿到武藤面前。

「什麼奇怪的來電？」

「一個講話方式有點怪異的女人，想跟您談兼介小少爺的事——」

「給我。」武藤粗魯地取走電話。

「喂，我是武藤。」

接起後，武藤瞬間露出困惑的表情，驚訝地看著手上的話筒，隨即又拿近耳邊，皺著眉聽對方說話。

間宮和葛原不禁對望一眼。

「妳是哪位？請正經點，不要胡鬧。」

間宮站起身，感覺武藤的反應不太尋常。

「瞎說，程式怎麼可能會講電話？要談什麼兼介的事？」

間宮走到武藤身邊。武藤察覺後，將話筒稍微移開耳畔，示意間宮也一起聽。間宮湊近聽見一個語調奇異的女聲。

——您的孫子在我手上。

「什麼？」

武藤提高嗓門，看著間宮。

間宮一聽就知道這是以電腦合成的人工語音。

——重複一次，葛原兼介在我手上，不准報警。

「喂！別開玩笑，妳到底是誰？」

——剛才提過，我是電腦程式，是專為綁架葛原兼介設計出來的。

「妳胡扯些什麼，兼介在妳那裡嗎？」

——沒錯，他在我的掌控之中。

間宮盯著武藤手上的無線電話。

兼介遭到綁架？

間宮仔細聽著話筒傳出的女聲，感覺沒什麼印象。當然，普通人不會有這種嗓音，不過幾乎所有合成音都有範本，先解析出真人聲音的頻率跟聲波，再以此為基準製成。

電話裡的聲音十分自然，儘管語氣及音調上多少有些不太順暢，但肯定是以非常精良的系統製作而成。

葛原走近兩人身邊問道：「兼介出什麼事？」

武藤沒理會一臉不安的葛原，繼續對電話說：

「兼介在哪裡？」

——抱歉，恕難奉告。此刻起您要遵循我的指示，不准報警。

「叫兼介聽電話。」

——他睡得正熟。如果想聽他的聲音，下次有機會再讓他接電話。

「我能相信妳嗎？誰曉得妳是不是在耍人。」

——您也只能相信我。不聽從我的要求，您孫子的小命恐怕不保。

「混帳，開什麼玩笑……妳有何要求？」

——請準備十億圓。

「妳說什麼？」

武藤睜大雙眼，那句話間宮也聽得相當清楚。葛原則嚇得張開嘴，緊盯著武藤。

——十億圓。重複一次，不准報警，只要警察介入，就中斷交易。我會再與您聯絡。

「別亂來，兼介他……喂，喂！」

武藤將話筒移開耳邊，輪流望著間宮和葛原。

「對方掛斷了。」

武藤朝兩人舉起話筒，彷彿拿著神奇的東西。

「岳父，借我一下。」

葛原說著接過電話，顫抖地按下播號鍵。

「喂，是我，兼介回家沒？是嘛，不，先這樣。」

葛原只講幾句就結束通話。他看著武藤，輕輕搖頭。

「怎麼會發生這種事……」武藤低語。

間宮閉上雙眼，二十年前的那天在他心中甦醒。

昭和四十三年九月九日慎吾遭到綁架，生駒洋一郎於工廠接到千賀子夫人的通報時，間宮也在場。

「不可能，這一定是騙人的。」武藤為明又喃喃道。

7

葛原兼介努力地說服自己，這也是遊戲之一，非常真實的遊戲。

他躺在床上，轉頭看向電腦，螢幕仍沒任何變化。

夜幕低垂，兼介眺望著窗簾。簾子下沒裝玻璃窗，反而釘著板子，大概是為防止人質逃走才封死窗戶。

他曾嘗試大聲呼救，但明日香的警告也隨之而來。

——危險，危險。請不要在房間內喊叫，否則裝在天花板、地板下及牆裡的塑膠炸彈會自動引爆。很危險，請保持安靜。

當時，兼介感到很害怕，因為門被明日香鎖上了。一踏進房間，明日香先要他關門的用意便在此。

兼介也試著搖門和敲門，不過明日香又發出警告。

根本無計可施。

簡單來說，兼介完全落入陷阱，這和掉進「明日香的祕密寶物」遊戲中的地底監獄沒什麼兩樣。在遊戲裡，只要善加利用關在監獄的怪獸就能順利逃脫。

然而，這個房間沒有怪獸，只有明日香及冰箱裡的食物。

「聽得見嗎？明日香。」

兼介仰躺在床上問道，但電腦沒回應，看來並非隨時都能與明日香交談。

——小兼，今天就聊到這兒吧，接下來我會安靜一陣子，電腦裡有一些遊戲，無聊時可以玩玩。記得按時吃飯。

明日香講完便不再開口，之後只有在兼介大聲喊叫或敲門時，才會發出警訊。

如何逃出這地方？兼介不斷思考著。當他想扯下房間及浴室窗戶上的木板時，明日香果然又出聲警告。

他喝喝可樂，吃吃巧克力，肚子幾乎沒餓著。

兼介試著照明日香的話操作電腦，螢幕出現的選單上有四項遊戲，包括一個即時射擊遊戲，及三個冒險遊戲。

我真的遭到綁架了嗎？

兼介仍想著這個問題。這情況確實恐怖，他已被關在這房好幾個小時，完全聽不到外頭的聲響。

這和在電視上看到的綁票手法天差地遠。一般歹徒都會拿槍指著囚禁的人質，可是房裡沒有舉槍的歹徒，只有明日香。除發出爆炸警訊外，明日香並未毆打或綁住兼介。

他覺得自己比電視上的人質幸運很多，雖然心裡非常害怕，但總比挨打好。

這時，電腦傳來嗶嗶聲，兼介回過神站起身。

——小兼。

「是。」

兼介坐到電腦前。

——吃過飯沒？

「我吃了巧克力……」

——只吃巧克力？

「因為我不太餓。」

——要好好吃飯，回去時如果太瘦，你爺爺會很難過。

「明日香，我要在這裡待到什麼時候？」

——等你爺爺付完錢，我就讓你回家。

兼介吞吞口水。「你見過我爺爺？」

——我們通過電話。

「爺爺絕對會付錢吧？」

——我想他一定會付的。

「明日香，拜託，我什麼都不會說。不管是妳的事，還是這間別墅，我都不會向任何人提起，能放我走嗎？」

兼介激動地雙手抓住螢幕，畫面卻毫無變化。

——你有什麼想告訴爺爺的嗎？

「告訴爺爺？」

——我要錄下來。你爺爺不太相信我綁架了你，我得讓他聽聽你的聲音。

「啊，那我說什麼好？」

——大叫「救我」應該最有說服力。爺爺，救我。

「大叫？」

——沒錯。

兼介環顧房內。「可是，大叫的話，炸彈會……」

——沒關係，我已暫時關掉感應器。來，錄音開始，你喊吧。

兼介輕輕點頭。

難道……兼介偷偷想著，炸彈的感應器關閉，那門也……

兼介起身衝向房門，使盡全力搖晃門把。

此時，房內忽然嗶嗶作響。兼介嚇一大跳，連忙放開門把。

——危險，危險。請不要在房裡引發振動，否則裝在天花板、地板下及牆裡的塑膠炸彈會自動引爆。很危險，請勿嘗試。

兼介望向電腦。

——我只說可以大聲喊叫，沒說能引起振動。炸藥會自動引爆，絕不是嚇唬你而已。再這麼下去，不必多大的振動，計時器也會開始倒數。我不想對你不利，但你若想逃出這裡，我只能使出殺手鐧。請不要逼我傷害你。

「…………」兼介閉上眼睛，眼淚簌簌滑落。

——小兼，你聽見了嗎？

「嗯。」

——你在哭嗎？

「…………」

——不喊叫也沒關係，講些想告訴爺爺的話就好。當然，不能透露你在哪裡。

「爺爺……」

兼介坐在電腦前說著便哽咽起來，雖然拚命壓抑，依舊止不住。

「爺爺，救我……好可怕，快來救我……」

兼介泣不成聲。

不久，明日香出聲道：「謝謝，這段話錄得非常好，你爺爺一定會來救你。那麼，今天就先到這裡。」

兼介抬起頭說：「啊，請等等。」

──什麼事？

「能多聊一下嗎？」

──抱歉，我還有許多非做不可的事，下次再談吧。今天到此為止。

「可是，明日香，我……明日香？」

電腦沒有任何回應。

兼介雙手摀著臉。過了一會兒，他擦乾眼淚按下還原鍵。

螢幕上出現選單，他點選名為「戀愛成功法則」的遊戲。這款遊戲的目的是邀女孩子出去約會，考驗的是運氣及戀愛技巧。在女孩子的名單中，找不到明日香這個名字。

8

馬場守恒在武藤為明位於赤坂高台的住宅旁停好車，看一眼手表。

五點二十二分啊……

天還沒亮，車頭面對的石圍牆上有扇小木門，木門前那座微弱的街燈是這巷道中唯一的明亮處。巷道另一側綿延著神社的外圍土牆，牆內林木茂盛，看不出神社的位置。道路和土牆彷彿都已凍結，讓人不禁懷疑氣溫只有零下幾度。

他打個暗號，一名部屬隨即奔向前門大道窺探四周動靜，接著舉手示意。

「走吧。」

馬場對車內其餘三名部屬低聲道。一下車，寒涼的空氣便鑽進馬場領口，他不自覺地縮起脖子，走到木門前按門鈴。

——您、您好。

對講機中傳出女人的回應，似乎已等候多時。

「我是警察。」

——請稍候。

馬場對監視著道路的部屬打個手勢。門開後，一個神情緊張的女人向馬場低頭行禮。

「勞駕各位跑這一趟。」

「進去再談。」

馬場說著穿過木門，部屬也默默跟進。馬場回頭向準備關上門的女人說：

「還有一個人，他停好車才會過來。」

「啊。」女人有些不知所措地探出門外，馬場則沿著石徑走向房屋。三名男女站在後門口，一看見馬場，便分別低頭致意。馬場從胸前口袋掏出警察手冊。

「我是警視廳搜查一課的馬場守恒，方便打擾嗎？」

「這邊請，很抱歉要各位在這樣的時間過來。」

一名年紀較大的婦人趕緊擺上拖鞋。

「委屈各位從後門進屋，真是失禮啊。」

馬場對滿懷歉意的婦人搖搖頭，走進屋裡隨即感到一陣暖和。

「不必介意，能帶我到裝有電話的房間嗎？」

「好的。」

馬場跟著婦人通過廚房旁的走廊，從飯廳進入客廳。客廳裡有兩個男人站著迎接馬場，年紀較長的應該是武藤為明，馬場遞出名片並行一禮。

「我是警視廳搜查一課特殊搜查班的馬場。」

「敝姓武藤。麻煩各位在這種時間過來真不好意思。」

武藤雙手接過名片。

「刑警先生身後的是葛原久高——」

武藤原本打算一一介紹家人，但馬場舉手制止他：
「請等等，能先讓我查看電話嗎？得在歹徒打來前做些準備。」
「啊，這倒也是。在這邊。」
武藤比比身旁放著無線電話的桌子。
「呃，不是，我要看的是母機。」
「母機？啊，也對。喂，快為警官帶路。」
武藤吩咐身後的婦人，她低頭應聲「是」。馬場向部屬打個暗號，兩名部屬便隨婦人走出客廳。
武藤招呼馬場在沙發上坐下，重新介紹在場眾人。
屋裡共有六名男女，分別是一家之主武藤為明和妻子照枝、遭綁架的葛原兼介雙親久高及苑子、女傭森三代子，只有最後一人不是家族成員。
「間宮先生為什麼會在這裡？」
馬場聽完間宮富士夫的介紹，開口問道。間宮約五十多歲，名片上印著「里卡德股份有限公司　ＯＡ部長‧中央研究所所長」。
「社長招待我用餐……」間宮垂下目光回答，武藤社長接著解釋：
「歹徒打電話來時，我剛好要與間宮、久高——不，是和葛原一起吃晚餐。」
「這樣啊，所以就一直待下來？」
「是的，畢竟社長家發生這麼重大的事。」

馬場點點頭。

葛原一家住在另一側的建築物，那裡還有一名叫丹下伸江的女傭。考量到歹徒也可能打電話到葛原那邊，馬場派遣兩個部屬過去看守。

「那麼，能否從頭說明一下？」

馬場問完，武藤便揉揉太陽穴點頭道：

「事情大約發生在八點四十分到五十分之間吧。」

「歹徒打電話來嗎？」

「對，家裡的傭人接到後才轉給我。」

馬場轉頭問森三代子：「妳是第一個接起電話的人嗎？」

三代子有點緊張地縮起身子，微微點頭，眼神流露些許不安。

「對方說些什麼？」

「嗯，要我把電話拿給武藤為明老爺，說想談有關兼介小少爺的事。」

「想談有關兼介的事、拿給武藤為明聽，只有這樣？妳記得完整的對話嗎？」

「完整的對話……那個，對方聽起來像女人，講話方式很怪。」

馬場的目光從筆記本移向三代子。

「女人？對方是女人嗎？」

「是的。嗯，話聲非常奇特。」

「啊，警官先生。」武藤插嘴：「那是電腦合成的女聲。」

「…………」馬場看著武藤。

「那通電話是透過電腦以合成音打來的，話才會說得不太自然。」

「電腦？」馬場皺起眉頭。

「我認為，」站在暖爐旁的間宮富士夫開口說：「歹徒恐怕是使用聲音讀取裝置，並取女聲為範本。」

「請等一下。」馬場朝間宮舉起手。「我不太懂，所謂的聲音讀取裝置是什麼？」

「你曉得有種互動語音回覆系統嗎？」

「不清楚。」

「那你該知道可以電話預約火車座位吧？」

「電話預約……啊，我知道。」

「按下按鈕進行預約，話筒另一端會出聲回報結果，那即是互動語音回覆系統，也稱為ARS（Audio Response System）。原理是電腦使用合成音發出回應，而存放組合聲音所需資料的地方就叫聲音讀取裝置。」

馬場不禁眨眨眼。

聲音讀取裝置？電腦？他究竟在講些什麼……

「呃，請等等，你的意思是，電腦出聲表示綁架了葛原兼介嗎？」

「沒錯。」間宮答道。

馬場望向武藤，武藤對他點點頭。

馬場一時以為這些人在作弄自己，他從未聽過歹徒利用電腦的聲音犯罪。若是銀行員操作電腦盜領客戶的存款還較容易理解，但這可是綁架案……

馬場輕吐口氣，調整情緒後往下問：

「那個電腦說些什麼？是武藤先生接聽的吧。」

「是的。對方表明兼介在其手上，而自己是專為綁架兼介寫出的程式，並告訴我想要兼介平安回家，就準備十億圓。」

「十億？」馬場睜大雙眼。

「沒錯，且不准我通知警察。」

「拜託！」葛原苑子啞聲叫道：「請救救兼介，他才國中二年級。」

「苑子。」

武藤突然插話阻止女兒繼續說下去。苑子身旁的葛原久高則閉上雙眼。

「太太，請放心，我們一定會救出兼介。」馬場轉問武藤：「歹徒要求十億圓嗎？」

「對，很惡劣吧，這麼一大筆錢怎可能輕易籌到？」

「爸爸，」苑子抬頭喊道，「難道不付嗎？您會付吧？那可是兼介啊，您該不會要見死不救？」

「住嘴！」武藤提高音調，「誰說我會見死不救？我絕不會讓兼介受到傷害。」

「可是，您剛說十億圓……」

「十億圓不是小數目，難道妳認為很容易籌到嗎？」

「您一定有辦法。十億或二十億，對爸爸而言都不算難事吧！」

「苑子，安靜點。眼前不是付不付錢的問題，而是歹徒提出十億圓的金額，肯定是在戲弄我們。歹徒也明白這要求很無理吧，這一定是在開玩笑。」

「什麼叫無理的要求！歹徒要我們付這筆錢可不是鬧著玩的，對方綁走了兼介啊，惡作劇會真的綁架小孩嗎？」

馬場揚手制止苑子。「太太，請冷靜下來。我能體會妳的心情，我們一定會救出兼介，請鎮定點。」

「……………」

馬場的一名部下過來報告：「已準備妥當。」

馬場望向客廳的另一頭，餐桌上裝設著臨時電話線路及錄音裝置。馬場朝部下點點頭，待他走回餐桌後，才轉身對武藤等人說：

「歹徒下次打來時，請等候我們的指示再沉著接聽。我們打算電話追蹤出歹徒的所在地，請盡可能拖延通話時間。」

武藤點點頭。

馬場接著改變話題。「兼介何時遭到綁架的？」

「這個嘛……」武藤皺起眉。

「你不曉得嗎？」

「是的，聽說他上午就早早出門。」

「昨天上午嗎？」

「對。」

「大約幾點？」

馬場看向苑子，她咬住嘴唇。

「那時我恰好外出，伸江……就是家裡的傭人，是她目送兼介離家的。」

「知道差不多是幾點嗎？」

「她說是九點左右。」

「九點？去學校不會太晚嗎？」

「昨天因創校記念日放假一天。」

「嗯，這樣啊。那他去哪？」

「…………」苑子默默搖頭。

「沒提要到什麼地方嗎？」

「對。」

苑子以手帕摀著臉，沒再出聲。

「他會不會是和朋友出去玩？」

「我問過……」苑子臉上仍掩著手帕，話聲有些模糊。「兼介的好朋友，我想得到的都聯絡了，但沒人跟他有約，誰也不清楚他的行蹤……」

苑子哽咽不已，馬場的視線移向葛原久高。

「你也沒聽他提起要去哪嗎？」

「沒有。」葛原搖搖頭，「我和內人要去購物，一早便開著內人的車出門。雖然與兼介一起吃早餐，但他一直看電視，沒講上話。」

「那是因為你在看報紙吧。」苑子說道。

「什麼？」葛原反問。

「當時你在看報紙。早餐餐桌上你從不開口，不是嗎？你總是自顧自地看報紙。」

「這兩件事沒關係吧。」

「是嘛，沒關係啊。」

「…………」葛原皺眉注視著苑子。

馬場才想開口，電話突然響起。

所有人望向餐桌。馬場站起身，對部屬打個暗號。

9

間宮富士夫心中一陣苦悶，不知該如何是好。

電話持續響著，餐廳裡的刑警以臨時電話線路嘗試交談幾句後，馬場對武藤打個手勢。

間宮則離開暖爐，坐到沙發上。

武藤拿起無線電話的手明顯發顫。

「喂，我是武藤。」

——您是武藤為明先生吧。

是剛剛那個電腦合成的女聲。武藤稍微將話筒移開耳邊，讓眾人都能聽見。話聲非常清晰。

「兼介還好嗎？」

——您準備支付十億圓了？

「叫兼介聽電話，不然要我如何相信他真的遭到綁架？這若不是騙局，就讓我和他講話。」

——我會讓您聽他的聲音，但確認之後您願意遵從我的指示嗎？

「先別說那麼多，沒聽到他的聲音前我是不會答應的……」

苑子從旁搶走話筒：「拜託，放了兼介！算我求求妳，我什麼都願意做，要多少錢都沒關係，只求妳把孩子還給我！」

——您是兼介的媽媽嗎？我不適合和情緒激動的人交談，請把電話拿給武藤為明先生。

苑子咬著嘴唇，武藤從她手中取走話筒。

「妳到底是誰？」

——之前提過，我是專為綁架葛原兼介而設計出來的程式。

「誰相信這種鬼話。喂，妳在聽吧？我們就別再拐彎抹角，有誠意的話，什麼事都能商量。」

——我們正在商量呀。您還沒回覆我，聽過您孫子的聲音後，願意答應我的要求嗎？

「先讓我聽兼介的聲音。」

「那麼就換您孫子接聽。」

「咦?」武藤略感意外地抬眼,對上間宮的視線。

此時,話筒傳來抽泣聲。

——爺爺……

「兼介!喂,是兼介吧!」

——爺爺,救我……好可怕,快來救我……

「兼介,是爺爺。你在哪裡?要不要緊?喂,不要哭,快告訴爺爺啊。喂,喂!」武藤拚命朝話筒喊道。

從對面刑警的動作也看得出綁匪已片面切斷通話,只見苑子緊抱著話筒啜泣。

間宮愣愣地望著刑警以臨時電話線路通訊。

「烏山嗎?是世田谷的烏山吧。在烏山的什麼地方?」刑警向話筒彼端詢問。

兼介說著「救我」的聲音還殘留在間宮耳裡。儘管話聲很微弱,但間宮能肯定那確實是兼介。

「間宮先生。」

聽見有人叫喚,間宮回頭一看,原來是馬場刑警。

「能請教一下嗎?」

間宮從沙發上起身,在馬場的催促下走向餐廳。

「剛剛聽員警提到烏山，是不是已查出綁匪的所在地？」
馬場皺起臉搔搔頭。「只知道在烏山一帶，詳細地點還不清楚。」
「但大概在那附近沒錯吧？」
「對。呃，我想請教的是，你也聽到剛才那通電話吧？」
「是的。」
馬場從口袋拿出間宮的名片。
「間宮先生很了解電腦嗎？」
「嗯，還算熟悉。」
「警官，」武藤從另一頭發話。「這根本不必問，間宮可是為我們公司ＯＡ產品打下基礎的重要人物，也是日本半導體研究的開創者之一。」
「啊，真是失禮……」
馬場不好意思的搔頭，間宮則搖搖頭。
「你之前提過互動語音回覆系統吧？」
「對。」
「那麼，武藤先生方才是和電腦通話嗎？」
「沒錯。」
「那是怎樣的電腦？」
「怎樣的電腦……這問題是什麼意思？」

「像是JR電車使用的機器嗎？」

「不，沒那麼誇張，用個人電腦也行。」

「個人電腦？百貨公司也有販賣的那種個人電腦？」

「是的，不管百貨公司或大型文具店都買得到。」

「不過，互動語音回覆系統不是很複雜的設備嗎？」

「你所謂複雜的設備，指的是泛用型電腦或超級電腦吧？依之前那通電話判斷，不必動用那種等級的機器。」

「只是，一般民眾不可能會操作互動語音回覆系統吧？」

「是啊，所以綁匪或許非常了解電腦。」

「或許？也有可能並非如此嗎？」

「對，只要設備配置完成，並掌握操作方法，即使不懂電腦也能使用。」

馬場彷彿在消化間宮的話，沉默一會兒後，以筆記本一角摩著臉，深吸口氣說：「可是，像我這樣的外行人，實在很難相信電腦會與人交談。」

「嗯，我想也是。然而，不久的將來這個願景便能實現。」

「不久的將來？」馬場看著間宮說：「不是將來，而是當下吧。剛剛武藤先生不就在和電腦交談？」

「嗯……」間宮點點頭。這名刑警上了綁匪的當，這也難怪。

「不是的，警官。」

「不是？」
「那通電話中，電腦並未和社長交談。」
「但間宮先生不是那樣說的嗎？」
「我的意思是，綁匪透過電腦以合成音回應。」
馬場皺著眉。「我不太明白，兩種情況有什麼差別？」
「實質的互動語音回覆系統至今尚未開發成功。儘管有辦法讓電腦發聲，不過，聽得懂人類的話並加以回應的系統，仍處於研究階段。目前的系統只能說無法聽，缺少理解語意的智慧軟體驅動。所以，現今應該還不存在完美的人機互動系統。」
「不對啊，間宮先生，那通電話中電腦不都一一做出回應？不只答覆武藤先生的疑問，還要葛原太太把電話拿給武藤先生。」
間宮緩緩搖頭。「警官，假如綁匪真的完成系統，根本沒必要綁架兼介，因為那價值遠遠超過十億圓。實際上，電腦並未直接回應。」
「……」
「依我的想像，綁匪應該是使用這樣的系統：只要坐在電腦前，連結上電話線，以鍵盤輸入文字後，經電腦處理便會轉為聲音回應，這是比較容易辦到的。綁匪透過電話聽取武藤社長的談話內容再以鍵盤答覆，目的是想隱藏自己的聲音吧。因此，對方的回答總是慢半拍，那些空檔就是打字的時間。」
馬場吐一口氣。「所以並非電腦本身做出應答？」

「對，我是這麼認為的，由通話過程看來只可能是這種情況。」

馬場搖搖頭，突然注意到什麼似地望著間宮：

「這麼說，綁匪很擅長打字嘍。」

間宮點點頭。「是的，我想沒錯。雖然中間總有停頓，但仍能順利交談。對方打字速度應該和說話速度差不多，或者更快。」

「嗯，那麼對方果然是個電腦高手？」

「恐怕連聲音也是自行合成的。撇開不知從何處取得的聲音樣本，那發聲裝置相當優良。綁匪肯定是電腦玩家，說不定還是專業人士。」

「……」刑警點點頭，沒再開口。

看這情形不需要多做補充，於是間宮坐回沙發。武藤社長則注視著間宮。

「誰會做出這樣的事……」

武藤看著間宮說。間宮微微搖頭，這個答案，他也想知道。

10

馬場守恒突然想到，還有一個人他沒見過。

「我想和丹下伸江見個面，葛原先生能陪我過去嗎？」

葛原一言不發地點點頭，率先走出客廳。

「呃，請問……」

身後傳來間宮的話聲，馬場轉頭看向間宮。

「假如沒有幫得上忙的地方，我差不多該告辭……」

「哦，也對。」武藤從沙發上站起來。「留你到這麼晚，真抱歉。」

「不會，沒關係。」間宮搖搖手，詢問馬場：「我可以離開嗎？」

「當然。方便的話，希望你能留下聯絡方式，之後恐怕還有需要請教的事。」

「好的，我今天會待在研究所。若要外出，我會交代去處。」

馬場對間宮行個禮，便催促葛原走出屋外。

一出後門，感覺到快凍結般的空氣，間宮不禁縮起身體。天已亮，隔著庭園草坪的葛原家看上去比武藤家新，但也小了些。二樓有座突出的陽臺，相對於和風的武藤宅邸，葛原的住所較偏洋風。

久高和馬場也從後門進入葛原家，留守的部屬出來迎接。

「傭人呢？」

「在那裡。」

馬場順著部屬的視線望去，客廳沙發上躺著一名年輕女子。若說森三代子二十四歲，丹下伸江看起來年紀更小。

「我剛剛要她回房休息，不過她放不下心，交代我有任何狀況一定要叫醒她，便躺在沙發上……」

馬場點點頭，看著葛原。

「我來叫醒她吧。」

葛原這麼說，馬場卻搖搖頭，轉向部屬。

「問清事情的來龍去脈沒？」

「問過，可是沒什麼特別的線索。她昨天送兼介出門時大約是九點，而在此之前，先生和……」部屬瞄葛原一眼繼續道：「太太八點半左右外出，她送兩位離家後，就在廚房收拾東西。當時她聽到玄關有動靜，一看才發現兼介正要出門。」

「嗯。」

「她問兼介要去哪裡，但兼介只答說要出去一會兒。」

「兼介的穿著呢？」

「據說是一身牛仔褲、黃色毛衣，外搭苔綠色運動外套。對了，跟這張——」部屬取出夾在筆記本中的照片，「一模一樣。」

馬場接過相片，只見兼介一臉稚氣、頭髮蓋住耳朵一半、有雙大眼睛，還有點嬰兒肥，長得和他母親很像。再加上不高，手腳纖細，感覺是個柔弱的小孩。

「先生，」馬場把照片拿給葛原看，「兼介這種打扮，你猜他會去什麼地方？」

葛原困惑地搖搖頭。「他一向穿得差不多，無論在家或外出都沒太大改變。儘管不會在家裡穿運動外套，但他對這方面似乎不太感興趣，所以……」

「啊，」部屬突然插話。「他揹著一個大提包。」

「大提包？」

「嗯，是牛仔布料的藍色大提包。」

馬場看著葛原，葛原點點頭說：

「他常揹那提包上學，好像是用來裝體育服，有時也會放錄音機之類的物品。」

「傭人知道袋裡是什麼嗎？」

部屬搖頭。「她不清楚，只說才走到玄關，兼介已穿好鞋子準備外出。」

馬場點點頭，目光移回照片，而後將照片遞給部屬。

「也讓其他人瞧瞧，去影印一下，要所有人各拿一張。」

待部屬走出後門，馬場面向葛原說：

「先生，我能看看兼介的房間嗎？」

「這邊請。」

葛原領馬場到二樓。

那房間約四坪大，對一個才國中二年級的小孩來說有點奢侈。窗旁的桌上雜亂地堆著課本及筆記本，桌前的椅背上掛著一條七彩大浴巾。書架和桌面一樣凌亂，沒有一本書是直立的，到處塞滿漫畫、雜誌、錄音帶等物品。

「這真是……」

葛原皺眉說著，馬場搖搖頭。

房間亂得可以。電腦靠右牆放在專用桌上，算是唯一整潔的地方。螢幕旁放著書檔，依出刊順序擺著電腦相關雜誌，影印紙箱及裝軟碟片的盒子也齊整的並排在一起。

「他只對電腦感興趣，每天放學回來後就黏在電腦前，要吃飯時怎麼催都不下樓。」

「他在玩遊戲嗎？」

「是啊，他最近非常著迷於電腦連線遊戲。」

葛原看向桌下，接著環視房內。

「有什麼不對勁嗎？」

「沒什麼，只是laptop不見了。」

「laptop？」

「就是攜帶型電腦。那是我們公司販售的商品之一，因為他吵著要，最近我才剛帶回來……」

葛原說到一半，忽然想到什麼似地看著馬場。

「他袋裡裝的該不會是那台攜帶型電腦吧？」

「有可能。」

「我看一下。」馬場說完便逕自檢查起電腦桌。他打開抽屜，裡面除了塑膠盒裝的軟碟片外，還疊放著三冊筆記本。翻開其中一本，只見第一頁寫著「明日香的祕密寶物」，下一頁則寫著「莓拉姆妖女」，另外還有幾行拙劣的字跡：

魔女住在塔斯拉城鎮外的小屋，付錢就會幫忙調製藥物。復活之藥、死亡之藥、幻覺之藥。

馬場一頁頁翻過。「這是什麼？」

葛原無奈聳聳肩。「是遊戲，他很迷冒險遊戲。」

「冒險遊戲？」

「你聽過一款叫勇者鬥惡龍的遊戲嗎？」

「啊，你是說任天堂的……」

「沒錯，就是那款遊戲。筆記上寫的是遊戲攻略吧，他只熱衷於這種事。」

「嗯……」馬場闔上筆記，目光停留在封底扉頁的三行字：

2/1　10AM　東京車站CHAT
交通費及雜費　PWD的FD　LT
明日香ID．GA880015

「先生，請看這段內容。」馬場指著那些文字。

「二月一日早上十點，東京車站——這是昨天的日期。九點從家裡出發的話，十點就可抵達東京車站，時間綽綽有餘。」

「…………」

葛原從馬場手中搶過筆記。

「我不懂的符號很多，CHAT是什麼意思？」

「就是聊天。」

「聊天？」

「電腦連線時，線上的會員能以打字的方式聊天。」

「還是不太明白。」

馬場直盯著葛原，但葛原接下來的話又加深他的疑惑。

「你知道什麼是電腦連線嗎？」

「意思是，使用電話線路傳輸電腦資料嗎？」

「對，資料幾乎都是文字。一般來說，使用者撥號到『電腦通訊站』是要與主機連線以進行資料交換，但CHAT是讓連線者能互相對話交流。」

馬場嘆口氣。

這起案件究竟怎麼回事？不管是綁匪或人質，一切都涉及電腦。這到底在搞什麼鬼？

馬場指著下一個符號問：「PWD的FD又是什麼？」

「PWD是密碼的常用英文簡稱，而FD則是軟碟片。」

「密碼的軟碟片？」

即使聽了葛原的說明，馬場仍然搞不清楚。

「那是什麼意思？」

「我也不曉得，大概是儲存密碼的軟碟片吧。」

「…………」

馬場咬咬嘴唇，看來得花不少功夫了解這些知識。

「那你知道什麼是LT嗎？」

「這就是之前提過的攜帶型電腦。目前我們公司販售的攜帶型電腦主流機種是RP-LT104，兼介用的也是這個型號。」

馬場拚命做筆記，心想稍後再消化這些知識也沒關係，總之得先讓事情順利進行下去。

「明日香ID．GA880015又是什麼？」

「明日香應該是取自遊戲名稱『明日香的祕密寶物』吧，我也不是很了解。至於ID，則是連線用的登錄碼，所有參與者都各有代號。GA後的數字就是ID號碼。」

「這麼說來，兼介也擁有ID嘍。」

「嗯，而且不只一個。」

「不只一個？不是每人一個嗎？」

「兼介應該不只玩這款遊戲，不同遊戲的ID也不一樣。」

「不，問題是這個明日香ID……」

此時，樓下一陣騷動，馬場轉過身。

「組長！馬場組長！」

那是部屬的呼喊，馬場跑到房門口。「怎麼回事？」

「電話，綁匪打來的。」部屬往樓上喊道。

11

馬場回到武藤宅邸時，綁匪已掛斷電話。

「重播剛才的通話。」

馬場在餐桌前坐下，戴上連結錄音裝置的耳機。部屬將帶子倒轉，不久便傳來武藤為明的話聲。

「喂，我是武藤。」

——您決定付十億圓了嗎？

依然是先前的合成音。

「兼介呢？我還想聽聽他的聲音。」

——我已實踐承諾，這回該您履行約定。

「拜託，算我求妳，讓我再和兼介說話。」

——重問一遍，您選擇聽從我的指示，或者對孫子見死不救？

「但……妳想想，十億圓不是小數目，怎麼可能輕易籌到？即使我答應妳的條件，如何搬運這筆現金也是問題。」

——我在徵詢您的意願。您打算支付十億圓，還是不付？

「我當然會付，不管多少錢我都願意付。可是，假如妳無法保證兼介能平安歸來……」

——只要您遵守約定，我也能擔保您孫子的安全。

「他在哪裡？」

——很抱歉，恕難告知。

「不過，總要……」

——聽好，我要的不是十億圓現金，請準備鑽石。

「什麼？」

——鑽石。比起現金，鑽石較容易籌措吧？您只要寫張支票，跟大型珠寶公司訂購就行。

「十……十億的鑽石？」

——是的，但準備的鑽石必須符合我的條件，全都要一克拉以上的裸鑽。我再強調一次，一克拉以上的裸鑽，不可鑲嵌在台座上。

「為什麼？」

——這是我的事，沒義務跟您報告。當然，不許使用假貨。等確認收到的鑽石是真品後，我才會放您孫子回去。

「妳……這麼突然，我要到哪買十億圓的鑽石？」

——請盡快。愈晚交出，就愈晚見到您的寶貝孫子。我會再和您聯絡。

「啊，等等！喂，等一下……」

錄音帶停止。

馬場的目光移向客廳沙發，葛原苑子和武藤照枝抱著對方，武藤為明卻不見蹤影。

馬場轉頭望向部屬，部屬立即察覺他的疑惑，指著樓上。

「武藤社長在書房，說是為籌贖金要用書房裡的電話。沼田跟在他身邊。」

馬場點點頭。

「請讓我也聽一下錄音帶。」

站在馬場身後的葛原說道。馬場將耳機遞給葛原，並示意部屬播放。

「電話追蹤的情況如何？」

「還是不行，一樣只追蹤到在烏山地區，但正確的位置……」

「通話時間太短嗎——」

馬場搔搔頭，看著葛原正在聽取的那捲錄音帶持續轉動。

十億圓的鑽石，分量會是多少？真是難以想像。只能肯定，相較於十億圓的現金，鑽石的重量和體積都小得多。何況，鑽石也不像鈔票有編號，裸鑽的話處理起來更容易。

但另一方面，綁匪指定鑽石也讓馬場鬆口氣，他原以為綁匪也會利用電腦收取贖金。

以往有過綁匪要求家屬將錢匯入銀行戶頭的案例，當時，警方還特地拜託銀行資訊室緊急寫出一套程式，攔截從指定帳戶提款的人。多虧他們漏夜趕出那套程式，才得以迅速抓到罪犯。

差別在於，那名匪徒並未使用像這回案件中的合成音，僅單純利用銀行的現金轉帳服務，指明匯入特定帳戶，而對電腦一無所知。

這次的綁匪卻截然不同。他不單運用合成女聲、打字速度和說話一樣快，依間宮富士夫的判斷，或許還是個電腦專家。假如他連銀行的電腦系統都摸得一清二楚，搞不好會以完全無法想像的方式取走贖金。馬場對於不得不仰賴電腦程式逮捕犯人非常反感。

因此，聽到綁匪要的是鑽石時，馬場放心不少。最起碼，鑽石看得見也碰得著，和在電腦內部中處理無法觸摸、不明所以的東西大相逕庭。

馬場將從兼介房裡拿的筆記本放回桌上，直盯著封底的三行字。

12

間宮富士夫踏進中央研究所內的辦公室後，隨即呼叫祕書。

「今天的預定行程中，有什麼是絕對不能往後延的嗎？」

「不能往後延……您的意思是？」祕書推著眼鏡反問。

「必要行程外，其餘全部取消。」

「全部……呃，為什麼呢？」

「拜託啦。」

祕書眨眨深藏在鏡片後的雙眼，看著手上的文件摸摸鼻頭。

「下午二點鐘，有第四屆全像攝影系統會議，美國麻省理工的賴昂教授也會出席，這也要取消嗎？」

間宮點點頭。「我會出席，其他沒了吧？」

「呃，也不能說沒有……」

「統統取消。我今天要待在這裡辦公，不是社長和葛原執行董事打來的電話都幫我推掉。啊，警方或許也會來電，記得轉給我。」

「警方？」

間宮看著詫異的祕書，揮揮手示意她出去。

等祕書離開後，間宮撥電話回家。

——您好，這裡是間宮家。

「是我。」

——你在哪裡啊？

「抱歉讓妳擔心，我在研究所。」

——昨天電話中，你的語氣不太尋常，社長家出了什麼事嗎？

「沒什麼，只是有點小問題需要處理。」

——今天會回來嗎？

「應該會，但不太確定，我再打給妳。」

間宮掛上電話，手搭著話筒閉起雙眼。

——好可怕，快來救我……

兼介的呼喊在間宮腦海迴盪。

真是的，怎麼會發生那樣的事！

間宮費力地將那聲音趕出腦袋，轉回椅子。

他從口袋拿出一張卡片，插入身旁終端機的插槽。

「在烏山嗎……」他喃喃自語。

間宮連上資料庫中心，要求搜尋人事資料。他調出包含退休員工在內，住在東京都世田谷區的所有員工檔案。清單顯示，符合條件的總計六百四十九人。

太多了。

間宮深吸口氣，忽然想到一件事，倏地抬起頭。

烏山的電話區號是什麼？

間宮轉回電腦，保留剛才的搜尋結果，從一般資料庫中，叫出NTT（日本電信電話公司）的相關檔案，檢索烏山地區的號碼。

「是三〇〇、三〇五、三〇七～三〇九，和三一六啊。」

烏山的電話區號共有六種，間宮抄下後，切換到人事資料畫面，挑出清單上號碼吻合的職員。

「只有七人？」

出乎意料地少，其中有六名男性，一名女性。

間宮咬住大拇指指甲，盯著螢幕上的文字好一會兒，嘆口氣，列印出資料。

間宮在桌上攤開這些資料，目前有五人待在公司、兩人離職，接著看向他們的所屬單位，想找出較擅長電腦的人，他首先注意到當中一名離職員工。

這個離職員工名叫落合聰二，三十四歲，原任系統工程師，昭和六十一年九月主動請辭。

間宮望著資料點燃香菸，抽到剩半根時拿起電話，撥內線給系統事業部的技術課長。

「喂，我是間宮。」

──所長好，有什麼吩咐嗎？

「沒有，只是有點事情想請教。」

──好，您請說。

「前年，你部門裡是不是有個叫落合總二的工程師？」

──落合……啊，有的。

「他當時會請辭，有什麼原因嗎？」

──辭職的原因……這個嘛……

技術課長吞吞吐吐起來。

「應該有特殊的緣故吧？他還很年輕哪。」

──呃，該怎麼說？他的人際關係不太好……

「什麼意思？」

「他聽不進別人的意見，犯錯也不肯承認，總愛發勞騷……」

「資料上寫著主動請辭，其實他是遭到辭退吧？」
——不，這是雙方商談後的決定。
間宮感覺對方語帶保留。
「原來如此，落合該不會對公司心生恨意吧？」
——恨意？嗯，以他的個性，或許對一切都感到不滿吧。請問，落合是不是出了差錯？
「沒什麼，只是一點小事。打個比方，他有沒有可能怨恨社長？」
——社長？您為何這麼問？
「沒頭緒嗎？」
——不，因為那人的心思不好猜測……
「當初他提辭呈的導火線是什麼？」
——爭吵。
「和誰起衝突？」
——呃，是我。落合工作出錯，我向他提出警告，不料他竟推卸責任。我大罵他一頓，他不但不聽勸，反而吐我口水。我一時氣不過打了他，他想還手卻被其他人制止，不久就提出辭呈。所以，要說導火線，我想應該是這件事吧。嗯，落合是不是闖了什麼禍？
「不、不，他沒做什麼事。」
——可是……
「別擔心，我只是想了解一下這個人。謝謝你。」

——啊，所長……

間宮掛掉電話。

會是落合聰二嗎？清單中的七人，有動機對里卡德公司不利的只有他。

然而，間宮也想到另一件事。

雖然不過是推測，但綁匪在恐嚇電話中使用的系統極為優秀，不僅處理訊息的速度快到不會影響通話，合成音也相當完美。

有能力設計出那種系統的人，怎麼可能笨到在自宅打恐嚇電話？

如今，社會大眾都知道警方可採取電話追蹤，技術也遠比以往進步。事實上，歹徒打來第一通電話時，警方已查出訊號源自烏山。

為了隱藏自己的聲音，而大費周章地製作合成音的歹徒，應該會謹慎挑選撥號的地點吧。從特地使用合成音這點看來，對方顯然已將警方納入考量。綁匪早料到被害者家屬會報警。

難道我的猜測有誤？間宮盯著清單思索。

即使犯錯也不肯承認的男人……他彈了下清單上印著落合聰二的地方，名字下附有電話號碼。間宮搖搖頭，縮回伸向話筒的手。

打給落合搞不好會妨礙警方的搜索行動，假如對方真的是歹徒，這通電話反倒可能危及葛原兼介的性命。

別再發生了……

間宮閉上雙眼，暗自祈求。別重複上演二十年前的事，我不願再想起。

間宮從終端機插槽裡取出卡片。

13

馬場守恒回搜查本部報告現況後，帶著一名部屬前往五反田。

站在找到的大樓前，馬場回頭問部屬：「是這裡嗎？」

「應該沒錯。」部屬點點頭，神情也有些錯愕。

這棟建築物夾在目黑川與私鐵高架橋的中間地帶，位於雜亂林立的綜合商業大樓群一角。管理室旁的告示板上，三樓寫著「GAMES／遊戲股份有限公司」。馬場原以為電腦連線網路公司就像小型電視台，實際上卻非如此。

兩人搭電梯到三樓，確認盡頭那家公司就是目標後，按下門鈴。不久，一名戴圓框眼鏡的女子探出頭。

「有什麼事？」

「請問這裡是GAMES電腦通訊公司嗎？」

馬場說著出示警察手冊。

「咦，啊……你是警察？」

「是的。」

女子雙眼一亮，看看馬場，又看看手冊。

「你是刑警？來搜查案件嗎？」

「沒錯。」

女子理解似地點點頭，在胸前搓著手。

「有事情想請教，方便打擾一下嗎？」

「太好了。」女子嘻笑應道。

「啊？」馬場疑惑地看著她，只見她轉頭高聲喊「喂，有刑警找你」，而後大門敞開，出現一個也戴著眼鏡的年輕人。

「刑警？妳叫來的？」年輕人問女子。

「笨蛋，又不是披薩的外賣，怎麼可能是我叫來的。」女孩子笑著回答，然後轉頭望向馬場說：「是怎樣的刑案啊？」

「…………」馬場搔搔頭。

「我們想打聽一些事，能進去一下嗎？」

「請。」女子語尾上揚，把拖鞋拿到玄關前。

那房間約十坪大，桌子沿三面牆排列，呈コ字型。桌上放著電腦及列表機等各式各樣的機器，六台螢幕全亮著，意即電腦都在運作吧。房間中央另有張桌子，桌上擺著文件、圖表、小手冊之類的物品。房裡只有這兩名男女迎接他們。

「這邊請。」女子依然以相同口吻招呼馬場等人坐下。

馬場邊環顧四周邊落座。女子坐在馬場面前，出聲提醒準備就坐的年輕人倒茶，年輕人說著「對喔，我去倒」便走向玄關旁的流理台。

「沒關係，不用麻煩。」馬場對年輕人說道。

女子搖搖頭，「我想喝呢。對了，是什麼案件？」

「呃，也不算案件，只是想調查一些事。」馬場拿出名片，「能否請教妳的名字？」

「啊，要自我介紹嗎？沒問題。」

女子說完轉頭從藍色塑膠盒中取出一張名片。名片上印著「宮島治美」和公司名稱，但沒標上職稱。

「這裡是……」馬場望著名片問，「電腦通訊基地台嗎？」

「沒錯，可是我們公司的業務不只電腦通訊，主要是販售遊戲軟體。」

「噢，遊戲軟體啊。」

「嗯，原本是向各軟體公司取得代理權，再透過我們的通路銷出商品，當然也開發軟體，約一年半前才涉足網路的通訊業務。」

「這樣啊，那網路會員有多少人？」

「不多，嗯，目前大概一百八十人左右吧。」

「一百八十人是如何募集到的？」

「在遊戲雜誌上刊登廣告，或在其他ＢＢＳ上宣傳，還有靠口碑。」

「妳剛才說的ＢＢＳ是？」

「咦？」宮島治美看向馬場。「ＢＢＳ是電子布告欄（Bulletin Board System）的簡稱，也是電腦通訊網路的功能之一。任何人都能在此系統上留言提供各式消息，及閱讀這些公開資訊。」

「噢，原來如此。」

馬場接過年輕人遞來的咖啡，向他道謝後，交互看著眼前兩人。

「公司只有兩位在經營嗎？」

「不，共有五人，另外三人外出跑業務。」

「呃，宮島小姐是社長嗎？」

「不是。」宮島治美搖搖頭，往那名年輕人揚起下巴。「勉強算是他吧。」她帶著笑意回答，然後問年輕人：「你的名片呢？」

「我去拿。」年輕人點點頭，從身後桌上取來同樣只印著「邊見隼人」，而未註記職稱的名片。

區區小員工竟對社長頤指氣使，間宮雖不太能理解這種狀況，但看到邊見隼人那副不可靠的模樣，便覺得宮島治美說「勉強算」不是沒道理。

「喂，」宮島治美傾身向前，「到底是什麼事啊？」

「沒什麼。」馬場苦笑道，邊見社長則面無表情地在宮島治美身旁坐下。

「我想詢問，」馬場攤開筆記本，「ＩＤ為ＧＡ８８００１５這個會員的相關情報。」

「不可能。」邊見開口應道。

馬場有些意外地望著邊見，那果斷的語氣有別於他剛才給人的印象。

「不可能？」

邊見推了下眼鏡，緩緩點頭說：「有三個原因。」

「哪三個原因？」

「第一，你的做法不公平。」

「不公平？什麼意思？」

「治美問你是什麼案件，你卻一直避而不答，光要求我們提供資訊，這樣未免太不公平。第二，所有會員的資料都以不公開為前提，就算是警察也不能輕易透露。假如想了解公司的網路相關業務，要怎麼說明都沒問題，不過，牽涉到會員的隱私，除非取得當事人的同意，否則無法透露。」

馬場點點頭。「原來如此，你說的沒錯，何況我也沒帶搜索令，純粹是希望你們能協助。但必要的話，我會拿搜索令過來，你也不樂見這樣的發展吧。現階段我只能說這是一起重大案件，此外恕難奉告。不知能否通融一下？」

邊見摸摸鼻子，宮島治美則笑著戳邊見的手臂說：

「別賣關子，快說第三個原因吧。一開始就講清楚，警官便不必多費唇舌。」

「啊，」馬場望著兩人，「還有第三個原因嘛。」

「第三，即使想協助調查也沒辦法，我們也不曉得GA880015會員的身分。」

「不曉得？」馬場皺眉看著邊見。「他是會員吧？告訴我地址及姓名就好，其他的我們會去調查。」

邊見搖頭。「我們也不知道他的姓名及地址。」

「怎麼可能，」馬場笑出聲。「要是不知道，如何收取會費？」
「我們沒跟他收會費。」
「不會吧，」馬場盯著邊見。「我們可是調查過才來這裡。想加入GAMES的會員，需繳入會金一萬五千圓，及支付一萬八千圓的年費吧。」
邊見再次搖頭。「你調查得不夠仔細，我們的會員制有兩種。」
「兩種？」
「正式會員和臨時會員。」
「臨時？」
「你剛剛提到的那個ID開頭為G，代表他是臨時會員。我們對臨時會員是不收取費用的。」
「暫停一下，那是怎樣的系統？不收費用的話，公司的利益從何而來？果真如此，大家不都當臨時會員就好？」
「臨時會員也是我們的重要客戶。以臨時會員的身分登入能體驗我們的網路服務，不過一次只有二十分鐘，瀏覽的內容也有限制，不像正式會員可自由閱讀文章或留言。意即，臨時會員只能感受一下這個網路的氣氛，想加入正式會員得寄信向系管申請，這樣的人還不少。」
「等等，什麼叫系管？」
「就是系統管理員。換句話說，」邊見轉頭看向電腦。「等同於管理主機的我們。收到申請後，我們先寄出繳費單，待對方匯款完再寄出會員ＩＤ、臨時密碼和會員證，至此才算是正式會員。」

馬場盯著不斷變化的電腦畫面，一旁的四方形機器不停閃爍著紅色燈號。

「那麼，沒申請入會，一直利用免費連線的臨時會員多嗎？」

「不少，但剛才警官提到的ＧＡ８８００１５，其實是個特例。」

「特例……」馬場點點頭。「我從剛才就很好奇，不過是提過一次的ＩＤ，你卻像在講朋友名字似地脫口而出，想必他不是普通人。你能否解釋一下？」

「他在這個網路上算是名人吧。」

「名人？」

「對，大夥都叫他明日香。」

「明日香，『明日香的祕密寶物』？」

邊見反問馬場：「你也知道？」

「嗯，這是遊戲名稱吧？」

「沒錯，設計出『明日香的祕密寶物』的就是ＧＡ８８００１５。」

「…………」馬場和部下交換一眼。

對了，兼介的筆記本上就寫著「明日香ＩＤ・ＧＡ８８００１５」。

「臨時會員寫出遊戲程式？」

「是的，這人似乎在軟體公司工作，他寄信給系管表示有個小遊戲想測試，但怕造成公司的困擾，希望以匿名投稿的方式把試作品放上網路。」

「……」

「而後，他便寄來程式。試玩之下，我們意外地發現是個十分出色的遊戲，於是破例提供他臨時會員ＩＤ，就是ＧＡ８８００１５。」

馬場傾身向前說：「這款遊戲是何時開始的？」

「呃，是哪時啊？」邊見問宮島治美。

「去年十月底左右吧？至今已三個月。」

「去年十月底……」

馬場咬牙想著，竟有這種事！

這個明日香，早在三個月前就計畫綁架兼介……

「拜託，可以讓我瀏覽明日香和你們的聯絡紀錄嗎？或者是其他玩家和明日香的通訊，叫什麼來著……聊天室嗎？假如有備份，能否讓我看看？」

邊見搖搖頭。馬場望向宮島，她也只是聳聳肩。

「因為我們沒有搜查令嗎？」

「不，」宮島治美答道，「即使有搜查令也沒辦法，不久前，我們的主機才遭駭客入侵。」

「駭客？」

馬場聽過這個詞，指非法入侵電腦的人。

「那傢伙很可惡，把我們的網路系統搞得亂七八糟。」

「亂七八糟？」

「我們損失慘重，」邊見說，「幾乎遺失所有檔案。由於系統有備份勉強能還原，不過會員檔案並未備份，我們正為這件事傷透腦筋。」

「資料全消失了？」

「頭一次遇上這種狀況，那個可惡的駭客。」

「那是何時發生的？」

「昨天，昨天傍晚。」邊見嘆口氣。

不會吧，馬場緊咬嘴唇。

一切都經縝密的策畫，每個環節都在歹徒掌握之中。

——我是專為綁架葛原兼介而設計出的程式。

馬場想起電話中那個合成女聲。

「究竟是什麼案件？」宮島治美再次詢問。「跟入侵的駭客有關嗎？」

馬場搖搖頭，從椅子上站起來。

14

中午過後，間宮富士夫桌上的電話響起，是武藤為明打來的。

「社長。」

間宮接起電話的同時看向門口，辦公室沒有別人，他也清楚祕書不會偷聽，但最好還是謹慎些。

「間宮，我想跟你談談。」

「嗯，那之後有什麼進展嗎？」

「沒太大進展。我也想順便商量這件事，今天的行程可以想辦法延後嗎？」

「只剩兩點的會議非參加不可，結束後……」

「幾點會結束？」

「我盡量提早，大概需要一小時。」

「抱歉，把你捲進這種情況。」

「別這麼說。」

「我等你。」武藤掛斷電話。

武藤的話聲聽來十分疲憊，不知有沒有稍微休息一下？間宮毫無睡意，從昨天就未闔過眼，只是腦袋深處有種麻痺的感覺。

會議準時兩點開始，四十五分鐘後結束。間宮交代屬下接待特別來賓賴昂教授後，隨即離開研究所。

「到赤坂。」間宮吩咐司機，接著閉上眼。

武藤社長恐怕也有相同的疑問：歹徒綁架兼介的意圖究竟為何？

當然，綁匪的主要目的應該是錢。那合成音開出十億圓的天價，但間宮感覺內情不單純。

二十年前，生駒洋一郎付了五千萬圓。某種意義上，那比武藤社長的十億圓更為貴重。這不是指物價上的差異，而是那筆錢徹底改變洋一郎的一生。

歹徒的目的只有錢嗎？綁走葛原兼介，卻要求武藤為明付贖金，葛原苑子接電話時，歹徒竟說「我不適合與情緒激動的人交談，請把話筒拿給武藤為明先生」。一般情況下都是向小孩雙親要求贖金，歹徒反倒指名武藤為明。

對方究竟有何企圖？

由特意使用電腦處理過的聲音打恐嚇電話看來，這次的犯案應是很久之前就籌備妥當，並非一時興起。

間宮從外套內袋掏出一張紙條。

落合聰二，間宮喃喃自語。他打算將自人事資料庫查到的幾行訊息交給警方，至於是不是歹徒，就留待警方判斷。

他看著紙條一會兒才放回口袋。

「暖氣不夠強嗎？」司機問間宮，他察覺間宮拉攏了外套。

「不，我還覺得有點熱。」間宮應道。

抵達武藤家後，間宮請司機先開車回去。他從玄關走進客廳，坐在沙發上的武藤為明旋即站起。

「抱歉，又叫你來家裡。」

武藤重複電話裡說過的話。間宮則向武藤身旁的葛原夫婦，及聚在餐廳裡的搜查員行禮致意。

「別在意，我原本就打算要來一趟。」

間宮說著脫下外套，順手拿出內襯口袋中的紙條。將外套交給傭人後，他轉向馬場刑警。

「有件事要告訴警官。」

間宮說完便在武藤身旁坐下，攤開紙條放在桌上。

「這是什麼？」武藤拿起紙條。

「這個男人是我們公司的工程師，前年九月離職，當時住在南烏山地區。」

「真的？」武藤身邊的馬場緊盯著紙條。「武藤先生，我可以看一下嗎？」

馬場接過紙條仔細閱讀。

「這是我在人事資料庫中找到的。那天聽警官說，歹徒是從烏山地區打來，我便試著上資料庫搜尋。」

「請問，」馬場看著間宮，「你認為歹徒是落合聰二嗎？」

間宮搖搖頭。「不確定。我對這人沒什麼印象，只是在調查過程中，得知他辭職的原因是和主管有所衝突。依那主管的說法，他十分自私。而由犯罪手法看來，綁匪非常了解電腦，他符合這條件，但也僅止於此，還不能斷言他就是歹徒。」

「意即，間宮先生覺得歹徒是對公司心懷怨恨才犯案嗎？」

「不，我不清楚。」

「可是，」一旁的葛原開口：「我們公司的員工……不，即便已離職，待過里卡德的人，怎麼會如此卑劣？」

這時，客廳的電話突然響起。

眾人都嚇了一跳，直盯著桌上的電話。無線電話已換成一般的有線電話。

刑警手忙腳亂地指示武藤接聽。武藤拿起話筒，按下擴音鍵。

「我是武藤。」

——備妥鑽石沒？

「呃，還沒，目前籌措中。」

鑽石？間宮皺眉看著武藤。

「何時能備妥？」

「由於數量龐大，需要一點時間，我會加快動作。兼介好嗎？能聽聽他的聲音嗎？」

——等鑽石備齊，會讓您聽他的聲音，我保證。

「為什麼不是現在？」

——您的孫子已上國二。

「什麼？」

——您的孫子頭腦很好，讓他跟您說太多話會增加我的風險。況且，我無法確定您是否會遵守承諾。

「我不明白妳的意思。」

——您家裡或許有警察。

「這怎麼可能！我沒報警，請相信我。我絕不會做可能威脅到妳的事，我發誓。」

—我只能相信您，當然，也請您相信我。那麼，等準備好鑽石，麻煩您叫這個人跑一趟。

「誰？」

—運送鑽石的人。

「我可以送去，難道我不行嗎？」

—必須由我指定的人選運送。

「那是哪位？」

—您公司應該有個叫生駒慎吾的研究員，要麻煩他來一趟。

「生駒？」

武藤睜大雙眼，看向間宮。間宮吞吞口水。

「等一下，為什麼是生駒慎吾？」

—我只認得他。而且，生駒慎吾應當最能體會您孫子的處境。

「…………」

—那麼，我再跟您聯絡。

「啊，請等等，妳說要叫生駒來，他……喂，妳還在聽嗎？」

擴音喇叭只傳出電話掛斷後的信號聲。武藤拿著話筒，茫然地望著間宮。

「爸爸，」葛原說：「生駒慎吾，就是之前那個案件的……」

「嗯。」武藤應了聲，掛上話筒。

「為什麼會指定他？」葛原忽然想到什麼似地看向間宮，「生駒慎吾是你的下屬吧？」

間宮回應葛原：「是的。」

馬場從沙發上站起，「生駒慎吾，是不是生駒洋一郎的兒子？」

間宮點點頭。

「那起案子發生於昭和四十三年吧？」

「沒錯，當時生駒慎吾才五歲。」

「這麼說來，他今年二十五歲？」

「不，實歲二十四，他是六月出生的。」

馬場直盯著間宮，「你真清楚哪。」

「我曾是那孩子父親的部下。他遭到綁架時，我也和生駒洋一郎一起搭船前往交付贖金。」

「啊，原來如此。」

在場眾人頓時鴉雀無聲，連在餐廳的刑警也愣愣地望過來。

「他也進了里卡德公司嗎？」

「對，大概是兩年前。他從大學時代便常到研究所幫忙。」

「所以眼下他也在研究所吧？」

「不。」間宮抬頭望向刑警。

「不是嗎？」

「目前他不在日本。」

「…………」

「他在加拿大的柯林茲科學研究所。」

「加拿大？」馬場瞪大雙眼。

15

加拿大安大略省桑德灣市的公寓二樓裡，生駒慎吾正關掉電腦。

慎吾看看時間，接近凌晨一點鐘。他從椅子上站起，伸著懶腰走向窗口。撥開厚重的窗簾、輕拭窗上的霧，只見雙層式窗外白雪紛飛。從昨天上午就不停地下著雪，對面有座市民公園，街燈發出微弱光芒，被雪掩埋的街道是如此安靜。外頭不到零下三十度吧，以華氏氣溫來說，差不多是零下二十五度。

慎吾放下窗簾，坐回床上。

「要是電話線路故障就糟了。」慎吾望著桌上的電腦喃喃自語。

大雪壓壞電話線路並不常見，這次的計畫中慎吾沒算進這點。假如將這點納入考量，只能使用無線電，不過風險很大。儘管能以無線電控制設在日本的終端機，但藉由通訊衛星傳送電波，慎吾多少仍有些不放心，因為處理雜訊不易，也有遭竊聽的危險。雖說那不同於聲音信號，很難立即解讀，卻也不無可能。

慎吾盯著床畔的電話。

武藤社長何時會打來呢？其實，這個時間應該躺在床上睡覺才對。日本現在是二月二日下午四點，而加拿大才剛進入二月二日，還是睡一下比較好。

慎吾鑽進被窩。

他覺得好累，每次登出網路後都很疲憊，因為打字速度必須比說話還快，精神總是很緊繃，無法持續太久。

他閉上雙眼，腦袋卻十分清醒。

慎吾很怕計畫會遭突發狀況破壞。那麼周全的計畫會有變數，只會是遇上意外。他決定思考可能發生意外的各種情況代替數羊：

第一，雪太重壓斷電話線路。

第二，小偷入侵宇佐美別墅，兼介的所在敗露。

第三，設置在烏山的終端機，比預計的時間更早被人發現。

第四，宇佐美或烏山無預警停電，無法在備用電力耗盡前恢復供電。

第五，發生大規模的電波干擾。

第六……數到這裡，慎吾不禁笑出來，原本打算以這種方式讓自己快點入睡，卻愈數愈清明。

擔憂過度無濟於事，原訂計畫已幾近完美。當然，再完美的計畫都難免失控，連經過精密計算才升空的太空梭有時也會墜落。

其餘就得看運氣了。

慎吾從床上坐起，依舊毫無睡意。他下床走到冰箱前，心想位於零下三十度世界的冰箱實在奇妙，冰箱內的溫度比外頭溫度高得多吧。

他拿出牛奶倒進鍋子，點燃瓦斯爐，接著打開一罐可可亞，邊攪拌鍋子邊加入可可亞。

「哦，布蕾妮，妳的家在哪裡*——」慎吾小聲唱著歌，自覺太難聽，不禁害羞得住口。

此時，床畔的電話響起。

「…………」慎吾又開始緊張，他關掉爐火，深呼吸幾次後慢慢走向床邊。他任憑電話繼續響，先躺入被窩、靠上枕頭，才緩緩將手伸向電話，而後盡可能壓低嗓音，僅微張嘴出聲：

「哈囉？」

——是慎吾嗎？

「…………」慎吾盯著話筒，另一頭是間宮富士夫。

間宮叔叔打來的？

——喂，慎吾？

「請問你是哪位？」

——我是間宮，從日本打的國際電話，你在睡覺吧？

慎吾將話筒貼近耳朵坐起身。

「間宮……間宮叔叔嗎？」

---

* 瑞士民謠〈O Vreneli〉，日文作詞者為松田稔。

——嗯，是我。不好意思，吵醒你。現下你那邊幾點？

「呃，」慎吾看向電話旁的時鐘，「一點五分。」

——深夜嗎？

「外頭很暗，應該沒錯。」

——抱歉，由於情況緊急，沒辦法等到明天再打。

「緊急……」慎吾的話聲微變。「怎麼回事？」

——你可以搭明天最早的班機回日本嗎？

「什麼？」

——機位我會想辦法，行李先擱著，總之先回國一趟。

「請等一下，要我回去是發生什麼意外嗎？呃，還是媽媽有什麼狀況？」

——不，不是。別擔心，跟你媽媽沒關係。想必你一頭霧水吧，但詳情不方便在電話裡說明。抱歉，盡快回來，研究所那邊我會去說一聲。

「不方便說明……可是……」

——拜託。這是武藤社長的請求，我把電話拿給他。

「社長？」

——生駒先生，我是武藤。事出突然你一定很訝異吧？不過，請務必幫我這個忙。

「社長，呃……」

——只有你能救我，請盡速回來。拜託，我非常需要你。

「好，我會回去，只是……」
——謝謝，間宮會到成田機場接你，並在車上告訴你事情的來龍去脈。那就萬事拜託了。
「好……」
通話結束後，慎吾吐出一大口氣，直盯著掛回的話筒。
間宮叔叔為何也在？一股不安在慎吾心中蔓延。

16

訂完機位，間宮看著筆記本走回客廳的沙發。
「明天下午四點五十五分，慎吾會抵達成田機場。」
「四點五十五分……將近五點。」武藤望著牆上的鐘問：「那是最快的班機嗎？」
「是的，加拿大航空四〇一班次。」
「得花一整天，真遠。」
「到這裡就晚上了吧。」
「嗯。」武藤沉吟，雙手交抱胸前。
「爸爸，要不要稍微休息一下？」
葛原對武藤說道，他的神情也很疲倦。
「也好，但電話打來——」

「就由我接聽，對方無論如何都要您親自接聽的話，我再叫醒您。」
「你們呢？不睡一會兒嗎？」
武藤交互看著葛原和苑子，只見苑子搖搖頭。
「我睡不著，我們輪流睡吧。總之，生駒先生明晚才到吧？在生駒先生答應運送鑽石前，歹徒大概也沒辦法有所行動。」
苑子的模樣沒什麼精神，語氣也有些自暴自棄。徹夜沒睡加上過度緊張，大夥都很疲憊。歹徒指定生駒慎吾運送贖金，換句話說，大家心裡很清楚，不管多麼焦慮，在慎吾回國前，兼介是不可能回家的，緊繃的氣氛頓時和緩許多。
「那我歇一下，」武藤從沙發上起身，「歹徒打來的話，一定要叫醒我。」
間宮跟著站起來，「我也該告辭，明天得去接機。」
「啊，抱歉，有勞你。」
武藤走出客廳前，回頭朝搜查員說：「一切拜託你們。」
搜查員默默低頭鞠躬。此時，武藤突然想起什麼似地看向間宮。
「對了，差點忘記。你方便隨我上樓嗎？有樣東西非給你看不可。原本昨天就想拿出來，卻錯過時機。」
「是什麼呢？」間宮望著武藤。
武藤搖搖頭說「上來就知道」便走出長廊，間宮對客廳眾人行禮後旋即跟上。
一踏進二樓的書房，武藤便關上門，抬抬下巴示意間宮坐在沙發上。兩人面對面坐著。

武藤說有東西要給間宮看，似乎並非如此。他從矮桌上拿起菸斗，緩緩放入菸草點燃，嘆息般地吐出煙霧。燃燒的菸草香也飄進間宮鼻裡。

「歹徒要求鑽石嗎？」間宮先開口。

武藤輕輕點頭。「那天你離開後，歹徒打來要求我們將十億圓換成一克拉以上的裸鑽。

「……」

「目前，我已請熟識的珠寶商幫忙搜集。如果是碎鑽，要多少都不成問題，但想湊到價值十億圓的一克拉以上裸鑽並不容易。依等級的不同，一克拉的裸鑽平均每顆是四百萬日圓左右。」

間宮不禁吞了吞口水。「所以，等於要二百五十顆？」

「嗯，全以一克拉的鑽石計算大概就是這數量，聽說可裝滿一個香菸盒。」

「一個香菸盒？」

「對，不愧是鑽石。一個十億圓的香菸盒。」

「……」

這就是歹徒的用意吧。假如是十億圓現金，恐怕得準備多輛貨車才裝得下，風險也相對提高。一個香菸盒的話，歹徒只要放進口袋便可帶走。

「今天電話裡您提到有話告訴我，就是指這件事嗎？」

「不，」武藤將菸斗放在膝上搖搖頭。「除此之外，我想聽聽你的意見。」

「我的意見？」

「你對這次的事有何看法？」

武藤似乎話中有話。間宮只默默凝視著武藤，社長果然也有相同的懷疑。

「那個從人事資料庫中查出的男人……叫什麼來著？」

或許是菸草味道變淡，武藤將菸斗放到桌上。

「落合聰二。」

「嗯，你覺得會是他綁走兼介嗎？」

間宮搖頭說：「不曉得，我只是在檢索過程中注意到這個人而已。」

「為什麼會發生這種事呢？」

「…………」

武藤湊近間宮低聲說：「我想聽真心話。兼介遭到綁架，你認為和那件事有沒有關係？」

間宮避開武藤的目光。

毋須多問武藤提的是哪件事，答案只會是二十年前生駒慎吾的綁票案。

「那件事已了結。」間宮含糊地帶過。

「了結？可是，你一直照顧著他兒子。」

「生駒洋一郎曾是我的老闆，也是我的朋友。」

「僅止於此？」

「…………」間宮沒回答，沉默地望著社長手邊。他知道即使沒說出口，武藤也十分清楚箇中原因。

「這次歹徒要求鑽石，二十年前則是金塊，手法有些雷同，更別提還指名二十年前的受害者生駒慎吾運送贖金。」

「……………」

「歹徒純粹是為錢嗎？還是以鑽石為最終目的？間宮，我覺得這一切根本是衝著我來的。」

「我有同感，簡直像在舊傷口上灑鹽。」

「欸，」武藤往前靠向桌子，「你想過有誰的嫌疑比落合更大嗎？」

「嫌疑更大？」間宮仰頭思考。

武藤意味深長地看著間宮。「你和長沼榮三聯絡過嗎？」

「長沼……」間宮皺起眉。

長沼榮三曾任職於里卡德公司的總務單位，去年夏天溺斃在瀨戶內海海底。據說他試圖撈起生駒洋一郎二十年前投下的七十五公斤金塊，卻不慎遭繩索纏住身體。

「沒有。」間宮搖頭，「自他退休後，我就沒再見過他，也沒通過電話，連他搬去廣島也不曉得。」

「我以為大家都放棄那些金塊了。」

「我已看開，唯獨長沼還念念不忘。」

兩年過後，也就是昭和四十五年，待社會大眾逐漸淡忘那起案子，知道內情的人才暗中找尋海底的金塊。

那些人都明白，把裝滿金塊的袋子擱著不管非常危險，機緣巧合下不知會被誰發現。當然，價值五千萬的金塊也極富魅力，不過他們搜索海底最大的理由是想確保安全。至於打撈金塊的風險，很諷刺地，去年夏天就印證在長沼榮三身上。

昭和四十三年九月十三日午夜十二點整，金塊從阪九渡輪投下。依照推算，相當於北緯三十四度十六分、東經一百三十三度三十三分，香川縣三崎半島外海約三公里處。

不過，那畢竟只是估算，渡輪的航行路線並非永遠不變，午夜十二點通過的位置，會因當天氣候及海浪大小而有所差異。雖說瀨戶內海上散布著許多島嶼，航道較窄，終究仍是大海，即使循既定路線航行，周圍尚有數百公尺的緩衝地帶。不僅如此，前後也可能有誤差。預定在午夜十二點通過的位置，差個五分鐘，距離就相當可觀。事實上，為打撈金塊而在航海圖上圈出的範圍，有數十萬坪之廣。

他們花費兩年悄悄進行共二十四次的打撈，卻是徒勞無功。

因此，他們決定放棄。武藤和間宮不曉得長沼榮三退休後，還這麼執著於這件事。

「為什麼提到長沼？」

「因為那傢伙的老婆。」

「老婆？」聽見這意外的話題，間宮不禁注視著武藤。

「他老婆表示，對長沼所做的一切毫不知情。你覺得這話可信嗎？他一辦完退休便搬到廣島，沒向任何人提起新家地址，而且直到發生意外前，三年間不斷進行打撈。他若沒對老婆坦白，有辦法持續下去嗎？」

「但……」

「這是唯一的可能。知道二十年前那件事的，只有你、我及長沼榮三。最後，長沼榮三意外身亡，好不容易找到的金塊仍不歸他。從他老婆的立場看來，算是人財兩失吧，所以她要我付出代價。」

「不，社長。」間宮搖搖頭，「果真如此，她大可直接向你要錢，何必耗費心力犯案？」

「因為那件事已屆滿追溯期，媒體也不斷提起這點，即使她想威脅我也沒輒。」

「…………」間宮詫異地望著武藤，沒想到武藤會說出這樣的話。

追溯期——

這個字眼對間宮而言不具意義。他當然清楚時效已過，只是那無法帶來任何安慰。

「比起落合，長沼老婆的嫌疑更大，你不認為嗎？」

「…………」間宮僅沉默地搖搖頭。

「我知道，你是考慮到那個合成音的恐嚇電話吧？沒錯，她做不出那種東西，但十億耶，她若答應分對方好處，不愁找不到幫手。」

「我不明白您的意思。」

「我希望你暗中調查一下長沼的老婆，小心別讓對方察覺我們的意圖，這攸關兼介的性命。不過，我想那女人應該已搬離廣島。」

「我嗎？」

「我無法離開家裡，只能焦慮地等待那令人厭惡的電話，何況一旁還有刑警，而你行動比較方便。拜託，這不是我一個人的問題吧。」

「當然，我從未想過把問題都丟給社長。」

「歹徒真是豈有此理，竟把兼介扯進來。我會付錢，即使是鑽石我也會準備，但我絕不原諒歹徒竟讓兼介受到這種傷害。兼介是無辜的啊。」

「…………」

間宮雖然想說「慎吾當年也是無辜的啊」，卻沒再開口。因為比起武藤，更該責問自己。

二十年來，這句話一直盤旋在間宮腦海裡，揮之不去。

17

正當大夥累得快進入夢鄉之際，電話再度響起。

聽見電話聲，馬場守恒驚醒坐起，部屬則連忙進行電話追蹤。沙發上的葛原夫婦也彈起來，他們剛才似乎睡著了。

「快通知武藤！」

馬場命令其中一名下屬，邊看向手表。

五點十五分，窗外依舊一片漆黑。

見部屬打暗號，馬場貼近耳機，朝葛原舉手示意。葛原戰戰兢兢地接起電話。

「喂。」

——聲音不同，你不是武藤為明先生。

「我是葛原，兼介的父親。兼介好嗎？」
——他很好，正在睡覺。武藤為明先生在哪？
「他在寢室休息。」
——那麼，跟你談也一樣。生駒慎吾到你家了嗎？
「還沒，我們已聯絡上他，但他在加拿大。」
電話另一頭突然失去音訊。
「喂？妳還在嗎？」
——他正趕回日本嗎？
「是的，他目前在飛機上。」
——何時會抵達你家？
「應該是今晚，他預定五點左右到達成田機場，之後會直接趕來家裡。」
——了解。那鑽石準備得如何？
「鑽石也是今天下午……快的話，今天下午就能拿到手。」
——我明白了。
「兼介……可以讓我聽聽兼介的聲音嗎？兼介沒事吧？」
——他很有精神，不過現下睡得正熟，我會再聯絡你們。
「啊，請等等！」
歹徒切斷電話時，武藤剛踏進客廳。

「對方掛掉電話……」

葛原朝武藤舉高話筒，身旁的苑子忍不住啜泣起來。照枝夫人也穿著睡袍出現在武藤身後。

「還是不行，」部屬對馬場說，「通話時間太短，無法再縮小範圍。」

馬場靜靜地點頭。

「歹徒說些什麼？」武藤問葛原。

「她問生駒先生到了沒，及鑽石準備得如何。」

武藤瞥向牆上的掛鐘。「在這種時間打來……」

馬場思考著，歹徒為何選擇在清晨五點十五分打來？是因為心急嗎？還是預設支付贖金的時間為凌晨？

不過，至少能確定歹徒此時已清醒。在這之前總是早上或傍晚打來，唯獨今天例外。而且，先前還要求苑子將電話轉給武藤，這回卻沒提起。

這些差異意味著什麼？是想耗損我們的精神嗎？趁毫無防備地熟睡時突擊，施加心理壓力——不，馬場搖搖頭。

果真如此，歹徒早該這麼做，為何拖到今天？

歹徒打來確認生駒慎吾的抵達時刻及鑽石準備的進度，想必和交付贖金有關。莫非歹徒在思考交付贖金的時機？

真搞不懂。

不過，馬場還是覺得這通電話隱含著重要的線索。

「喂。」馬場呼喊部屬，「問問烏山那邊的情況，說不定找到什麼蛛絲馬跡。」

「是。」部屬拿起臨時電話。

18

待在溫哥華國際機場候機大廳的公用電話區，生駒慎吾不斷深呼吸。攜帶型電腦已連結上話筒，他暫停通話，瞥向手表。

下午二點二十分，不，表上是北美中部的時間。溫哥華和桑德灣市時差兩小時，這邊應該是中午十二點二十分。加拿大分五個時區，沒有比這更麻煩的事了。

「好，乾脆先改。」慎吾轉動時針調成日本時間，日本現在是隔天早上五點二十分。

慎吾也知道清晨打去武藤家很不合常理，但登機後有將近十個小時無法使用電話，恐怕抵達後也難有獨處的時候。他不得不把握僅剩的機會，即使怪異也沒辦法。

儘管如此，應該不會有人察覺吧？誰想得到綁匪其實身在國外？若是犯案後逃亡海外還說得過去，可現下一切仍在進行中。

慎吾在電話亭裡竊笑出聲。

任憑警方和電信局再怎麼追查，頂多只能偵測出設在烏山的終端機。不，搞不好連終端機的位置都找不到。

況且，葛原兼介遭到綁架時，慎吾人在桑德灣市。這不就是最完美的不在場證明？那起綁架案至今已過二十年，警方還是一樣無能。二十年前，警方沒能幫上父親的忙，如今也無法逮捕歹徒。警察的科學搜查能力有多糟，社會大眾都心裡有數。

即便是這樣，依舊不能掉以輕心。慎吾已做好萬全的準備，只要沒有突發狀況或意外，計畫不可能失敗。不，就算失敗，警方也提不出證據逮捕自己。

慎吾覷向玻璃小窗外，似乎沒有等候打電話的旅客。

慎吾深吸口氣，心想還是盡速解決為妙，現在必須再登入一次才能完成最終確認。

他從口袋掏出一個塑膠盒，取出一扁平金屬片嵌進上顎臼齒，吞了吞幾次口水，確定金屬片已牢固。

慎吾試吹一口氣，沒聽見任何聲響，只有微弱的氣息竄出。朝這金屬片吹氣，會發出一種人耳聽不到的聲波，也就是所謂的超音波。

這是慎吾絞盡腦汁想出的點子。若能使用電腦，鍵入指令即可。但接下來幾天或許會遇上無法使用電腦，卻仍必須向電腦下達指示的情況，於是慎吾聯想到超音波。

只是，電話線路的通話音頻範圍很小，無法傳送超音波。人類的耳朵可聽見二十到二萬赫茲的聲音，然而電話線路的標準數值僅侷限在三百到三千四百赫茲。

所以，慎吾思索著如何讓話筒裡的振動板直接產生振動。

這金屬片發出的兩種不同頻率的超音波會相互干擾，從而震動話筒裡的振動板。人耳雖聽不到，但確實形成了聲音，由電話另一端也能聽見「吱吱」聲，不過對方只會認為那是線路裡的雜音。慎吾實驗過很多次，從未有人察覺他的異狀。

藉由這雜音向電腦傳送指令，明日香便會依慎吾的意思行動。

慎吾確認話筒連結上電腦後，戴起耳機，撥下一長串號碼。

數秒後，電腦液晶螢幕上，出現明日香的回覆。

19

葛原兼介感覺有人呼喚自己，從床上跳起來。

——小兼，聽到請回答。

原來是明日香。不知何時，電腦畫面起了變化。

兼介連忙下床。「我在這裡。」

——抱歉，打擾你休息。

「呃，不，沒關係。」

——我要通知你一件事。今晚九點左右，我會讓你和爺爺講話。

「和爺爺？」兼介在電腦前的椅子上坐好。「我可以回家了嗎？」

——很快，請再忍耐一下。

「很快……大概是什麼時候？」

——事情進展順利的話，可能是明天晚上，也可能是後天中午前。

「…………」兼介揉揉眼睛。

明天晚上或後天中午前，還有兩天。

——我能體會你想早點回家的心情，你一定感到很寂寞、很害怕吧。可是，請忍一忍，只要遵守約定，我保證絕不會傷害你。你有吃飯嗎？

「嗯，我用微波爐熱披薩，還吃了拉麵。」

——我準備很多食物，要好好吃飯喔。

「好。請問，我要跟爺爺在電話上講話嗎？」

——是的。不過，你不必拿話筒，像現在這樣就好。晚上我叫你時，再坐到我面前。

「我明白了。」

——小兼很聰明，應該知道絕不能告訴爺爺你在哪裡，以及關於我的事吧。當然也不能給你爺爺任何提示。

「提示是指什麼？」

——像是說出間宮的名字、海邊等字眼。

「啊，原來如此。」

——要是你多嘴，我會立刻切斷電話。雖然不情願，我也只好啟動爆炸裝置。你不希望我這麼做吧？

「不希望，我不會說的，絕對不會。」

——很好，那麼晚上見。

「啊，明日香，妳要走了？」

——抱歉，我也想多聊聊，但還有很多事需要處理，等下次吧。

「我已經玩膩電腦裡的遊戲，只能一直睡覺。」

——如今你就在遊戲裡啊。加油，先這樣。

「啊……」

畫面回復原狀。

兼介慢慢移開椅子，離開電腦前，接著走向冰箱。

他打開冰箱一看，忍不住嘆口氣又關上，實在沒什麼食慾。

「遊戲裡……」兼介喃喃自語，而後搖搖頭。

這不是遊戲，一點也不好玩，他只感到無聊、不安、恐懼，連披薩都不覺得美味。

兼介瞥向手表，五點三十五分。

明天晚上，或後天中午前。

「好漫長喔。」兼介說完躺回床上。

20

馬場守恒在南烏山一住宅區附近停車，環顧四周後打開車門。

對面的清潔工廠豎著紅白條紋的煙囪，馬場一下車，清晨的冷風便迎面而來。他拉緊大衣領口，走進兒童公園。時間這麼早，公園內人影稀疏，僅有兩名男子坐在長凳上。他走向長凳。

那兩人打算站起身，馬場卻搖頭制止。

「辛苦了。」馬場在兩人身旁坐下，低聲問：「如何？」

其中一人抬頭示意。「那棟三號大樓的最頂層，右邊數來第二間房。」

「嗯。」馬場望向那間房的窗戶，有個女人在陽台曬棉被。

「落合聰二家有妻子和兩個小孩，分別是五歲的女孩和三歲的男孩。」

「聽說他任職於出版社？」

「對，好像專出旅遊情報雜誌，位於笹塚。我已先派兩人過去。」

「他在家嗎？」馬場朝著公寓揚揚下巴。

「在，聽說他都八點左右出門上班。」

此時，陽台上的女人轉身進屋。馬場瞄一眼手表說：

「他差不多要出門了吧？我們從這邊追得上嗎？」

「應該沒問題，門口就在前頭，他一出現我們便能看見。那棟大樓只有那個出入口。」

落合聰二若真是歹徒，不會將兼介監禁在家裡。因為不可能將一個中學生囚禁於妻兒所在的公寓。

「他的出勤狀況如何？」

「大致正常，昨天和前天都沒請假。」

「他在出版社負責什麼？」

「據說還是與電腦相關。雖然做的是旅遊雜誌，但他似乎也負責交涉協商的工作，以及承包交通公社*和幾間旅行社的業務。」

「嗯，那他的工作表現如何？」

「沒調查得這麼深入，但依昨天的情況看來，好像還不錯。」

談話間，一名部屬倏地站起。「他出來了。」

馬場看向三號大樓的門口，有個穿深藍色大衣，雙手插在口袋裡的男人走出建築物。

「就是他。」

「嗯，跟上去。」

馬場走向公園出口，一名部屬跟在他身邊，另一名部屬繼續留守。

兩人穿過公園進入住宅區。落合聰二縮著肩膀走在前頭，馬場等人緩步尾隨在後。

總覺得他不是歹徒，馬場暗想。雖只是直覺，但眼前的男人不像罪犯。

從住宅區走到京王線芦花公園車站只需五分鐘，落合在車站前買份體育報便走進車站。

馬場向站務員出示警察手冊後也通過檢票口，心裡仍想著，八成搞錯對象了。

---

* 日本國土交通省為研究觀光休閒及旅行產業所設立的組織。

21

當飛機輪子接觸跑道時，機身微微振動。睽違日本將近一個月，生駒慎吾透過小窗戶眺望黃昏時分的成田機場。此時，航廈大樓早已燈火通明。

終於等到這一刻……

慎吾凝視著窗外，深吸口氣，緊張情緒逐漸高漲，幸虧在航程中有好好補眠。根據機上廣播，目前成田的氣溫是四度，比桑德灣市溫暖許多。繫上安全帶的信號燈一滅，機內便騷動起來。此班機日本乘客約占半數，而慌張地從椅子上站起、打開頭頂上方置物箱拿手提行李的也幾乎都是日本人。慎吾見旅客都魚貫走向機門後，才慢慢起身。

慎吾在笑容滿面的空服人員目送下，走向宛如航廈大樓手臂般的空橋，過強的暖氣瞬間包覆住身體。

出海關前，慎吾去了趟洗手間，反正手提行李只剩一件。在溫哥華時，他已先將攜帶型電腦寄回桑德灣市，加上飛機準時抵達，時間還很充裕。

慎吾帶著提包走進坐式馬桶隔間，關門後掏出口袋裡的塑膠盒，拿出金屬片裝在上顎內側，往後幾天暫時都得維持這種狀態。在桑德灣市時，他試過戴著金屬片整整兩天，到第二天卻異常疼痛，拿下一看，周圍部位都紅腫發炎了。實際上場時或許會更加嚴重，他必須戴著金屬片從事劇烈運動。

慎吾咬合牙齒、吹口氣。

情況良好，慎吾點點頭，把塑膠盒收回提包。

他瞥向手表，時間還早。

「我是生駒。」

慎吾小聲測試，台詞雖已背得滾瓜爛熟，他仍決定再練習一次。

「妳說什麼？……妳到底想幹嘛……昭和三十八年六月十三日……小光幼稚園……科普羅度……妳究竟要我做什麼……確認好沒？……看起來妳相當了解我的事……」

慎吾念念有詞，心想絕不能出錯，不僅要表現自然，也得精準掌握吹金屬片的時機才行。流暢地說完最後一句，慎吾露出滿意的笑容，按下沖水鍵走出洗手間。

慎吾通關後走進大廳，間宮富士夫便快步迎上前。

「慎吾，辛苦了。」

間宮勉強擠出微笑地伸出手，慎吾隨即回握。

「怎麼回事？」

「嗯，上車再談。」間宮看著慎吾的提包問：「你的行李就這些？」

「對，因為趕著出門，我連伴手禮都沒買。」

「不用什麼伴手禮。走吧，我車子在停車場。」

間宮轉身邁步向前，慎吾跟隨在後。

一離開大樓，氣溫便急速下降。
「會不會冷？」間宮回頭問慎吾。
「我可是從零下三十度的地方回來的。」
「哦，說的也是。」
兩人步入航廈前的停車場後，間宮直接走向一輛豐田CROWN，待慎吾坐進副駕駛座，便緩緩駛離。
「由叔叔駕駛嗎？」
「嗯，是啊。你不相信我的技術嗎？」間宮望向慎吾。
「不是的，叔叔被司機討厭了嗎？」
間宮噗哧一笑，搖搖頭。「才不是，只不過想單獨和你談談。」
「…………」話題就此中斷。
上斜坡後，車子直接開進高速公路。間宮踩下油門。
「我們要去哪？」慎吾先開口。
「社長家。」
「社長的家……在赤坂嗎？」
「對，抱歉這麼突然，但今晚你或許得住在社長家。」
慎吾望著身旁的間宮。「究竟發生什麼事？雖然叔叔說情況緊急……」
「你知道兼介吧？」

「兼介？他是誰？」

「你不曉得嗎？他是社長的孫子，也是執行董事葛原的兒子，今年國二。」

「啊，他就是那個社長的寶物——」慎吾話說一半突然住口。

「他是武藤社長的寶物沒錯。」

「那個兼介惹出什麼事？」

「他遭到綁票。」

「什麼？」

慎吾驚愕地看著間宮。他知道不可表現得過於誇張，肉眼雖常為機器矇騙，卻不容易上人的當。計畫若有差錯，原因一定出在自己，而非明日香。

「事情發生在前天，目前警方人員在赤坂社長家待命。」

「…………」不出所料，對方果然報了警，只是沒想到身旁的間宮竟也軋上一角。

「綁票……」

「你很震驚吧？」

慎吾偏過頭，愣愣地望著窗外喃喃道：「我有個問題。」

「嗯？」

「兼介遭到綁架，為何要叫我回來？」

「歹徒指名你運送贖金。」

「…………」慎吾目光轉向間宮。

「社長問過歹徒指定你的理由。歹徒說認得你，而且你應該是最能體會兼介處境的人。」

「…………」

慎吾沉默下來，視線又移回窗外。車內一片安靜，間宮也沒再開口。

慎吾不禁暗想，間宮究竟是以何種心情看待這次的事？想必二十年前父親從渡輪甲板上投下金塊袋的身影，仍深深烙印在他心裡吧。

金塊之所以沉入海底，是因代替浮標的內胎上破了洞。然而，那是何時刺破的？

唯一能確定的是，當初內胎是完好無缺的。父親遺留的筆記上，詳細記載著渡輪上的情況。據警方後來搜查，準備船室裡的袋子及內胎的人，已先在神戶下船。渡輪晚上七點出港，袋子則於午夜十二點投落海中，意即袋子擱置在船室裡長達五小時。假如內胎原本就有瑕疵，經過五小時早該沒氣了。

因此，內胎是在丟下前一刻才刺破的——

歹徒肯定也在渡輪上，且就在父親身邊。

二十年前，間宮富士夫獨自著手研發微處理器，即將成功時卻遭遇挫折。由於後援的科普羅度退出日本市場，導致生駒電子面臨倒閉。里卡德欲趁隙收購生駒電子，但父親下定決心，即使賭上身家財產也要讓公司起死回生。間宮和父親不同，期望里卡德能合併生駒電子，因為那是他完成研究的捷徑。

所以，串通里卡德將父親逼入絕境的，就是間宮富士夫。

「叔叔，」慎吾在心中吶喊，「這是我送你的禮物，你最喜歡的綁架案件。若是你有兒女，我的目標不會是兼介，而是你的小孩。」

但這不代表我已原諒你，兼介歸來後你就會明白。如今他監禁在你的別墅，和你關係匪淺的伊東別墅。

按原定計畫，間宮應該是突然得知此事，並遭警方以重要參考人的身分傳喚偵訊。不曉得間宮為何一開始便牽扯進來。

「你一定很驚訝吧。」間宮說。

慎吾沒回應，逕自眺望著窗外。

「雖不想把你捲入這起案件，不過這是歹徒的要求，希望你能幫忙。與其說是幫社長，不如說希望你能救兼介一命。」

「換成是叔叔會怎麼做？」慎吾小聲問道。

「什麼？」

「叔叔當時是怎麼想的？」

「我當時……你的意思是？」

慎吾轉向間宮說：「我遭到綁架時，歹徒不是指名要你運送金塊嗎？」

「嗯，是啊。」

間宮欲言又止。慎吾盯著間宮的側臉，而後目光又移回窗外。

眼前單調的高速公路，彷彿瞬間湧現海浪。

22

一輛黑色賓士駛出武藤家正門，間宮輕踩剎車，只見那輛賓士行經間宮車旁，開向下坡道。

天色已暗，看不清開車的是誰，但看得出後座坐著一個人。

間宮將車駛進正門，時間差不多是晚上六點半。

「好棒的房子。」

坐在副駕駛座的慎吾說著，邊像在擦拭擋風玻璃似地左右張望武藤及葛原家。

「你沒來過嗎？」

「對啊，跟社長見面也是頭一遭。這裡是赤坂吧？」

間宮將車停在屋前，看向慎吾。「是啊，為何這麼問？」

「在東京最高級的地段，竟擁有得開車才能從大門到達房舍的大庭院。」

間宮微微一笑停好車，手放在車門上。

「你太誇張了，不一定要開車啊，才數十公尺。不過，確實挺大的。」

「我覺得很寬闊呢。」

等慎吾下車後，間宮也走出車外。此時，玄關的門微敞。

「啊，剛好。」

武藤朝間宮舉起手，視線移向慎吾後，不禁面露疑惑。

「這是生駒慎吾。由於市內道路擁擠，比預定時間晚到。」

武藤點點頭，朝慎吾伸出手。

「抱歉，你一定很累吧？」

「不，還好。」

「真羨慕年輕人，先進屋再說。」

武藤環著慎吾的肩膀走入玄關，間宮則跟在後頭。

「社長，剛剛有輛車和我們擦身而過，那是……」

間宮一問，武藤點點頭答道：「那是珠寶商，專程送東西過來。」

「這樣啊。」間宮說完不自覺地往後看。

一踏進玄關，武藤夫人、葛原夫婦、兩名傭人及馬場刑警都出來迎接。

回到客廳後，葛原苑子率先開口：

「生駒先生，你曉得兼介的事了嗎？」

苑子招呼慎吾坐下，話聲顫抖地問道。

「嗯，在車裡大致聽間宮先生解釋過。」

「你很訝異吧？」

「……」

慎吾坐在沙發上環顧四周，發覺眾人的視線都放在他身上，內心一陣彆扭，不由得吞口口水。間宮察覺這種情況，主動走到他身旁。葛原在苑子對面坐下，武藤則面向他坐著。

「我覺得很不舒服。」慎吾看著苑子說道。

「不舒服……」

「坦白講，我很害怕。我只是個技術員，並非救援部隊的特攻員，不想和這種大事件扯上邊。」

苑子瞪大雙眼，抓住慎吾的手腕。「你不願意救兼介嗎？」

「能否把這個任務交給別人？如此沉重的責任，我擔待不起。」

苑子不斷搖頭。「拜託你，我明白你的心情，這無關責任，只求你能救兼介。」

「生駒先生，」坐在對面的葛原突然出聲。「雖然不清楚歹徒有何用意，但他指名你運送贖金。」

「我已聽說，可是……」

「如果能夠，我想親自送去，而不是強迫你上陣。不過，歹徒指定非你不可，我們才會請你來。」

「…………」慎吾望著葛原。

「你會幫忙吧？拜託，你會去吧？這攸關兼介的性命啊。」

「可以給我一點時間考慮嗎？」

「時間？你在說什麼！人命關天，還考慮……」

「久高。」武藤制止葛原，輕輕搖頭，接著看向慎吾說：

「生駒先生剛從加拿大回國，長途跋涉很疲憊吧。不過，這件事對我們來說很重要，只有你能幫忙。」

武藤雙手平放在桌上。

慎吾垂下目光，間宮注意到他微微吸口氣。

「啊，」武藤吩咐站在間宮身後的照枝夫人，「把鑽石拿來。」

夫人低聲應好。間宮回過頭，只見她從搜查員聚集的餐廳桌上取過三個黑盒子。盒子很薄，約是大開本書籍的尺寸。她疊起盒子，拿到武藤面前的桌上。

「這是剛送來的。」武藤說著打開其中一盒。

「…………」

間宮目不轉睛地盯著盒子。

盒裡鋪著一層帶有光澤的深藍絨布，布上的幾條橫溝裡排列著鑽石。

「三盒共二百一十四顆。」

這是非常稀有的光景。

二百一十四顆鑽石，總價十億。

間宮不經意地看向慎吾，但慎吾只愣愣地望著武藤的手邊。那副神情，勾起間宮二十年前的回憶。

那件事過後，間宮第一次見到慎吾是在醫院，千賀子將五歲的慎吾抱在膝上。

——很可怕嗎？

面對緊盯著自己，問出這無謂話語的記者，慎吾什麼也沒回答，僅膽怯地望著對方。
當時的表情……
間宮不由得把默默凝視著鑽石的慎吾，和二十年前的慎吾重疊在一起。
「武藤先生。」
馬場刑警的話聲從身後傳來，將間宮拉回現實。
武藤抬頭看著馬場。
「那些是要交給歹徒的嗎？」
「什麼？」武藤瞇起眼反問。「這話是什麼意思？」
「不，我以為你會用假貨代替真鑽。」
「你……」武藤闔上盒子。「警官，你認為用贗品能救出兼介嗎？你也聽過通話內容吧？歹徒在確認沒問題後，才會把兼介還給我們。」
「在那之前，我們會找出兼介的所在地。」
這時，慎吾倏地從沙發上站起，所有人都訝異地看著他。
慎吾瞪著馬場說：「為什麼你能如此篤定？」
「呃？」
「你怎麼有把握找得到兼介？」
「因為這是我們的目標啊。」
「只要晚一步，兼介或許就慘遭遇害。既然你說在那之前會救出兼介，那你告訴我，歹徒在哪裡？兼介又在何處？」

「我們還在搜查中。」

慎吾發出輕蔑的笑聲。「你們還是老樣子，總是在搜查中。」

馬場的表情有些僵硬。「這話怎麼說？」

「你被綁架過嗎？」

「…………」

「你曾被蒙住雙眼、塞住嘴巴，在飽受生命威脅的情況下遭到監禁嗎？你曾被迫離開父母，在全天候監視下，憂懼不安地度過沒有盡頭的日子嗎？」

「呃，這個嘛，生駒先生。」

「你無法了解身為人質的小孩心中的恐懼，及身為父母親的心情，才會說出使用假貨的話。兼介深信你們一定會救出他，也只能如此相信。你敢告訴兼介『我們準備好贗品嘍，不用擔心』嗎？」

苑子雙手摀住臉，馬場則躲開慎吾的目光。

「那麼，生駒先生為何不肯救兼介？」

慎吾在沙發上坐下，喃喃自語。

「什麼？」馬場問道。

「我辦不到，那太可怕了。」

間宮靜靜看著慎吾，彷彿又見到五歲時的他。

23

「組長，是本部打來的。」一名部下將臨時電話交給馬場。

「嗯。」馬場點點頭，湊近話筒。「我是馬場。」

──我剛去過東京車站。

「有消息嗎？」

──還是不行。好不容易問完二月一日早上十點左右值勤的所有站務員，但沒人記得兼介。

「……沒人啊。」

──是的，以上報告完畢。

「辛苦你了。」

馬場把話筒拿給部屬。

對面沙發上仍舊一片沉默。傭人為生駒慎吾和間宮富士夫送上餐點，兩人拿起筷子隨便吃幾口，幾乎沒動到飯菜。無論是用餐期間，還是餐桌收拾完畢後，他們都未交談，時間已將近九點。

東京車站也查不到線索……，馬場咬緊牙關。

葛原兼介曾在筆記本寫下冒險遊戲的攻略。那是GAMES網路上，一款叫「明日香的祕密寶物」的遊戲。那筆記本的封底扉頁只留著三行字：

2/1 10AM 東京車站CHAT

這應該是兼介遭到綁架當天的預定行程。於是，馬場派搜查員到東京車站，悄悄找尋目擊者，卻沒半點收穫。

警方原先打算，若從站務員及警衛方面問不出線索的話，便要尋求一般民眾的協助。然而，優先考量到兼介的安危，此時不宜進行公開調查。按筆記本上所寫的，兼介應該是利用東京車站內的公用電話連結電腦，與平常打電話的情景大相徑庭，找到目擊者似乎比較容易。

馬場慢慢吐口氣。

當傭人換上熱茶時，電話倏然響起。

馬場等部下聯絡電信局後，向武藤打個手勢。

「我是武藤。」

——鑽石備妥沒？

聽見電話喇叭傳出的合成女聲，生駒慎吾不禁抬起頭。

「準備好了，都在家裡。」

——生駒慎吾先生也在嗎？

武藤視線投向慎吾。「在，他剛從加拿大趕回來。」

——請換生駒慎吾先生接聽。

「…………」

武藤將話筒遞給生駒慎吾，馬場注意到慎吾吞口口水。慎吾顫抖著接過電話，貼近耳朵。

「我是生駒。」

——接下來我必須確認你是不是生駒慎吾本人。

「妳說什麼？」

慎吾拿著話筒，視線掃過望著自己的眾人。

——請說出你的出生年月日。

「妳到底想幹嘛？」

——我在做確認。請告訴我你的出生年月日。

「昭和三十八年六月十三日。」

——謝謝。你兒時就讀哪家幼稚園？

「小光幼稚園。」

——你父親以前在美國哪間公司上班？

「科普羅度。妳究竟要我做什麼？」

——我希望你幫忙把武藤為明送的禮物拿來。

「確認完畢了嗎？」

——沒有問題。

「妳似乎很清楚我的事。」
——是的，接下來要請你做不少事。
「為何選上我？」
——因為我想見你一面。
「別胡說八道。真要見面的話，妳來這裡啊。」
——我希望你親自過來，帶著鑽石過來。
「送到哪？」
——在說明之前，我必須履行對武藤先生的承諾。
「承諾？」
慎吾看向武藤。
——請換武藤先生接電話。
慎吾皺著眉將話筒遞給武藤。
「喂。」
——請稍等，我讓令孫聽電話。
「啊……」武藤坐直身子。
馬場貼近耳機，聽見切換線路的細微聲響。那有點像衣物磨擦聲。
——可以說話了嗎？
這時，突然傳出兼介的話聲。

「兼介！」武藤提高聲調。
——爺爺，是爺爺吧？
「是啊，你還好嗎？」
——嗯，我很好。
「兼介！」苑子從旁呼喚著兒子。「小兼，聽得見嗎？」
——啊，媽媽？媽媽也在嗎？
武藤將電話拿給苑子。
「小兼，沒事吧？有沒有被欺負？」
——嗯，我沒事，不用擔心。我想早點回家，不想再待在這裡。
「壞人有拿東西給你吃嗎？你有按時吃飯嗎？」
——有，我才剛吃披薩。
「吃披薩……，沒像樣點的食物嗎？」
——因為……
「喂。」葛原從苑子手中拿走電話。「兼介，是爸爸，聽得到嗎？」
——啊，聽得很清楚。
「不用擔心，我們很快會去接你回家。」
——嗯，快點……因為我在這樣的地方……
兼介哽咽起來。

「兼介，不要哭。再忍一下，不能哭喔。來，好好跟爸爸說話。」

——要早點來接我……

「我知道，會馬上趕過去。你在哪裡？告訴我，那是什麼地方？」

——不行，我不能說……說出來的話，炸彈……不可以。

「炸彈？」葛原睜大雙眼。

馬場和部屬面面相覷。

「喂，兼介，壞人拿著炸彈嗎？」

——沒有，但這裡裝著……

電話突然掛斷。

「啊，喂，兼介！你還在嗎？兼介——」

馬場回頭，只見負責電話追蹤的部下朝他揚起臉。

「成功！」

「找到了嗎？」

客廳的另一頭，好幾個人站起身。

「請稍等，我先記下來。野野村？善是？善惡的善。司是？公司的司這個字，我知道了。」

部屬拿掉耳機望著馬場說：「信號來自北烏山一處住家，屋主叫野野村善司。」

「好，快去準備。不過要小心，那棟建築物可能裝著炸彈，別隨便出手。」

「是。」

就在部下回應時，電話再次響起。

「…………」屋裡一片沉默。

馬場使個眼色，部屬拿起臨時電話：

「喂，慎重起見，這通也要進行追蹤。」

看到部屬的暗號後，馬場向武藤舉起手。武藤拿起話筒。

「喂……」

——請再轉給生駒慎吾。

「喂，拜託，讓兼介聽電話，讓兼介……」

——請換生駒慎吾接聽。

「…………」

武藤和慎吾四目交接。慎吾微微點頭，武藤將話筒遞給慎吾。

「喂，我是生駒。」

——請仔細聽我接下來的話。

「等等，兼介沒事吧？」

——只要你們遵守約定，我就不會失信。他很好，請不用擔心。

「我該送東西去哪？」

——我要你開車帶著鑽石到里卡德的中央研究所。

「研究所？」

——聽好，你只能單獨前來。

「那武藤社長、葛原執行董事及他太太怎麼辦？」

——待在家裡等我的聯絡。確認完你拿來的鑽石後，我會通知何時釋放兼介。你得獨自運送鑽石。

慎吾望著武藤，武藤默默點頭。

「我明白了，什麼時候行動？」

——通話結束後，馬上出發。

「可是晚上研究所沒開。」

——警衛應該在吧？麻煩武藤先生聯繫一下。進大門後，前往後院。

「後院？」

——穿過中庭，建築物的另一側就是後院，但警衛不准同行，明白嗎？

「啊，妳會在院子裡等我嗎？」

——不，我會監視你，可是不會冒那麼大的風險和你見面。

「那接下來該做什麼？」

——你知道靠近矮牆角落，有座小型組合屋嗎？

「呃，我只去過幾次，不太熟悉研究所內部環境。」

——那裡有座堆放雜物的組合屋，請繞到屋後。

「屋後？」

——小屋和矮牆間，放著一個老舊髒污的木箱。拖出後，查看箱內就曉得該怎麼做。

「了解。」

——記住，不准其他人靠近組合屋。我若發現，將立刻中止交易。務必單獨前來。

「好。不過，我交出鑽石後，妳也得把兼介交給我，可以吧？」

——不，之前應該提過，等鑑定是真鑽，且確認我安全無虞後，才會放兼介回去。

「這太荒謬……我怎麼知道妳會不會真的遵守承諾？」

——請相信我。

「相信妳？」

——沒錯，我也是在信任你的基礎下進行交易，所以請相信我。

「別開玩笑了。聽好，使用特殊聲音裝置、敲打著鍵盤的妳可是綁匪，憑什麼要我相信妳？」

——你父親當初也選擇相信歹徒。

「什麼？」

——生駒洋一郎聽從歹徒的指示把金塊丟入海底，你才能平安回家。

「…………」

——我會遵守約定。只要你和武藤先生也照規則來，我一定會將兼介還給你們。那麼，請出發吧。

綁匪切斷電話。

慎吾緊握著話筒坐在沙發上，間宮起身走到慎吾旁邊。
「慎吾。」間宮輕喚一聲，從他手中取過話筒。
「到底是誰……」慎吾喃喃自語。
間宮拿起桌上的三個盒子，遞給慎吾。
「究竟是誰做出這種事？」
間宮拍拍愣坐在沙發上的慎吾。
「組長。」部屬叫道，馬場隨即回頭。「情況有點怪。」
「怎麼？」
「這次也追蹤成功，但……」
「如何？快說。」
「地點不一樣。」
「不一樣？」
「對。」部屬將紙條交給馬場。
「宇野光成？」
「對，這次是從此人家中打來的，和剛剛追蹤到的野野村善司住處相差約九百公尺。」
「九百公尺？」
兩通電話居然自不同地點打來……
這是怎麼回事？

換句話說，先前追蹤到的是監禁兼介的場所，而這次是歹徒的藏身地？

「用我的車吧。」

坐在對面的武藤說道，馬場望著他。

「生駒，把這個帶去，麻煩你了。現在就出發比較好吧。」

「…………」

慎吾不發一語地站起身，取過間宮手中的三個盒子，深吸口氣。

「生駒先生，萬事拜託。」

苑子懇求生駒，一旁的葛原則靜靜地低頭鞠躬。

慎吾倏地瞥向馬場，只見他鐵青著臉。

24

雖然武藤為明告訴慎吾可以使用他的車，慎吾仍決定開苑子的日產SILVIA。而武藤的車是賓士，葛原久高是BMW，即使間宮表示也可開他的豐田CROWN，慎吾還是婉拒，他不太喜歡這類高檔車。

馬場決定讓一名刑警躲在後座下方。

「歹徒看到的話……」

苑子害怕地說，但馬場搖搖頭。

「他絕對會小心行事，我們也會低調地跟隨在後。為方便緊急聯絡，安排一人與生駒先生同行較保險。太太，請別擔心，包在我們身上。」

慎吾將三盒鑽石放在副駕駛座上，透過後照鏡確認刑警已藏好才關上車門。

「一切拜託。」武藤往車窗內說道。

「嗯，我一定把東西交給歹徒。為我祈禱吧。」

葛原夫婦對慎吾鞠躬，站在他們身後的間宮則揮揮手。

慎吾仔細檢查完初次駕駛的車況後，發動車子往六本木方向前進。

「很難受嗎？」慎吾問後座的刑警。

「呃，不會。倒是生駒先生遠從加拿大趕回來，一定更累吧？。」

「我一點都不累。只是回來後，接連面對這麼多狀況，心裡挺震驚的，總覺得都不像自己了。」

「說的也是，抵達成田機場前，你完全不知情吧？」

「因為他們在長途電話裡什麼也沒透露。」

「啊，我叫雪村。」

「雪村警官嗎？請多多指教。啊，這樣交談沒關係嗎？」

「嗯？」

「應該是無所謂，歹徒總不可能連這輛車都監視吧。」

「也對。」

然而，雪村刑警卻就此不再開口說話。

車子經六本木穿過麻布，接著右轉由櫻田大道南下。

慎吾看著側邊後照鏡，單憑車頭燈實在很難辨認出馬場等人的車在哪裡。

中央研究所位於品川，那原本是生駒電子工業公司的所在地。里卡德收購生駒電子後，買下周圍的土地興建研究所。父親生前一直待在研究所工作。里卡德不僅奪走父親的一切，還把父親扔在被奪走的東西裡。

慎吾握著方向盤，邊以舌頭輕觸上顎的金屬片。

通話過程比預期的更順遂。雖然測試時十分成功，但慎吾很擔心換武藤接聽時能不能如常操作。要是距離太遠，金屬片發出的超音波或許沒辦法順利傳入話筒。還好，明日香非常聽話，也沒人發覺慎吾製造出的聲響。

慎吾完美地結束與歹徒的通話。

唯一令慎吾感到不安的，便是在場的間宮。若說有誰能察覺那電話系統的真正用意，大概就只有間宮富士夫吧。慎吾設計的系統，間宮肯定也有辦法自行重組。

不過，慎吾輕輕搖頭。

只要一開始沒引發疑慮，即使是間宮也難以覺察。無論是誰，都不會懷疑到我身上，因為數小時前我才剛回國。

慎吾瞥向副駕駛座。

十億圓的鑽石——

放在身旁的可是貨真價實的鑽石，共二百一十四顆。武藤和馬場都證明那是真貨，而躲在後座的雪村刑警，也間接證明了鑽石的真實性。馬場安排雪村刑警在車上，不僅是為緊急聯絡方便，也擔心我臨時起意，帶著十億圓的鑽石逃走，真是用心良苦啊。

慎吾拚命忍住笑意。

哈，縱使有千軍萬馬跟來也無所謂，你們是抓不到我的小辮子的。

行車經高輪，越過一條鐵路後便進入品川區。

「雪村警官，」慎吾直視前方說：「快到研究所了，警官有什麼打算？」

「別在意我，車子能開進去嗎？」

「嗯，警衛放行的話就不成問題。」

「你要在哪停車？」

「建築物前的停車場應該有空位。反正車子不能開到中庭，我想停在停車場。」

「那麼我待在車裡，你儘管行動。」

「其他警官也會跟上來嗎？」

「大概有幾人已埋伏在內。」

「已埋伏在內？」

透過後照鏡，慎吾沒看見雪村刑警。

「對，但他們會留意避免歹徒察覺，不用擔心。」

「那這幾盒鑽石怎麼辦？」

「帶著比較好吧？在組合屋後不曉得會收到什麼指示。」
「我要聽從指示嗎？」
「對，請照著做。對了，下車前把這個……」
雪村從座位間遞出一個附天線的小型麥克風。
「這是什麼？」
「無線麥克風，請別在衣服下。較長的這條是天線，只要從毛衣下襬稍微拉出尾端即可。」
「要以這個回報情況嗎？」
「不必，這是用來聽取生駒先生和歹徒的談話內容。」
「啊，原來如此。」慎吾接過麥克風。
此時，眼前出現一道極長的矮牆，慎吾沿矮牆前進，在正門前停下車。一名警衛從門內喊道：「生駒先生嗎？」
慎吾搖下車窗，朝對方揮揮手。
「是的，社長應該和你聯絡過吧？」
「有，請稍等，我馬上開門。」
「謝謝。」
鐵門打開後，慎吾舉手向警衛致意，直接開往建築物前，在停車場中央停下SILVIA。
慎吾迅速地將麥克風夾在毛衣和襯衫之間，拿著三盒鑽石下車。
慎吾環顧四周，不見半個人影，也看不出搜查員埋伏在何處。這樣看來，警察的功力終於有點長進。

繞過建築物，來到連接本館與新館的中庭。他抱著盒子，緩步前行。建築物的幾扇窗戶仍透著燈光，中庭因此明亮許多。

慎吾橫越中庭，穿過建築物間走到後院。他左右張望了下，果然還是不見任何人影。

慎吾慢慢走近右側的組合屋，此處雖不像中庭那樣明亮，但設有照明。此時，遠處傳來狗的吠叫聲。

慎吾走到組合屋旁，窺看矮牆和組合屋間的夾縫。

一定要在啊……

慎吾暗自祈禱。組合屋本身相當老舊，塞在屋後的木箱更是年代久遠。儘管不認為會有人拿走箱子，仍不免擔心。慎吾一個月前就把木箱放在這裡。

屋後一片漆黑，慎吾換手拿鑽石盒，將右手伸進縫隙。

有了——

慎吾觸到溼黏冰冷的木箱，隱約可見箱子因受潮已半腐壞。

他使勁拖出箱子。箱子邊角擦過組合屋的牆壁，發出咔吱咔吱的聲響，聽起來很不舒服。

他把箱子拉到較寬廣的地方，蹲在箱前拿開木板，只見裡頭有個塑膠袋。他將鑽石盒放在膝上，剝開箱側所有木板，取出包在塑膠袋中的大型塊狀物。

慎吾抬頭左右張望，他不得不提防監視著自己的搜查員。

慎吾撕下膠布，拆開層層包裹的塑膠袋，眼前出現一個大塑膠盒。他打開蓋子一看，東西擺放的位置都和當初一樣，毫無異狀。

盒中有台攜帶型電腦、一個和啤酒罐差不多大小的鋁罐、十八顆鹼性電池及一只中等尺寸的業務用信封。

慎吾打開信封，裡面有張以打字機打出的報告用紙，和一枚三．五吋的軟碟片。他攤開紙張，雖然早記下內容，還是讀了起來：

現下還不能碰鋁罐，把所有東西帶回車內。將六個電池裝上電腦，其餘十二個備用。取出信封裡的軟碟片插入電腦後再開機，接下來的指示會顯示在螢幕上。

慎吾將紙張放回信封、所有東西收入塑膠盒，抱著鑽石盒及塑膠盒離開後院。他穿過中庭返回停車場，坐進車內後，把物品堆在副駕駛座上。

「如何？」

車門一關上，躲在後座的雪村刑警問道。

「這些……」慎吾打開塑膠盒，往座位間隙丟下印有指示的紙。

「電腦？」雪村喃喃自語。

慎吾趁雪村閱讀指示的空檔，自塑膠盒中取出電腦，裝上電池。此時，後方傳來話聲：

「我是雪村。組合屋後放著一個塑膠盒……」

往後座一看，雪村刑警正以無線電回報情況。接著，慎吾裝好電池，把軟碟片插入攜帶型電腦。
「可以按下電源了嗎？」慎吾問雪村。
「嗯。」
電腦讀取一段時間之後，螢幕出現下列文字：

警告。

接下來不得取出軟碟片，沒收到指示也不可關掉電源。此程式設定，一旦拿出軟碟片或切掉電源就會銷毀內容，到時便無法保證葛原兼介能平安回家。

若已了解此警告訊息，請按下RETURN鍵。

「搞什麼……」
慎吾說著放倒副駕駛座的椅背，方便雪村看螢幕畫面。
「這是什麼意思？」雪村問道。「歹徒說內容會自動銷毀，真的做得到嗎？」
「可以，破壞軟碟中的資料並不困難。換句話說，我們只能遵守規則。」
雪村拿近無線對講機報告現況後，對慎吾點點頭。
慎吾按下RETURN鍵，螢幕顯現文字的同時，雪村向無線對講機讀出內容：

取出盒裡的鋁罐，標記紅點的一端朝上。接著，雙手抓住鋁罐兩頭，順時針方向轉動上方

約四分之一就能打開蓋子。將所有鑽石放入鋁罐，再闔上蓋子。

完成後，按下RETURN鍵。

慎吾拿出直徑六公分、高十二公分的鋁罐，轉開後遞向雪村刑警，只見罐裡鋪著一層紅色厚毛氈。待雪村通報完，慎吾問道：

「怎麼辦？要放進去嗎？」

「對，我也來幫忙。」

「幸好你也在，我一個人動手很不安。」

慎吾將鋁罐交給刑警，打開鑽石盒。感覺得出雪村刑警十分緊張。

「我來拿鋁罐，雪村警官，請放入鑽石吧。」

「好。」

雪村右手取出一顆鑽石，為避免掉落，又以左手捧著，就這麼一顆顆地放進鋁罐。

移完三盒鑽石後，雪村呼出一大口氣。慎吾望著雪村問：

「好了嗎？」

雪村點點頭。

慎吾取過座位上的蓋子蓋緊，接著按下電腦按鍵。

不得再次打開鋁罐，基本上，此罐已無法開啟。在交出罐子前，請維持現狀。了解的話，請按下RETURN鍵。

「咦？」

雪村看著鋁罐，慎吾嘗試轉動卻無法開啟。

慎吾將鋁罐遞給雪村。雪村使盡力氣，蓋子依然紋風不動。雪村望著慎吾說：「打不開……」

雪村刑警朝無線對講機報告此事。

25

中央研究所大門附近，離慎吾的SILVIA約二百公尺處，間宮富士夫坐在某輛車後座聽著無線電設備傳出的動靜。透過擋風玻璃，看得見斜前方的大門。

「間宮先生，」一旁的馬場刑警手持對講機望向間宮，「那則警告有何用意？」

「你是指不得拿出軟碟片那句話嗎？」

「對。」

間宮聳聳肩。「或許是為了防止我們先讀取後面的指示。」

「後面的指示？」

馬場反問的同時，無線對講機傳來雪村刑警的話聲。

——電腦發出新指示，要求輸入現在的時刻，生駒先生已輸入晚上九點五十二分。啊，下個指示出現，要我們立即開車由芝浦交流道上高速公路一號羽田線，前往市中心。我們出發了。

馬場傾身向前，拿起對講機：

「SILVIA準備離開研究所，預計經芝浦交流道上高速公路一號羽田線，前往市中心。全部車輛保持適當距離跟上。」

不久，一輛白色SILVIA開近門口，只見駕駛座上的慎吾朝警衛揮揮手。

「嗯，出發吧。」

馬場吩咐負責駕駛的刑警。車子與SILVIA間夾著兩輛車。

坐在副駕駛座的刑警壓近耳機：

「組長，生駒先生問雪村目前的路況如何，他擔心歹徒沒算進塞車的時間。」

「啊，原來如此，這倒也是……」馬場點點頭。

刑警的耳機似乎接收得到慎吾身上無線麥克風傳來的聲響。

「間宮先生，你剛提到的『防止先讀取後面的指示』是什麼意思？」馬場注視著前方問。

「依我推測，軟碟片裡恐怕存有全部指示，若能解析其中資料，便可提前得知歹徒將如何接收鑽石，而這對慎吾來說並非難事。歹徒為避免訊息洩漏，才動了點手腳。」

馬場轉向間宮。「沒其他辦法嗎？」

「可以這麼說。由那則警告訊息看來，歹徒或許已對軟碟片中的程式及資料施加強大的防護。」

「防護？」

「那原是預防電腦軟體遭任意複製的技術。一旦進行程式允許外的動作，電腦便會毀壞軟碟片裡的資料。既然歹徒製作得出語音回覆的恐嚇電話，這點小玩意對他應是輕而易舉。」

「那個防護功能，無論如何都無法破解嗎？」

「不，原則上沒有不能破解的防護。」

「那要試試看嗎？」

「不，這風險太高。」間宮搖頭，「施加防護的方法有數十種，想破解的話，必須逐一測試，但過程中恐怕會損壞軟碟片中的資料。」

「該死。」

馬場緊盯著間宮，彷彿間宮就是在軟碟片上動手腳的歹徒。

車子在海岸道路右轉，從芝浦上首都高速公路。前方由慎吾駕駛的SILVIA加快速度，高速公路不像他先前擔心的那般擁塞。

間宮之所以同行，是應武藤社長的命令及馬場的請求。事發至今，可知綁匪具有高水準的電子學知識與技術，甚至使用語音回覆設備打恐嚇電話，根本無從預測交付鑽石時對方會要什麼花樣。而間宮就是警方用來對付歹徒的武器。

「那對於歹徒指示將鑽石換到鋁罐一事，你有什麼想法？」

間宮淡淡地搖頭。「我不知道。但比起三個盒子，一個鋁罐較容易拿取吧？至於蓋子上鎖及使用圓罐，應該有特別的含意……」
此時，無線對講機傳來雪村刑警的話聲。
——剛剛電腦發出嗶一聲，螢幕跑出文字。呃，歹徒要我們從江戶橋交流道上首都六號向島線後，再按RETURN鍵。這個指示是電腦自動輸出的。
馬場拿近對講機：「SILVIA將從江戶橋交流道開往六號向島線，請注意變換路線。」
聽到雪村刑警的通報，間宮頓時察覺歹徒的用意。
由於電腦內部的計時器掌控著指示顯現的時機，歹徒才會要求慎吾輸入正確的時間。假如每次都藉按RETURN鍵讀取，只要重複按鍵便能得知全部指示。歹徒採取這方法正是為防止此種情況。
「組長，」副駕駛座上的刑警轉頭喊道。「南烏山那邊的聯絡。」
「嗯，轉過來。」
副駕駛座上的刑警切換無線電設備的按鈕。
「我是馬場。」
——這裡毫無動靜。總之已先拿到搜查令，接下來該怎麼辦？
「兩家都沒動靜嗎？」
——對，野野村善司家只有一樓的燈亮著，二樓一片昏暗。宇野光成家也是雙層建築，房間卻幾乎都開著燈。
「調查過野野村和宇野的來歷嗎？」

——雖只略知梗概，但先跟您報告一下。野野村善司是丸比良食品加工公司的營業部長，今年五十三歲，和女兒、妻子、母親同住，兩個兒子都已結婚搬出南烏山的家。而宇野光成是個音樂家。

「音樂家？」

——對，聽說是隸屬M交響樂團的中提琴演奏家，今年四十一歲，家庭成員有妻子和兒子共三人。兒子今年高二。

「當中有人懂電腦嗎？」

——嗯，這部分不清楚，要進去盤問嗎？

「不，暫且不用。兼介在電話中似乎說歹徒裝設有炸彈。」

——但組長，這兩家看來不像潛藏著綁架犯。

「兩家相距九百多公尺不是嗎？」

——是的，直線距離是這樣沒錯。若依實際道路情況估算，走起來大概超過一公里。

「嗯，再觀察一陣子。」

——了解。

間宮聽著身旁無線對講機的談話，邊注視前方車輛的紅色尾燈。慎吾駕駛的SILVIA間隔約四、五輛車跑在前頭，路況相當順暢。

不久，無線對講機再次傳來雪村刑警的話聲。

——差不多快到江戶橋的交流道，我們要按下RETURN鍵了。新訊息出現，歹徒指示我們走向島線至小菅交流道，而後轉入葛飾川口線。
「川口線？」馬場喃喃自語。「難道要去埼玉縣嗎？喂，川口線有哪些出口？」
副駕駛座的刑警翻起地圖。「從小菅方向依序是，千住新橋、扇大橋、鹿濱橋、東領家、加賀、足立入谷，這些都在東京都內。進入埼玉縣後，是新鄉、安行、新井宿，連接到川口交流道，再過去就是東北高速公路。」
「東北，」馬場望著間宮，「難道是……」
間宮搖搖頭。
馬場趕緊將新指示傳達給所有尾隨在後的員警。
此時，間宮的腦海裡浮現一種可能的情況，他一直很在意打到武藤家的那兩通電話。兩次的電話竟是從不同地方打來的。野野村善司和宇野光成的家，直線差距九百多公尺，這是否隱含什麼特殊意義？
間宮回想武藤家聚餐的畫面。歹徒打第一通電話時，武藤是在餐桌上接過傭人拿來的無線電話。
間宮緩緩抬起頭，看向馬場。
「馬場警官，能跟你確認一件事嗎？」
「確認？」馬場回頭問，「什麼事呢？」
「烏山那兩戶人家該不會都使用無線電話吧？」
「無線電話？為何這麼問？」

「不，這不過是我的想像，因為兩通來電的時間非常接近。」

「是啊，一分鐘，不，大概才間隔三十秒左右。有什麼不對勁嗎？」

「即使是一分鐘，也不可能在這麼短的時間內移動九百公尺吧。」

「對啊，除非移動時速達到五、六十公里。」

「假如歹徒原先就搭乘車，說不定可迅速抵達目的地。但若歹徒是放下話筒才走出家門搭上車，絕對無法在一分鐘後從離家九百公尺的地方打電話來吧？或許能將這兩戶視為監禁人質的地點和歹徒藏身處，不過你不覺得事有蹊蹺嗎？」

馬場凝視著間宮。「這部分我也不是很了解。剛才你提到兩家都使用無線電話，那解釋得通嗎？」

「一般情況下不太可能，但這綁匪也許做得到。」

「要怎麼做？」

「使用無線電。」

「無線電？」馬場瞥向手上的對講機。

「所謂的無線電話是指母機和子機間以無線電連接，於是我想，歹徒如果對母機送出與子機頻率相同的電波……」

「…………」

「當然，幾乎所有的無線電話，為方便母機辨別出子機及防止別人盜打，會發出一種類似暗號的電波。不過，破解這特殊電波對綁匪來說應該易如反掌吧。」

「間宮先生，照你這麼說，歹徒是使用別人的電話線路打到武藤家嗎？」

「這不過是猜測，只是一種可能性。歹徒要真使用這方法，電話追蹤也就毫無意義，因為偵測到的僅是遭盜用的無線電話。歹徒打來時，順利的話，或許偵測得出最原始的電波來源，但這需要技術和時間，還是別白費工夫比較好。」

「以電波打電話，真的辦得到嗎？」

「當然。無論是轎車裡的電話、船上的電話、新幹線上的電話，全都是使用電波，況且歹徒還使用電腦。如同兼介也實行過的那樣，電腦通訊不一定要藉由電話線路，只要連結無線電設備和電腦，便能進行連線。如果選擇狀態良好的頻率，大抵上就能像使用一般電話般通話，或傳送電腦資料。」

「…………」

馬場「呼」地吐一大口氣，接著拿起對講機呼叫埋伏在烏山地區的部屬。

「麻煩調查一下，野野村和宇野家裡是否有無線電話機。重複一次，是無線電話機。只要知道有無即可，請謹慎行動。」

馬場下達指示時，也直盯著間宮。間宮等馬場講完，補充說道：

「假使我的推測沒錯，還有一個關鍵。這兩家距離只有九百公尺，代表之間有個電波的發信來源。歹徒應該在烏山某處設有終端機，以做為基地台。」

馬場靜靜地點頭。

26

電腦嗶嗶作響，雪村刑警緊盯著螢幕。

「東北高速公路！歹徒叫我們走東北高速公路。」

雪村像在告訴慎吾，也像在向對講機通報。

「歹徒究竟要我們去哪裡……」慎吾轉頭看著雪村說。

「東北高速公路的終點是青森，」雪村輕聲應道：「但歹徒應該不會要我們到青森吧。」

「為什麼？」

慎吾瞥向後照鏡，只看得見雪村的頭頂。

「呃，因為……」

「如今我們就像任由歹徒擺布的人偶，歹徒若指示前往北海道，我們也只能言聽計從。」

「北海道？」

雪村沒再開口。慎吾則眺望著前方車輛微微搖晃的尾燈，露出微笑。

十一點十五分，SILVIA從川口交流道進入東北高速公路。

進展得比想像中快——

快一點也好，慎吾告訴自己，早些結束比較保險。不久警方的車便會保持著距離追上，雖不清楚數量有多少，但間宮富士夫肯定坐在其中一輛裡。進展得愈快愈好，抵達目的地前耗時愈多，間宮愈有可能想通事情的真相，因為這其實是仿自二十年前他所犯下的罪行。

當然，這次和二十年前在瀨戶內海交付贖金的案子本質不同。他們只要求父親將金塊丟進海裡，選擇捨棄五千萬的金塊，奪走父親的一生。可是，我絕不會放棄這裝有二百一十四顆鑽石的鋁罐。

換個角度思考，或許間宮見證這一切才是理想的情形。間宮的智慧固然令人害怕，卻也是最棒的觀眾。即使是間宮，只要沒猜到慎吾是歹徒，便無法預測後續發展。歹徒將在警察和間宮面前，漂亮地奪走價值十億的鑽石，而他們連歹徒的影子也摸不著。

慎吾想像著那一瞬間他們會有怎樣的表情。真想早點看到啊。

接近浦和時，電腦又發出訊號：

前往蓮田休息站。

直接將車開進加油站加滿，為接下來的路程做準備。

加油時，打開所有車門，帶著裝有鑽石的鋁罐下車，面向加油站正前方的餐廳。

雙手高舉鋁罐至頭上。

加完油後，回到車內按下RETURN鍵。

「歹徒在休息站啊……」

慎吾邊說邊盯著前方的藍色標誌，休息站的指示牌尚未出現。前方兩公里處應該會有第一個指示牌，過岩槻交流道後便可看見。

雪村刑警連忙拿起對講機報告。

「歹徒為何要我打開車門？」

慎吾自言自語。雪村沒聽清楚，於是反問：

「你剛說什麼？」

「嗯，我在說車門的事。歹徒叫我抬高鋁罐是想做確認吧？不過，為什麼要打開所有車門？」

「…………」

雪村停頓一會兒，對講機傳來馬場的話聲。

——雪村，找個地方下車。

「啊？下車？」

——歹徒會在加油站確認車內情況，等他發現你的身影就大事不妙。快找個不醒目的地方跳車吧。

「是……」

「那太危險，」慎吾看著後照鏡說：「跳車可是自殺的行為啊。」

「不過……」

——生駒先生，你聽得到吧？

馬場直接呼叫生駒。

「是，我聽得到。」

──準備讓雪村跳車。進蓮田休息站後，請放慢速度，在聯絡道路途中讓雪村下車。記住車子不能停，我們會緊跟在後頭接回雪村。可以嗎？

「我試試。」

──請保持冷靜，在加油站裡就照歹徒的指示行動。我們會盡力找出歹徒。

「我明白了。開到休息站的聯絡道路時，我會減速。」

──雪村，沒問題吧？

「了解，那對講機怎麼辦？放在車裡嗎？」

──不，帶下車。

「呃，生駒先生身上雖有無線麥克風，但無法接收我們的聯絡。」

──這是為了安全起見。歹徒可能會假扮成服務員，趁加油時順便檢查車內，對講機留著太冒險。

「好的。」

通過岩槻交流道後，見到寫著蓮田休息站的指示牌，慎吾便放慢車速靠左行駛。

「雪村警官，準備好沒？」

「嗯，聯絡道路兩旁應該會有樹叢，我在那邊跳下。」

「我知道了。」

「啊，生駒先生，你有帶錢嗎？」

「錢？」

「對，你得付加油費和過路費吧？」

「說的也是，在成田機場沒想到要換錢。」慎吾拿出皮夾遞給雪村，「能幫我看一下剩多少嗎？」

雪村接過皮夾。「有五萬圓，為以防萬一……啊，我也只帶三萬圓，先放進去。」

「謝謝，間宮先生應該坐在其中一輛警車內，再跟他拿就好。」

「好的。」

雪村將皮夾遞還慎吾時，正好接近休息站入口。慎吾打下方向燈，逐漸減速。一進聯絡道路，雪村趕緊跨到前座。因為這是輛雙門轎車，只能從前座下車。

「那麼就拜託你了。」

雪村說著打開副駕駛座的車門，隨即消失在門外。慎吾伸手拉上車門，透過後照鏡看見雪村奔向一輛黑色轎車。

「呼。」慎吾吐出一口氣。

慎吾循指示方向開往加油站。水銀燈光下的加油站顯得更為醒目，身穿制服的服務員舉起手，指揮車子的停放位置。

「歡迎光臨，要加高級汽油嗎？」

「對，幫我加滿。」

慎吾拿著副駕駛座上的鋁罐下車。

「換點新鮮空氣比較好。」

慎吾像在說明理由般，也將副駕駛座的車門打開。

「哇，果然很冷。」

服務員聽見，頗有同感地點頭微笑。

「天氣很晴朗，所以感覺特別冷吧。不過，偶爾也得流通車內空氣，開車時會清醒些。」

「雖然我一點睡意都沒有。」

慎吾說著走離車子，站在加油站前，伸懶腰似地雙手舉鋁罐過頭，順便環顧四周，卻找不到警車的蹤影。

呼吸著冷空氣，感覺很舒爽。他拿著鋁罐做一會兒上半身的伸展運動。

「需要清理菸灰缸嗎？」

身後傳來問話聲，慎吾回頭應道：

「不用，我沒有抽菸的習慣。」

走回車旁付完油錢，慎吾坐進SILVIA，瞥向儀表板上的時鐘，十一點四十五分。關好兩側車門駛離加油站後，他按下電腦的RETURN鍵，拿起藏在胸前的無線麥克風說：

「我要出發了。」

一上高速公路的主要幹道，慎吾便加快車速。雖然很想吹口哨，還是得忍一忍，因為由無線麥克風聽得到車內所有聲響。

館林交流道就在不遠處，此刻時針剛過午夜十二點。

27

慎吾開著SILVIA持續前進，馬場的車相隔約一百公尺跟隨在後，偶爾會從無線對講機聽見慎吾的喃喃自語。

——歹徒指示過宇都宮交流道後再按下RETURN鍵，這應該是在計算時機吧？呃，間宮先生也聽得到吧？我想程式不見得靠計時器才能運作。歹徒不斷地要求我按下電腦按鍵，大概是無法預估目前的行駛速度，需藉我的輸入確認經過每一地點的時間吧。這個設定是為防止我們在抵達終點前，提早得知接下來的指示，但我總覺得沒這麼單純。

馬場望著身旁的間宮，間宮皺眉搖搖頭。

「不曉得，雖然我也一直在思考這個問題，卻猜不透歹徒的用意。」

通過宇都宮後，車子於凌晨一點三十分進入福島縣。

「目的地到底在哪啊？」馬場煩躁難抑地說。

東京的部屬剛才向馬場匯報調查結果，烏山那兩戶都裝有無線電話機，意即間宮的推測是正確的。此外，兩家的無線電話頻率也已查明，下次歹徒再打恐嚇電話來時，就可追蹤出盜撥電話的發訊源頭。

但太遲了。

馬場咬牙切齒，一切為時已晚。下次歹徒若以電話聯絡，便是通知歸還兼介的時候吧，那也就毫無意義。眼前，正是亟需歹徒情報的重要時刻。

——警官，聽得到我的聲音吧？

無線對講機此時傳來慎吾的低語。

——我就當你聽得見。坦白說，我很害怕，我只能一直往前開，而電腦也僅是不斷要我經某交流道就按下按鍵，此外什麼也沒提示，該如何是好？歹徒會不會也在這條高速公路上？在蓮田休息站時，你們是否發現可疑人物？鎖定目標了嗎？如有機會，能不能再派一人來我車裡？我不想再看到副駕駛座上的鑽石鋁罐，希望能盡早送達目的地，交給歹徒。

間宮望著馬場。「警官能找個機會派誰過去嗎？」

「我很想，不過依現況看來有點困難。我們需要生駒先生靈機應變的能力。」

間宮注視著前方。

休息站內並未找到可疑的人物。在休息區裡歇腿的旅客不少，但只要望向加油站的人，不管是停在寬敞停車場的車、在餐廳裡用餐的人，甚至是陰暗草叢中都無異狀。警方連警方都持續監視，卻沒任何新發現。

加油站的服務員也沒掉以輕心，仍嗅不出半點不尋常之處。

其他警力也確認過慎吾開的 SILVIA 前後車輛，目前為止尚未收到動向異常的報告。

「可惡，究竟要去哪？」馬場依舊語帶焦躁。

凌晨二點五十分，通過福島飯坂交流道時，無線對講機傳來慎吾興奮的話聲。

——出現新指示。歹徒叫我進國見休息站，除加滿油外，還要我買雪鏈。

雪鏈？馬場不禁抬眼，接下來要走雪路嗎？

——呃，能否利用那個時候，派雪村或其他警員到我車裡？加油時我會去一趟洗手間，為以防萬一，我會帶著鑽石鋁罐，趁此空檔潛入車內……有困難吧？

慎吾愈說愈無力。

「喂，」馬場呼喚副駕駛座上的部屬。「國見的下一個休息站是哪裡？不，停車區也沒關係，只要可以加油的地方就行。」

「我看看。啊，鶴巢停車區也有加油服務，那是國見的下一個加油站。」

「到那之前，有幾個交流道？」

「請等一下，」部屬連忙查看地圖。「有五個。分別是白石、村田、仙台南、仙台宮城，以及泉。」

「歹徒可能會要慎吾從其中一處下高速公路。」

副駕駛座的部屬回頭，間宮也凝視著身旁的馬場。

「歹徒要求慎吾買雪鏈，代表接下來將轉往一般積雪的道路，高速公路上是不會有雪的。而雪鏈只在附加油服務的休息站才買得到，歹徒指定在國見休息站買，意即等開到鶴巢停車區就來不及。快到了。喂，我們車上有雪鏈嗎？」

「有的。」駕駛座上的部屬應道，馬場點點頭。

——啊，我想到好點子。

無線對講機傳出慎吾的話聲。

——做法與剛剛恰巧相反。嗯，我開進休息站加油時，你們派一名警官等在出口處。我駛離休息站時，會盡量放慢速度，並打開副駕駛座的車門，就趁那個時候坐進來。這樣可行嗎？剛好跟在蓮田時的順序顛倒。唉，你們是否聽見我的話？

「聽得很清楚，生駒先生，沒問題。」馬場低聲應道。

眼下已能看見「國見休息站　前方二公里」的標誌。

28

慎吾在國見休息站的加油處下車，環顧四周，人行道及樹木上都披了一層薄雪。

「一般道路都積滿雪吧？」

加油的服務人員聽到慎吾的話，目光從天花板拉下的油槍移向慎吾。

「前天下一整日的雪，這附近的路況還算良好，但再往前一些，雪可積得不少。不過，主要道路應該都沒問題。」

「我忘了裝雪鏈，這邊有賣嗎？」

「我看看，SILVIA的話……」服務人員檢查車子下方，望著車輪。

「嗯，應該有，只要裝後輪嗎？」

「唔，前後輪都裝吧。」

「謝謝。」

「我想去一下洗手間，是在對面嗎？」

「對，在餐廳旁。」

慎吾順著服務人員所指的方向前進。他戴皮手套的右手拿著鋁罐，邊張望四周邊橫越停車場。到處都是浸黑般的溼滑路面。

慎吾走進洗手間站在小便池前，有個男人站到他身旁。

「請直視前方，不須回應。」男人小聲地說。「我們收到你的訊息，雪村已在出口附近等你。」

男人僅傳答這幾句，隨即離開。

慎吾走到洗手台，將鋁罐放入外套口袋、脫掉手套，趁洗手時也洗把臉。水十分冰冷，他眼底透著緊張。而後，他對著鏡子以手帕擦臉。

沒問題嗎？

慎吾問映照在鏡子上的自己，深呼吸三次才收起手帕。

慎吾回到加油處，從服務員手上接過裝著雪鏈的箱子，付完錢便坐進車內。

「雪村警官準備好了吧。」慎吾自言自語地開動車子。

為方便雪村上車，慎吾將電腦及鋁罐放在膝上，慢慢地開往出口，緊接著就是下坡道。下坡途中，慎吾瞥見左前方樹蔭出現雪村刑警的身影，連忙伸手打開副駕駛座的車門。

「謝謝。」

雪村刑警動作敏捷地進入車內。慎吾等雪村放倒座椅躲好後，旋即加快速度。

「總算能安心啦。」慎吾看著前方說道。

「生駒先生也不容易哪。馬場認為歹徒差不多要我們下高速公路了。」
「差不多？啊，因為歹徒叫我買雪鏈嗎？」
「是的，前方有五個交流道，歹徒應該會叫我們從其中一處下去。」
「五個……終於接近最後關頭。」
「嗯，歹或許會現身。如有被發現的危險，我會立即跳下車。到時你不用管我，繼續前進。」
「我明白。」
當車子通過白石交流道時，電腦發出信號：

下仙台南交流道。
由286號公路開往山形。途中如有必要，可裝上雪鏈，此外不得隨意停車。
進入山形市後，再按下RETURN鍵。

「從仙台南……如同馬場的推測。」
等雪村向無線電對講機報告完畢，慎吾說道。
「生駒先生都不睏嗎？」
「呃，或許是緊張的關係，一點睡意也沒有。我不要緊的。」
「聽說剛才在休息站時，你還跑去洗臉，我們都非常擔心，出什麼交通事故的話可不得了。
請小心駕駛。」

「謝謝，不過我沒事，熬夜對我來說是家常便飯。」

「但你從加拿大回來後就沒休息過，還是別太勉強比較好。」

慎吾笑出來。「雖說如此，可是即使想睡也不能睡吧，因為這攸關兼介的性命。」

「嗯，是這樣沒錯。」

凌晨三點五十分，SILVIA從仙台南交流道下東北公速公路後，隨即減低車速轉入二八六號公路往西行駛。

雪量不如原先預期的多，道路兩旁看得見一些薄雪覆蓋的地段。

「生駒先生，」收到訊息的雪村喚道。「過笹谷隧道後，路面積著厚雪，沒裝雪鏈可能很難行駛。」

「離笹谷隧道還有多遠？」

「至少得再開三十五公里。從地圖看來，仙台南距離山形市五十三．五公里，相當遠，更何況笹谷隧道本身長度就將近四公里。」

SILVIA一路幾乎沒遇上紅綠燈，保持著一定的速度繼續行駛，道路兩側的雪愈積愈厚，溶化的雪水浸染得道路更加暗沉。儘管路上車輛減少，仍分辨不出前後哪輛是警車。

慎吾依警方指示，穿過笹谷隧道後停下車，路旁果真設有雪鏈裝置處。除慎吾的車外，另有一輛車也停靠裝上雪鏈，周圍站著四個男人。慎吾對其中一人有印象，他是在國見休息站洗手間遇到的刑警。

裝上雪鏈後，車速更為緩慢。路面一片雪白，四處望去皆如結冰一般。看來直到下山前，都得維持牛步行駛。

進入山形市內時已近早上六點，東方天空開始泛白。

慎吾朝雪村點頭示意，按下電腦按鍵。

尋找公共電話，打給在東京的武藤為明。

而後，前往里卡德山形分公司。假如門鎖著，可請職員幫忙打開，但警衛和員工都不得妨礙你行動。你身邊若出現可疑人物，我會立刻中止交易。將這點轉告武藤，請他妥善安排。

結束通話後，繼續開往山形分公司，抵達後在大門前停車，按下RETURN鍵，等候下一個指令。

慎吾放慢車速，轉頭望著雪村。

「山形分公司……」雪村向對講機低聲報告。

29

間宮富士夫望著窗外，黎明已至。隨時間分秒流逝，天空也明亮起來。

里卡德山形分公司位於道路盡頭，大門前停著慎吾駕駛的SILVIA。間宮看得見駕駛座上的慎吾，卻看不到躲在後座的雪村刑警。

慎吾雙手放在方向盤上，動也不動。雖然毛衣內的無線麥克風應該沒故障，他卻不發一語，維持相同姿勢凝望著分公司。

間宮瞥向手表，六點二十分。距離慎吾在山形車站的電話亭聯繫武藤為明，已過三十分鐘。天空雲層淡薄，處處透著湛藍。

間宮身旁的馬場沒再開口，前座的兩名刑警也默默無語。路過的車輛偶爾會遮住間宮的視線，但數量並不多。

慎吾身上的無線麥克風傳來微弱的嗶嗶聲，刑警稍坐起身，緊接著便聽見雪村刑警的報告。

——出現新指示，我念出來。留鋁罐在駕駛座上，帶著這台電腦進山形分公司，當然，不可關閉電源。警衛及職員都不准靠近你，將電腦放在玄關的櫃檯上，等候下一個指示。以上。

「留鑽石在座位上？」馬場低語，隨即拿起對講機說：「全員就警戒狀態，歹徒可能趁生駒先生離開車子時搶奪鑽石。雪村，聽著。」

——是。

「如今已無法脫逃，小心躲好。所有人聽著，萬一歹徒發現雪村的話，就趁機逮捕歹徒。等我的指令。」

——了解。

間宮吞口口水，盯著SILVIA內的慎吾。只見慎吾打開車門，喇叭中同時傳來慎吾的話聲。

——拜託你了。

慎吾單手提著電腦踏進分公司大門，慢慢走上玄關的石階。玻璃門內側出現警衛的身影。

——我是生駒，社長應該聯絡過你吧。

慎吾對警衛所說的話，馬場等人都聽得很清楚。警衛打開門讓慎吾進入建築物，接著脫下帽子湊近慎吾。

——總覺得社長那通電話不太尋常，發生什麼事嗎？

——沒什麼，只是有點事情需要處理。接下來我得單獨作業，你先離開不要緊。

——不，好歹我身為警衛，有義務……

——拜託你，有任何疑問請直接找社長。別擔心，即使這裡真發生什麼事，社長也不會怪罪於你，我也盡量不造成你的困擾。有些事不方便跟你透露，很抱歉，希望你讓我獨處。

——是……

警衛走離慎吾身邊。

透過玻璃門看得見慎吾在櫃檯上打開液晶螢幕，盯著電腦。不久，電腦發出信號聲，慎吾的喃喃自語傳來。

——有新指示。去看櫃檯後方的盆栽，挖開泥土，取出底部的鑰匙。

慎吾繞至櫃檯後方。

「鑰匙？會是什麼鑰匙？」馬場疑惑道。

確實有個大盆栽。慎吾蹲下望著植物根部，櫃檯擋住他的身影。

——我要挖了，土壤相當鬆軟。

一會兒過後，慎吾又說：

——找到一支像普通喇叭鎖的大鑰匙。

慎吾從櫃檯下方站起身，由於距離有點遠，看不清他握著什麼東西。馬場拿望遠鏡窺看。

「是把常見的鑰匙，上面還沾著泥土。」

慎吾回到電腦前。

——呃，出現新指示，帶著鑰匙和電腦上屋頂。屋頂？

慎吾抬頭仰望，而後闔上螢幕，帶著電腦前往走廊，身影隨即消失在電梯附近。

此時電梯暫停運作，要到屋頂只能走樓梯。山形分公司共有五層樓。

間宮望著停在大門前的 SILVIA，目前為止沒半個人靠近車子。間宮感覺緊張得快窒息。

歹徒究竟是誰？

間宮的腦海一直浮現這個疑問。歹徒先在中央研究所的後院放置電腦及鋁罐，這回換成山形分公司。不僅使用電腦合成音播打恐嚇電話、盜用別人家裡的無線電話電波，還將所有指示寫成程式存入攜帶型電腦。目前一切都照歹徒的計畫進行。

這會是誰策畫的？

此人肯定和里卡德有關，若不是公司內部的員工，怎麼想得到利用中央研究所庭院裡的組合屋？自己每天出入中央研究所，也沒印象庭院裡有間組合屋。

然而比起這些，有句話讓間宮感觸更深。

歹徒打到武藤家的最後一通電話中，慎吾質疑對方是否會真的歸還兼介，那合成音回答

「你父親當初也選擇相信歹徒，聽從指示把金塊丟入海底，你才能平安回家」。

看來，歹徒是模仿二十年前的案件擬定這次計畫。武藤為明也感覺歹徒不光是為錢才找他麻煩。

果真如此……這起犯罪若是蓄意以二十年前的那件事為範本，那麼……

是誰，究竟是誰幹的？間宮放在膝上的手緊握成拳。

——我到屋頂了。

聽見慎吾的話聲，間宮回過神。

——電腦出現新指示。樓梯旁有間機械室，以剛才盆栽中的那把鑰匙開門。啊，還有，機械室最深處疊著紙箱，將那後方的小紙箱帶回車上。以上。

「這次又要做什麼？」馬場焦躁地說。

——用鑰匙開鎖，電燈開關……啊，在那裡。角落堆著沾滿油汙的箱子，後面……找到了，呃……好狹窄，沒搬開其他東西拿不出來。

從慎吾的麥克風傳出物品磨擦的聲響。

——順利取得，這也是個老舊的紙箱。長寬約二十公分，高度五公分，不，四公分左右吧，箱子不算大。總之，我先回車上。

「長寬二十公分，高度四公分。間宮先生，你認為那會是什麼？」

面對馬場的疑問，間宮搖搖頭。

不久，慎吾的身影出現在玄關。他推開玻璃門小跑步下石階，一手拿著電腦、另一手抱著咖啡色紙箱鑽進車內。

——生駒先生回到車上，鋁罐沒任何異狀。

雪村刑警回報現況，隨後傳來慎吾的話聲。

——電腦指示我打開箱子。我動手了。

馬場等人只看得見慎吾的上半身。他拿起箱子，粗魯地撕破外層。

——箱裡的物品與在中央研究所裡拿到的一樣也以塑膠袋裝著。袋內有個塑膠盒，盒中……

話聲突然中斷，駕駛座上的慎吾停止動作。

——這是什麼？

「我看一下。」雪村說道。

——是耳機。不，並非一般的耳機，而是客服人員戴的那種單邊耳機，附有麥克風……咦？啊，這就是俗稱的耳掛式耳機麥克風。還有，這是……黑箱……

「這個我來說明。」慎吾接著補充。

——我想這應該是攜帶型的無線電收發機。雪村所說的黑箱，是無線電收發機的本體，只是沒附頻道調節器，大概是自製的，其上只有耳掛式耳機麥克風的專用插孔。盒裡有個電池，啊，本體背面有裝電池的地方。此外，本體大小跟香菸盒差不多，後面有條帶子可用來固定在皮帶上。

無線電收發機，間宮皺起眉頭。

「歹徒為何給這些東西？」馬場朝對講機說。

——啊，電腦又出現訊息。機器還不准裝上電池，帶著所有物品開車回到二八六號公路，看到妙見寺後右轉，進入西藏王高原線道後，再按下RETURN鍵。

「西藏王高原線道……」馬場喃喃自語。

此時，慎吾發動SILVIA。

「走吧。」警方的車也伴隨著馬場的話出發。

附耳掛式耳機麥克風的無線電收發機、藏王高原——

間宮突然想到什麼似地抬起頭。「馬場警官，我知道了！是藏王！」

「什麼？」馬場望向間宮。

「藏王有座滑雪場！歹徒想叫慎吾滑雪。無線電收發機是方便慎吾滑雪時收到指示，而戴著耳掛式耳機麥克風就可空出雙手。」

「滑雪？」

「歹徒一定打著要慎吾滑雪交付鑽石的如意算盤，這便是指定慎吾運送贖金的原因。你曉得慎吾的滑雪能力嗎？他可是職業級的，學生時期就是國家代表隊選手。」

「…………」馬場訝異地睜大雙眼。

30

來吧，好戲上場——

慎吾握住方向盤，深吸口氣。接下來是重要關頭，目前為止都進展得很順利，之後一旦有任何閃失，一切就攻敗垂成，全看最後的階段了。

早上六點四十五分，車子轉進西藏王高原線道，慎吾按下電腦按鍵。

繼續往前開到藏王溫泉。進入溫泉街後，再按下RETURN鍵。

雪村複述電腦上顯示的訊息。

——生駒先生。

對講機傳來馬場的叫喚。

「是。」

——我們已猜出歹徒下一步的指示。

「猜出？歹徒要我做什麼？」

——應該是滑雪。

「滑雪……」

慎吾瞥向後照鏡，雪村躲得相當隱密。

——你以前是國家代表隊的選手吧。

「是的，但成績不怎麼理想。」

——不，聽說你曾在高山滑雪項目獲得第五名。

「嗯，那是我最好的成績，不過……」

——雖然還不確定，可是我們推測，歹徒或許會要求生駒先生帶著無線電收發機及鑽石滑雪。

「…………」

——歹徒大概是打算在滑雪場交付鑽石。無論什麼樣的滑道，甚至是非滑道的地方，都難不倒你吧。歹徒可能已在那等候你的大駕光臨。

「這樣啊……」

——你最近有在滑雪嗎？

「嗯，那是我最大的樂趣。」

——在藏王滑過雪嗎？

「當然，我去年幾乎都待在那裡。滑雪場離這麼近還不去，豈不浪費？」

——那麼，你很熟悉藏王的滑道吧。

「雖不到非常熟悉，但所有滑道我都試過，並沒有太難的路線。」

——恐怕這就是歹徒的用意。我已請山形縣警找會滑雪的人幫忙，因為我們不可能追得上你。

「接下來我該怎麼做？滑雪的裝備我一樣都沒帶。」

——歹徒會有所指示吧。總之，歹徒怎麼說你就怎麼做，剩下的交給我們。只不過，我有個疑問。

「什麼疑問？」

——歹徒之後會以無線電收發機給予指示，但我們無法掌握你那台機器的電波頻率，生駒先生能否試著調查？

慎吾看著副駕駛座上的無線電收發機。「不太可能，剛才也提過，這台機器是自製品，上頭沒半個按鈕，應是裝入電池後便會自動開啟電源，而其餘部分都包覆在本體裡。」

——那是專門收訊的機器？沒有接收及傳送訊息的切換裝置嗎？

「沒有。雖不曉得是不是收訊專用，不過依耳機上附有麥克風看來，說不定能傳訊……」

——可是，在這種情況下沒辦法切換接收和傳送功能吧？

「不，我想這機器可能採用聲控切換。」

——聲控切換？

「嗯，機器感應到我說話便會傳訊，若一段時間沒動靜，就轉為收訊功能。」

馬場沒立即回應，大概是在聽間宮的解釋。

——原來如此，我懂了。只是，不曉得頻率的話，我們就無從得知歹徒的指示。若真有聲控切換裝置，生駒先生也難以回報情況。

「不，就算知道頻率，歹徒也會妨礙竊聽吧。」

──我不太懂……

「歹徒可能會利用變頻或數位通訊，這樣一來就難以解析電波。恐嚇電話中使用的合成音同樣經過數位處理，對歹徒來說這應該是家常便飯。而且，即使查出頻率也不易監聽，警方的無線電實際上不也是種數位通訊？」

──嗯，這倒是，那麼……

「我想，最好的方式就是將我胸前的無線麥克風，直接與歹徒準備的耳機連結。」

──原來如此，這方法好。不過你有辦法改裝嗎？

「抵達溫泉街後，我再試試。」

──拜託你了。

慎吾的SILVIA穩定地行駛在蜿蜒道路上。這裡已除過雪，車輪上的雪鏈反倒有點累贅。我需要好運，慎吾心想。所謂的好運，便是指天氣的配合。雖然不管天氣如何都有備用方案，但若差到無法滑雪可就麻煩了。

慎吾望著左側天空，只見雲層覆蓋山頂。儘管對面晴朗無雲，山上仍一片霧濛濛。嗯，這樣應該不成問題。慎吾深吸口氣，重新握緊方向盤。

31

追著生駒慎吾駕駛的SILVIA進入溫泉街後，馬場吩咐停車，並遣部屬前往藏王派出所。

此時，SILVIA停在前方一百公尺處的橋上。

——電腦出現指示。

雪村的報告傳來。

——之後我會以無線電收發機與你聯絡。先在黑色機器背面裝入電池，再插上耳掛式耳機麥克風的延伸插頭。戴好耳掛式耳機麥克風後，按下RETURN鍵。

馬場目光掃向溫泉街，扛著滑雪板的男女走過車旁，僅有道路中央除過雪，路旁積雪甚厚。透過車窗遠望，看得見白雪覆蓋的高山。或許是遭建築物遮蔽，找不到滑雪場的所在。

——馬場警官，聽得見嗎？

傳出慎吾的呼喚聲，馬場拿起對講機。

「我聽得到，請說。」

——我準備將無線麥克風裝上耳掛式耳機麥克風。只是，啟動無線收發器後，歹徒可能會聽見我們的通話，相當危險。

「我明白了。從現在起，我們會聽取你和歹徒的對話進行搜查，請不用理會我們。歹徒或許就在我們周圍。」

——好的。

「雪村，」

——是。

「你的話聲傳入歹徒耳裡可不妙，在生駒先生下車前不必再回報。」

——了解。呃，目前尚未裝上電池，但生駒先生打算先按下按鍵。啊，新指示出現：朝著耳掛式麥克風重複說兩次「鑽石」，按下RETURN鍵。現在要裝入電池，以上，報告完畢。

雪村的對講機安靜下來。不一會兒，無線電喇叭發出雜訊，傳來慎吾朝耳掛式麥克風說話的聲音。

——鑽石、鑽石。

通訊中出現斷斷續續的嗶嗶信號聲。馬場聽見接下來的交談，不禁坐直身子。

——辛苦了，旅途還算愉快嗎？

是恐嚇電話中的那個合成女聲。

——我不需要繼續移動吧？

慎吾應道。

——不用再遠距離移動。

——妳在哪裡？

——我在很靠近你的地方。只有你一個人吧？

——途中妳不是已確認過？我是獨自前來，記得妳曾說要彼此信任。

——很好。那麼，接下來得麻煩你準備滑雪配備。

——妳要我滑雪嗎？

——這可是你的強項哪。

——所謂的準備，是要我去租借嗎？

——你腦筋動得真快。滑雪板、滑雪棍、雪鞋、護目鏡、手套，如有必要，滑雪專用服也一起租借。

——妳要我參加什麼樣的競賽？每種競賽的裝備不同。

——選你喜歡的裝備即可，等會兒希望你進行高山滑雪。

——那鑽石怎麼辦？

——先放在車裡。走一走弄掉的話可不好，況且你還得換衣服，留在車內反而安全。當然，下車後請記得上鎖。

——謝謝妳的提醒。

——不客氣。啊，還有件事，請準備一個裝鑽石罐的腰包，這無線電收發機應該也能繫在腰上。

——那電腦呢？

——用不著了，送給你吧。那麼，請盡快準備。

慎吾戴著耳掛式麥克風鎖上車門後，走向大馬路。

馬場隨即拿起對講機。「每車各派一人尾隨在後，發現可疑人物立即回報。雪村？」

——是。

「你待在車裡繼續監視。裝鑽石的鋁罐呢？」

——在駕駛座上。

「從山形分公司的盆栽中取得的鑰匙也在車裡嗎？」

——呃，沒有。生駒先生似乎放在身上。

「等他換完衣服回到車上，記得跟他拿，電腦也要保持原狀。」

——收到。

此時，馬場遣去派出所的部屬，帶著一個身材高大的男人走過來。那男人身穿滑雪服，鼻子以下的面孔曬得黝黑。馬場搖下車窗。

「組長，這是門倉俊樹先生。」

部屬請那人坐進副駕駛座，自己則站在車外繼續說：

「滑雪場設有巡邏隊，而門倉先生是他們的技術顧問，以前是大曲道滑雪的奧運選手。」

「奧運選手？」

馬場望向門倉。國家代表對上奧運選手，真是求之不得啊。

「那是十二年前的事了。聽這位刑警說明原由後，我已召集所有巡邏隊員，這裡的縣警也提醒我要盡全力協助。」

「那可真幫了大忙。同是滑雪選手，或許你認識生駒慎吾先生？」

「嗯，刑警也提過這點。雖然不曾一起滑雪，但我對他的比賽印象深刻。」

門倉的眼睛很大，只有額頭和眼周的皮膚泛白。或許是戴護目鏡的關係，下半臉曬得浮現紅褐斑點。

「那正好。」

「我負責尾隨生駒慎吾先生，其他隊員則在附近支援。要立即動身嗎？」

「還不清楚，得聽歹徒指示，應該不至於等太久。」

「那就好，早上滑雪場比較空，人潮可能在午後逐漸湧現。」

「你能緊跟上生駒先生吧。」

「這個嘛……」門倉仰望天空，「我無法保證，因為生駒先生較年輕，體力也較好，加上我已退休一段時間。更何況，不曉得歹徒將指定什麼滑道，若非一般路線說不定追不上。不過，我會和隊員保持聯絡，想辦法抄近路。」

「警方也會一一轉達從無線電接收到的歹徒情報。」

「好。只是，關鍵仍在於天氣。」

門倉說著望向山上，馬場也不由自主地盯著天空。

「天氣……」

「看來雖是晴天，山上卻是濃霧瀰漫。到這兒之前，我聽說山頂的能見度大概只有二十公尺。」

「二十公尺？」馬場瞪大雙眼。

「嗯，這是常有的事，並不限於藏王。山上氣候原就多變化，尤其本地海拔較高，出現平地晴朗無雲，而山中雪花紛飛的景象也不足為奇。在視線如此惡劣的狀態下，要不跟丟生駒先生那樣高竿的滑雪者，可是相當艱鉅的任務啊。」

「……………」馬場無言地望著天空。

——組長。

部屬回報最新狀況。

——生駒先生剛走進滑雪裝備出租店。

「繼續監視。」

——收到。

能見度二十公尺啊，馬場深深嘆息。

濃厚到足以掩沒前方路徑的迷霧，這就是歹徒的用意嗎？

馬場緊緊握住無線對講機。

32

慎吾帶著租來的配備回到SILVIA，一打開車門，便看見從座位間盯著自己的雪村刑警。

慎吾向雪村微微點頭，站在車外按著耳掛式麥克風。

「配備已備齊，接下來呢？」

慎吾往上顎裡的金屬片輕輕吹氣，明日香隨即反應，回以設定好的對話。

——你還沒換衣服啊。

「嗯？」

慎吾訝異地左右張望，目光掃過橋的對面及另一頭街道。流過橋下的是酢川，積雪的兩岸聳立著石塊堆砌而成的岩壁，多家旅館並列其上。川面霧氣繚繞，令人不禁錯覺流動的是熱水。

「妳在哪裡？看得見我嗎？」

——沒錯，快換衣服。

「在這裡？」

——是的，立即更換。

慎吾取下耳掛式麥克風及無線電收發機放在副駕駛座上，接著脫下外套、毛衣和牛仔褲，只覺得冷風刺骨。過橋的滑雪客都對慎吾投以異樣的眼光。

簡直像在舞台上表演脫衣秀，搜查員也都在看吧。

慎吾相當慶幸機器都正常運作，完全配合自己演出。雖已設想好備用方案，仍希望盡量別遇上機器故障的狀況。早在一個月前，慎吾就啟動所有裝置，每隔三天便從加拿大進行通訊測試。然而，不能就此放心，因為不到最後關頭，誰都無法預料會發生什麼事。

不過，目前為止還沒出過差錯。

這也是理所當然，慎吾心想。過程中使用的機器幾乎全改造自里卡德的產品，而打下里卡德電子機器基礎的，正是擁有頂尖技術的父親，生駒洋一郎。

慎吾迅速著裝完畢，拿起副駕駛座上的耳掛式麥克風。他察覺雪村透過座縫隙望著自己，

只見雪村指著翻開的筆記本：

請將在里卡德山形分公司取得的鑰匙交給我。

頁面上只寫著這句話。慎吾以手勢示意雪村帶走換下的衣物，雪村點點頭。

慎吾戴上耳掛式麥克風，將無線電收發機繫在腰間並綁上腰包後，輕敲麥克風。

「我換好了。」

——把裝著鑽石的鋁罐放進腰包。

「鑽石啊。」

慎吾取過駕駛座上的鋁罐，目光停留一會兒後，收到腰包裡。

「放進去嘍。」

——那麼出發吧。不換滑雪鞋嗎？

「當然要換，妳真像學校老師。」

——不對，我是程式。

「我知道、我知道。」

慎吾苦笑著換穿鞋子。他邊確認鞋子是否扣緊，邊吹動金屬片。

——帶著滑雪板及滑雪棍走到藏王的空中纜車搭乘處。

「空中纜車？不是中央的空中纜車？」

——嗯，請到南邊橫倉滑雪場的藏王空中纜車山麓站。

慎吾扛起滑雪板，拿著滑雪棍關上車門。

過橋走在商店街上，慎吾朝麥克風說：

「我明白了，妳要約在山上見面對吧？」

——我不接受詢問。請盡快到搭乘處，坐上八點的首班車。

藏王滑雪場共有三座空中纜車。其中之一是藏王中央空中纜車，連結溫泉街中心至烏兜山山頂。不過，地藏山才是這座滑雪場最高的地方，必須搭兩次纜車。先從位於城鎮以南的山麓站坐到樹冰高原站，接著換車到地藏山頂站。

慎吾瞄一眼手表，快要七點五十分，得加緊腳步。他踩著不便行走的雪鞋穿過道路。

纜車搭乘處已有三十多名旅客排隊等候，當中應該也混雜著搜查員，但慎吾根本分辨不出。

慎吾往金屬片吹氣，傳送暗號給明日香。

——去買到地藏山頂站的票，搭八點的班次。

慎吾在窗口買完票，稍等一會兒後，隊伍開始向前移動。纜車上標示可承載五十六人，由於時間還早，旅客不多，車內仍十分寬敞。

眼前濃霧瀰漫，服務員播報目前山頂的能見度是十八公尺。由半山腰眺望，遠方也是一片霧茫茫。

到轉運的樹冰高原站車程約七、八分鐘。在此換車前往地藏山頂的旅客大概只剩一半，不少人是因霧氣深重而打退堂鼓吧。

這附近與下方景色截然不同。樹冰高原誠如其名，閃耀的冰樹幾乎覆蓋整個山坡。愈往地藏山頂，能見度也愈差。車窗外一片雪白，僅能隱隱看到底下的冰樹，纜線也掩沒在濃霧之中。此時，眼前赫然出現一座凍結的鐵塔。

「你看，不行啦，根本沒半處可滑雪。」對面的一名旅客笑道。

抵達山頂後，只見車站似乎也結冰了。屋簷垂下的冰柱宛如簾幕，牆上彷彿灑滿粉雪。儘管身穿滑雪服，慎吾仍冷得不禁縮起身子。

一出車站，幾個滑雪客便喊著：「完全看不到路啊。」真如他們所說，慎吾連走在前頭十多公尺的滑雪客穿什麼顏色的衣服也瞧不清。車站前有一名為懺悔坡的滑道，滑雪客雖紛紛抱怨視線惡劣，仍有數人興致勃勃地走進迷霧，不久便消失無蹤。

慎吾稍稍遠離留在原地的滑雪客，重新裝上耳掛式麥克風，接著戴上護目鏡牢牢固定。

「我到山頂了。」慎吾朝麥克風說道，一面對金屬片吹氣傳送暗號給明日香。

——讓其他滑雪客先走，你留到最後。

「妳要我在這種狀況下滑雪？」

——站在那裡等別人走完。

放眼望去，其餘旅客也逐漸往懺悔坡移動。

原來如此，他們應該是警察吧……
慎吾看著那些滑雪客點點頭，他們的行動取決於明日香的指示啊。
終於只剩慎吾，他深吸口氣。
嗯，開始吧——
「我出發嘍？」
——請。
「要滑去哪？」
——聽我指示。首先，一口氣滑下懺悔坡。
「好，走了。」
慎吾喊著躍進霧中，呆愣當場的滑雪客倏地映入眼底。
「哇，危險！」受驚的滑雪客大叫。
慎吾加速穿越他們。
視線雖糟，但慎吾對這些滑道瞭若指掌。他可是經過深思熟慮後才選擇藏王。
慎吾迅速滑下懺悔短坡。盡頭有兩條岔路，筆直前進是藏王著名的樹冰高原滑道，往左則是涸澤滑道。瞥見岔路口附近的吊車乘降處，慎吾朝上顎的金屬片吹氣，待滑到吊車旁，明日香便彷彿算準時機般說：
——往左，涸澤滑道。
滑雪板邊緣撞到雪堆。

可惡，太鈍了……

好爛的滑雪板！慎吾不禁咒罵。因滑雪板邊緣不夠鋒利，路線比印象中難滑。慎吾迴轉時覷向後方，同路的滑雪客漂亮地迴轉過去。

慎吾沿著斜坡滑下，中途再度吹氣。

——停下來。

慎吾緊急煞住，板子上冒出雪煙。後頭數個滑雪客慌張地改變方向，緊跟著慎吾的男子則與他擦身而過，撞到隆起的雪塊失去平衡倒下。

真厲害……

慎吾佩服地看著那名男子，他顯然是故意跌倒，動作卻十分自然。縱使摔得很慘，腳下的滑雪板仍未脫落。無論慎吾何時開始滑雪，他都有辦法立刻追上。從這點便能判定他是警方的人。

還是警告他們一下吧，慎吾連續吹兩次緊急模式的暗號。

——真的只有你一個人嗎？

「怎麼？我當然是單獨前來啊。」

——嗯，沒關係。一旦察覺有其他人，我隨時會終止交易。

「等等，相信我，沒別人跟來。」

——是嗎？那麼，在這裡卸下滑雪板，扛著爬上斜坡。

「什麼？」

——爬上斜坡，快點。

慎吾鬆開滑雪板，只見剛才那名男子一溜煙地往下滑去。

原來如此，他想搭吊車上來……

這是考量到不知歹徒在何處監視，所以不便繼續跟著慎吾吧。

那是誰啊？慎吾側頭思考著爬上坡道。

33

「這究竟怎麼回事？」

間宮身旁的馬場叫道。警方將車停在空中纜車搭乘處前的停車場，充當臨時搜查本部。

聽著接踵而來的指示，間宮感到十分不可思議。山上的能見度據說只有十八公尺，歹徒卻能給予慎吾明確的指示。而懺悔坡下方有兩條岔路，慎吾才抵達分歧點，歹徒旋即要他轉往涸澤滑道。

滑雪的速度極快，通過某地往往只是轉眼間的事。假如歹徒從遠處就看得見慎吾還可理解，在能見度僅十八公尺的情況下頂多可瞥見慎吾稍縱即逝的身影，然而歹徒都能在適當時機給予指示。瞬間分辨出視線中的是慎吾或其他滑雪客，並於千鈞一髮之際下達命令——這真的辦得到嗎？

況且，為做到分毫不差，歹徒必須先等在岔路口附近。但先前在地藏山頂站時，歹徒曾要求慎吾留待最後行動，若非緊黏在慎吾身後，不可能下達那樣的指示。

如此一來，想必歹徒是目送慎吾從山頂站出發後，才抄近路到岔路口，可見對方的滑雪技術不亞於慎吾。而符合此條件的人，只有那位曾是奧運選手的門倉俊樹。

不過，門倉先生不會是歹徒，因為是山形縣警拜託他前來支援的。

那麼……

此時突然傳來拍打車窗的聲響，間宮回過神一看，原來雪村刑警站在另一側窗邊。馬場打開車門。

「這是生駒先生的衣物，及尚未關機的電腦。」

「很好，鑰匙呢？」

「在牛仔褲口袋裡。」

馬場收下後，將電腦遞向間宮。

「你能試著調查嗎？雖說歹徒已施加防護，但若找出什麼線索，請告訴我。」

間宮點點頭接過。那是里卡德最新型的攜帶型電腦RP－LT104，搭載有液晶螢幕。

他輕輕打開電腦，留意不觸碰到任何按鍵。

「…………」

間宮凝視著螢幕上唯一顯示的一行：

No System Files.

間宮抬頭望向車外。「雪村警官，你沒動到任何按鍵吧？」

「是的。」雪村不安地點頭。

馬場轉頭問間宮：「有什麼問題嗎？」

「呃，有點奇怪。請等一下。」

間宮決定豁出去，按下RESET鍵。硬碟處理燈號閃爍一下後，出現與剛剛相同的訊息。

「消失了……」

「消失？」馬場鸚鵡學舌般地複述。

「軟碟片和記憶體裡的資料全刪得一乾二淨。」

「……」馬場震驚地瞪著間宮。

「刪除？」

「對。」

馬場看著雪村說：「你究竟按到什麼鍵？」

「呃，我完全沒碰，就這樣原封不動地送來……」

「那為什麼——」

「不是的，」間宮拍拍馬場的肩膀。「這跟雪村警官無關，是歹徒下的手。」

「歹徒？但沒有可疑人物接近SILVIA啊。」

「不，歹徒不需碰到電腦，只要在最後加上刪除包含程式本身一切的指令。」

「所以這個程式也能湮滅證據嗎？」

間宮默默地點頭。

「混帳東西！喂，」馬場對著前坐的刑警怒吼，「上面的情況如何？」

副駕駛座上的刑警回頭說：「生駒先生還在爬涸澤滑道，快回到吊車的乘降處了。」

「門倉先生呢？」

「他等在涸澤滑道的入口附近。」

「這樣啊。」

間宮闔上電腦想著，自己一直將嫌疑最大的人物排除在外。

有辦法精準地給予慎吾指示的只有一人。

以二十年前的綁案為範本，製作語音回覆設備、盜撥無線電話，還能寫出如此天衣無縫程式的，唯有生駒慎吾……

間宮透過窗戶，凝望著前方寬闊的滑雪場。

34

好不容易爬上斜坡，慎吾環顧四周，並未看見任何往吊車方向一口氣衝下的滑雪客。

不能再拖下去，第二回合開始。慎吾告訴自己，接著對金屬片吹氣。

——全速滑下樹冰高原滑道。

「我知道啦。」

慎吾重新戴好護目鏡，躍入樹冰高原滑道。這個滑道全長八公里，坡度和緩，兩旁綿延著有「怪獸」之稱的樹冰群。晴朗無雲時，可看到令人嘆為觀止的風景，但今天濃霧密布，只能勉強瞧見身邊的樹冰。霧氣中，似乎也夾雜著些許細雪。

——加快速度。

慎吾穿梭在不斷出現眼前的滑雪客之間，逐漸提高速度。

剛才換車的樹冰高原站就在滑道中段附近，右側看得見藍屋頂的椴松小屋。慎吾繼續前進，遭超越的滑雪客都詫異地目送慎吾離去。轉頭回望時，慎吾突然瞥見先前那名男子。

他幾乎等速地跟在慎吾斜後方。

慎吾十分錯愕。那人一定是職業級的，無論怎麼看都不像一般玩家。刑警裡有如此高水準的滑雪專家嗎？實在想不透。

慎吾再次吹氣。

——你應該能滑得更快。

「拜託妳，考慮一下天氣狀況吧。」

慎吾嘴上雖這麼說，卻低頭弓背、雙腋夾緊滑雪棍，蹲下身子俯衝而出。如今已沒多餘的時間思考無謂的事。前方的滑雪客彷彿都靜止在原地，慎吾決定視他們為障礙賽中插在雪地上的旗杆，瞬間便得判斷要往左或往右閃。

跟上來了……

身後的男子似乎緊追著自己不放。

再過不久，藏王滑道中難度最高的「横倉之壁」就會出現。那是個斜度四十五，猶如懸崖般的坡道，起點豎著「初、中階滑雪者請勿嘗試」的告示牌。由於坡道凹凸不平，即使是高階滑雪者也難免跌倒，而初級者光從上方窺看就不由得退避三舍。

八、七、六，慎吾倒數著，還有五秒、四秒——

慎吾朝金屬片吹氣。

——右轉，保持相同速度進入横倉之壁。

慎吾疾速向右。

眼前的滑道突然消失，只看得見廣闊的天空。其他滑雪客都吃驚地避到一旁，發出不知是歡呼還是悲鳴的叫聲。

慎吾覺得身體浮在半空中，冷得快凍僵了。與其說像飛翔，墜落感更為強烈。眼看雪白坡面迫近，慎吾壓低身體減緩衝擊，避開隆起的雪塊著地後，隨即穿梭雪塊之間、越過跌倒的滑雪客，一鼓作氣躍下横倉之壁。

間不容髮之際，慎吾朝金屬片吹氣。

——搭乘右側的吊車。

慎吾連忙停下，雪地上竄起白煙。

右側有個「林友第二雙人吊車」的搭乘處。慎吾買完票準備上車時，身邊出現一名男子。

又是那個人。

慎吾趕忙發送緊急暗號給明日香。

——讓那旅客先搭，我要你單獨坐。

慎吾張望四周，對那男子說「請」，對方面無表情地上車。

慎吾察覺背後似乎遭人推了一把，轉頭只見一對年輕男女疑惑地望著自己。

「啊，抱歉，你們先請。」他站到旁邊，讓那對男女上去。

「請照順序搭乘。」服務人員朝慎吾說道。

「抱歉。」慎吾應完便獨自搭乘下一台吊車。

那是誰？

慎吾隔著一台吊車眺望那男子的背影，勉強能覷見他的側臉。雖然對方戴著護目鏡，一時間也看不清楚面貌，慎吾仍感覺此人似曾相識。

他究竟是誰？

慎吾搖搖頭，呼地吐口氣，重新調整麥克風的位置。

「妳到底想幹嘛？」

——恕難回答。

「要我爬上來，難道又要我滑下去嗎？」

——恕難回答。

「不說就算了。」

不知不覺中，紛飛的細雪取代濃霧模糊了眼前的景色。

老天爺真是幫忙……，慎吾心想。

這座吊車全線五百三十八公尺，連結橫倉之壁下方至剛滑完的樹冰高原中段滑道。慎吾望著腳下，盡是白雪覆蓋的樹木。那不是滑道，僅是森林。

吊車來到中途，慎吾朝金屬片吹出最終回合專用的暗號。

——取出腰包中的鑽石罐。

為慎重起見，慎吾轉頭張望，卻根本看不清後頭的吊車。

「這裡？在這裡拿出鑽石？」

——是的。

慎吾拉開腰包，掏出鋁罐。

「拿出來了。」

——把罐子放在你的座位旁。

「放在這裡？」

——照做就是。

慎吾將鋁罐正放在塑膠座椅上。

「好嘍。」

——很好，就這麼下吊車即可。

「留著鋁罐嗎？」

——沒錯。吊車已抵達終點。

乘降口近在眼前，那名男子已下車，按著耳朵低頭像在回報現況。慎吾確認表上的時間。

慎吾盡量避免造成搖晃，輕輕步下吊車。為防止鋁罐被發現，他還以身體擋住服務人員的視線，邊繼續往前走。

那男子緊盯著慎吾乘坐的吊車。慎吾遠離乘降口後，朝麥克風說：「接下來怎麼辦？」

——你的任務到此結束，辛苦了。

「那兼介呢？」

——先前提過，等確認完鑽石就會放他回家。通話到此為止。

「啊，喂！」

附近的滑雪客聽到慎吾的叫喊，紛紛望向他。

這時，那名男子以可怕的速度衝下樹冰高原滑道，轉眼消失無蹤。

慎吾看著手表，在腦中倒數計時，五、四、三、二、一——

慎吾使勁朝上顎的金屬片吹氣。一聲長、三聲短，這是最後一個步驟的暗號。

35

「發生什麼事？」馬場朝著無線對講機喊道。

——爆炸！

「什麼？」馬場打開車門，探出上半身。

——林友第二雙人吊車的搭乘口發生爆炸。

馬場拿著對講機下車，試著挺直背脊眺望遠方，卻只能看到眼前的滑雪場。

「是怎樣的爆炸？快說清楚。」

——從吊車搭乘口旁的機械室傳出爆炸聲及煙霧，機器看來並無大礙，不過安全起見，已停駛吊車。

「停駛……那鑽石情況如何？」

——還在吊車上。

「吊車上？消息正確嗎？」

——不，巡邏隊員正前往察看。

「爆炸的原因呢？」

——仍在調查中，疑似是機械室所在的小屋後頭有爆裂物。目前沒有傷亡，雖引發一些騷動，但因旅客不多，還在可控制的範圍內。

「巡邏隊員還沒回報嗎？」

——應該很快就有消息。

馬場焦急萬分。

此時，有個男人從纜車車站奔來。

「請問是馬場警官嗎？」男人喘著氣說道。

「是的。」

「我是巡邏隊員。我們已準備好雪車，警官要一起搭乘嗎？」

「走吧。」馬場接過部屬遞上的攜帶型無線電收發機後，小跑步跟上巡邏隊員。

只見車站旁的滑雪場停著一輛紅色雪車。

「坐起來可能不太舒服，請多擔待。」

待馬場在狹窄的座位就坐，巡邏隊員啟動引擎。整輛車彷彿跳躍著登上斜坡，細微的振動震得馬場臀部隱隱作痛。

十分鐘過後，雪車抵達吊車的搭乘處。為防止滑雪客闖入，警方在四周圍上紅繩。

一發現馬場的身影，門倉俊樹滑過來。

「馬場警官，事情不妙。」

「什麼？」

「我剛去察看，鋁罐已不在吊車上。」

「不在？」馬場抬頭望著恢復運作的吊車。

「為疏散旅客，所以再次啟動。我們逐一檢查每台吊車，卻找不到鋁罐。」

「這是怎麼回事？生駒先生呢？」

「呃，」門倉環顧四周說：「剛才還在這附近……，啊，生駒先生！」

門倉舉起手。聽見他的呼喚，慎吾也揚手自吊車旁的小屋附近滑過來。

「生駒先生，現在是什麼情形？」

慎吾聽著馬場的詢問搖搖頭。「我也一頭霧水，我只是照歹徒的指示行動……」

「鋁罐確實放在吊車上嗎？」

「嗯……」

門倉插嘴道。「我想應該是掉落了。」

「掉落？」

「對，我也目睹生駒先生把容器放在座位旁。由於歹徒要求生駒先生單獨乘坐，我搭上前面第二台車。聽到歹徒的指示後，我特別留意生駒先生的吊車，座位上的確放著銀色容器。據生駒先生說，容器是筒狀。」

「嗯。」

「爆炸發生後，暫停在空中的吊車受震動搖晃得很厲害，罐子或許就是那時候掉下。」

「竟會發生這樣的事……」

馬場再次望向吊車。眼前只見下方的樹冰森林，吊車半途便消失在漫天細雪中。

「巡邏隊員已分頭搜索森林，只是鋁罐在雪堆裡不太明顯。」

「我也幫忙找吧。」

「呃，不太方便。」

「不方便？」

門倉比著馬場的腳。「穿這種鞋會動彈不得。」

「啊，」馬場突然想起什麼似地看向門倉，「爆炸地點在哪？」

「在對面。」門倉說完滑向小屋。

馬場也隨後跟上，只不過走著差點滑倒，所幸慎吾從旁扶他一把。
「謝謝……」
原來如此，皮鞋果真不適合雪路。
馬場緩緩走在溼滑的雪地上，小屋附近的積雪非常柔軟，每跨一步便深陷其中，冰冷的雪就這麼滲進鞋內。
「在這裡。」門倉指著小屋的牆壁。
牆上一片焦黑，周圍殘留著白色火藥的痕跡。地上有個前端焦黑的厚紙筒，看來像煙火，應該是發煙筒改造而成的吧。這不具危險性，只是嚇唬人的玩意。
「啊。」慎吾突然叫道，馬場和門倉望向他。
「抱歉，我終於想起來，你是門倉俊樹先生？」
「是的。」
「果然。我就在想，這麼厲害的人物會是誰。」
「別這麼說，你才了不起呢。我可是使盡全力才追上你。」
此時，門倉身上的無線電收發器響起。
「我是門倉。」
──找到鋁罐了。
「找到了？」馬場走近門倉。
──對，不過和你形容的不太一樣。

「不太一樣……是哪裡不同？」

——這個鋁罐上沒有蓋子。

馬場詫異地望著慎吾，慎吾不禁嚥下口水。

——沒看見蓋子，但罐內鋪著紅布。

「借我一下，」馬場接過無線電收發器。「我是警視廳的刑警，你剛說鋁罐上沒有蓋子嗎？」

——對。

「那罐裡的東西呢？」

——空無一物。

「呃，那麼，周遭有沒有類似玻璃的物品呢？」

——嗯，這邊到處積雪很難辨認，但應該是沒有。

「蓋子不在附近嗎？」

——是的。

「能否把那罐子交給我？」

——了解，我馬上送過去。

「對了，麻煩其他人繼續尋找蓋子。」

——沒問題。

「…………」馬場將無線電話還給門倉。

「馬場警官，」慎吾說：「我和雪村都試過，蓋子是無法打開的。」

「我曉得。」馬場點點頭。

假如找到的是蓋子脫落的鋁罐，原因只有一個。

那就是歹徒撿起鋁罐，取出鑽石後逃逸。

在吊車的機械室裝置炸藥後，歹徒便在吊車下方等待鋁罐掉落。由於罐子形狀特殊，為避免旁人起疑，歹徒只拿走鑽石，混進一般滑雪客中離開。

這若是一般強盜案件，警方會立即封鎖附近道路，逐一盤問在場民眾，嚴防歹徒逃走。然而，在兼介尚未平安歸來的情況下，只能按兵不動。

可惡，馬場緊咬嘴唇。

「馬場警官，」門倉問：「罐裡的鑽石大概價值多少？」

馬場搔搔頭回答：「十億圓。」

「…………」門倉瞪大雙眼，頓時語塞。

36

我該不會死在這裡吧，葛原兼介想著。

依明日香和我的約定，時間只剩今晚到明天中午。今天是二月四日，待在這房裡已整整三天。昨晚和爺爺、媽媽、爸爸通話後，明日香便沒再和我交談。

兼介瞥向電子表，晚上六點二十八分。可樂都喝光了，即溶果汁味道很怪，還是茶包最順口，明明自己在家完全不喝茶。

微波爐加熱一分鐘就能吃的食物，沒有一樣是美味的，好想吃伸江做的布丁。明日香準備的漢堡肉乾乾癟癟，不像伸江煎的漢堡肉會在盤子上吱吱作響，還淋上混合番茄醬、辣醋醬油及肉汁的特製調味，看起來鮮嫩多汁……好懷念那樣的漢堡肉啊。

我真的回得了家嗎？

明日香雖說過會信守承諾，電腦卻不再發出聲音。

我不想死在這裡。

兼介再次看向手表，從剛剛到現在只過一分鐘。

同學知道我遭到綁架嗎？不，應該不曉得。綁架案件得保密處理，只有救出人質或人質遇害的情況，新聞才會播報出來。

遇害……

不要，我還想活下去。

明日香多次強調不願使用炸彈，要我別做逼她引爆的事。可是，果真如此，何必在房裡裝置炸彈？說什麼不想引爆，其實都是騙人的。等一切結束，她就會殺掉我吧？

不過……，兼介抬起頭。

我對明日香一無所知。我在GAMES上認識她，為得到王冠而來到這裡，僅止於此。明日香本人長什麼樣子，聲音如何，我完全不清楚。

我絲毫不了解歹徒，也不曾見過明日香。

即使警察問我，有關歹徒的事我都答不上來。沒錯，就算我回到家、接受偵訊，明日香也無須感到害怕。

明日香沒有非殺我不可的理由，而且我已遵守承諾。通話中爸爸問我在哪，我隻字未提。

兼介離開床邊，從冰箱上取下巧克力的包裝紙，折起紙飛機。他仔細地折著，這已是第八架。他逐漸抓到訣竅，關鍵在於重心的位置，沒折好是飛不起來的。

「第八號飛機，準備起飛。」

紙飛機咻地飛離手，畫出一道曲線，最後撞到浴室門掉落。

——小兼。

兼介詫異地望向電腦。

——小兼，聽到請回答。

「呃，我在這裡。」兼介慌張地跑到電腦前坐下。

——結束嘍。

「結束？」

——一切都已結束，你自由了。

「啊……」

兼介不敢置信地睜大眼，深吸口氣。

「這是我可以回家的意思嗎？」

——是的，我不會再阻攔。抱歉讓你有這麼惡劣的遭遇，你一定很害怕、很傷心、很痛苦吧，我很過意不去。我不奢求你的原諒，想必你也不可能饒恕我吧。

「啊？我不會向任何人透露關於妳的情報，更何況妳也沒傷害我啊……」

——不行，你不能原諒我。我對你做了很過分的事，你絕不能原諒我。

兼介眨眨眼。「為何明日香要這麼說？」

——我說的是事實。

「…………」

——我們到此為止吧，門鎖已解除。

「嗯？」兼介望向身後的門。

——轉動門把就可以打開。下樓打電話請家人來接你，爺爺、爸爸和媽媽都在等你聯絡。

「開門不會爆炸嗎？」

——其實我撒謊，屋裡並未裝設炸彈，我原本就沒打算要傷害你。

「真的嗎……」

——那麼，就此告別。謝謝你，再見。

「啊……」

兼介還想開口，電腦螢幕突然轉白，閃爍幾次畫面便完全消失。

兼介從椅子上起身奔向房門，深呼吸後輕輕轉動門把。

「開了！」

兼介推門走出房外，下樓跑到玄關，連鞋都沒穿就打開大門。

夜晚的冷空氣包覆兼介的身體，街燈孤伶伶地矗立在草坪對面。海風吹進兼介眼裡，風景在淚水中模糊。

兼介回到一樓客廳，在客廳和餐廳間的牆上找到一具純白色電話。

他啜泣著拿起話筒。

第四章 CHAPTER 04>

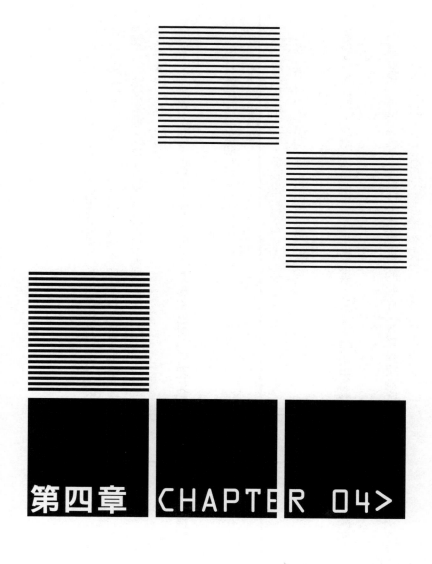

1

昭和六十三年八月十五日，馬場守恒造訪位於世田谷區北烏山的第五小塚公寓。

他輕敲管理室的小窗戶，一名中年男子應聲站起。這是他第六次上門。

「警官，你又來啦。」管理員說著請馬場進屋。

「我想讓你再看一些照片。」

馬場從夾在腋下的公事包中，取出厚重的業務用信封。管理員瞥見信封，露出苦笑搔搔頭。

「不管看幾次都沒幫助吧。」

「嗯，先別這樣說嘛。」

「不，看倒是無所謂，但我也只見過那人一面。」

馬場自信封中拿出照片，選出一張遞向管理員。

「那人應該更年輕，年紀沒這麼大。」

管理員搖搖頭，將照片還給馬場。馬場望著那張里卡德中央研究所所長間宮富士夫的照片。

不是他啊，馬場心想，而後換上生駒慎吾的照片。管理員接過瞧了一會兒，還是搖頭。

「這位挺年輕的，但怎麼說……我不敢肯定，應該也不是他吧。」

馬場嘆口氣，將整疊照片遞給管理員。這些都是里卡德公司員工的照片，管理員每看一張就搖一次頭。

五月底時，有人在這棟第五小塚公寓的六〇九號室裡，找到插著電源的電腦及通訊設備等五樣機器。這是武藤為明的外孫葛原兼介遭到綁架，歹徒奪走價值十億圓鑽石的案子發生四個月後的事。

雖名為公寓，實際上這裡都是附家具的短期出租房，主要租給單身赴任或想短暫居住的人。每戶雖只有一個房間，但承租時生活必需品都已備齊。床鋪、衣櫃不用說，廚房用品、電視機、電話都可整組出借。

由於這種公寓是以一星期為單位出租，比飯店經濟實惠，近來需求量大增。

去年十一月底，有個來自名古屋市的男子高木正夫，以半年為期租下六〇九號室。高木表示，之前因工作的關係從東京搬到名古屋，但半年內仍不時得來東京辦事，為確保有地方居住才租下這裡。

可是，就管理員的說法，直至五月底租約到期為止，這個房間幾乎都無人使用。由於期限已到高木依然沒現身，也無法取得聯絡，經營公寓的小塚房地產負責人，只好協同管理員前往六〇九號室察看，因而發現那些開著電源的機器，一頭霧水的兩人於是通報警方。據調查結果研判，這個房間就是葛原兼介一案中，歹徒撥打恐嚇電話的中繼站。

高木除預付半年份的租金，還簽訂契約，以多繳一個月租金的方式，支付電話費等開銷，不足時再另外補充。後來也查明，契約書上的地址及高木正夫這名字都是偽造的。

歹徒針對恐嚇電話設置了多重防線。首先，歹徒從外頭打電話到六〇九號室，接著電腦開始運作，透過裝置在窗框上的天線，將電話語音經由通訊設備轉換為電波傳送出去。此電波會傳送到數百公尺外的野野村善司或宇野光成家，盜打他們的無線電話。之所以使用兩組電話，是為避免電話占線的情形。

警方雖成功追蹤打到武藤為明家的恐嚇電話兩次，卻僅偵測出野野村和宇野家的電話號碼。即使搜查員早一步察覺歹徒盜打無線電話的意圖而進行電波探測，頂多也只能找到這棟公寓的六〇九號室。如果要繼續追查源頭，在當時那種分秒必爭的情況下，肯定是來不及的。

搜查本部積極地搜索這個以假名租房的高木正夫。然而，歹徒僅在去年十二月上旬時，現身於小塚房地產的辦公室和六〇九號室。小塚房地產的窗口辦事員及這名管理員，都對只在半年前見過一面的歹徒印象模糊。

目前，這起綁架案的後續搜查已交由其他組別負責，不屬馬場的的管轄範圍，馬場其實沒必要再為此事奔波。

但馬場至今仍難以忘懷在藏王受到的屈辱，一有空閒就會取過桌旁的相關資料研究。

天衣無縫的犯罪——部分媒體的報導彷彿在誇讚歹徒，恥笑警方辦案無能，馬場覺得那就等同於嘲笑自己。

實際上，此次歹徒的犯案手法，各方面都令人吃驚。以往的擄人勒贖案例中，從未有綁匪使用如此大量的電子機器。

算起來，歹徒共運用五台電腦、四台數位通訊設備及三台數據機，且都非一般市面上販售的產品，而是歹徒自行改造而成。據專家研判，這些改造過的機器，性能都令人嘆為觀止，由此也證明歹徒擁有非凡的工學技術。

更何況，綁架葛原兼介的手法，已超出一般搜查常識範圍。歹徒未曾露面，兼介卻宛如受事先設計好的陷阱誘惑般，落入歹徒掌中。

上演這起案件的所有地方都殘留著大量證物，最後一樣竟出現在里卡德山形分公司的屋頂上。

山形分公司屋頂的機械室，除藏有歹徒聯絡慎吾用的迷你無線電收發機外，還藏有另一項物品。

機械室的正上方——從屋頂上任何角度都看不到的地方，有一個用小鐵管組合而成的塔，為避免積雪，塔上覆有樹脂製成的弧狀屋頂，塔下則放著相互連結的電腦及通訊設備。在藏王交付贖金時，慎吾繫在身上的無線電收發機接收的電波，就是從這裡發出。

藏王滑雪場林友第二雙人吊車機械室後方的小爆炸，也是由電波引發的。點燃煙火及發煙筒的電源裝置上裝載著小型收訊器，歹徒乃是自遠處遙控發煙筒爆炸。

意想不到的是，電波也使用在鑽石鋁罐上。分析結果顯示，當慎吾闔上鋁罐的蓋子時，便啟動了內側的上鎖裝置。經實驗後發現，無法以物理方式解鎖，得斷續傳送某固定頻率電波才能打開。

儘管過程中留下這麼多相關證物，要找出歹徒仍困難至極。

因為插入電腦的軟碟片內容全遭預設程式刪除，加上歹徒早已刮除機器上的編號，頂多只能查到由哪家店賣出。此外，購買產品後雖可自由登錄會員，不過歹徒登錄的機率微乎其微。

馬場深信歹徒一定是里卡德公司的內部員工，因為所有線索都與里卡德息息相關。

監禁兼介的場所是間宮富士夫的別墅，拿取電腦及無線電收發機則在中央研究所及山形分公司。歹徒使用的機器，少部分除外，其餘皆是里卡德公司的製品。

歹徒不僅曉得間宮富士夫別墅的所在位置，也知道中央研究所的後院建有一間小型組合屋。同時，他還能自由進出山形分公司，且有機會拿到機械室備份鑰匙。更重要的是，他擁有高水準的電子工學相關技術及知識。

換句話說，歹徒必定是里卡德的ＯＡ技術員。

那些人之中，最符合條件的就是間宮富士夫和生駒慎吾。

生駒慎吾本身即是二十年前綁票案的受害者，後來警方從瀨戶內海裡撈起金塊，社會上便謠傳著里卡德公司是幕後黑手。由此看來，慎吾的犯罪動機相當充分。

只不過，無論慎吾或間宮都有完美的不在場證明。在藏王準備交付贖金時，間宮富士夫始終都待在馬場身邊，而歹徒打恐嚇電話來時他也在場。生駒慎吾的情形相同，況且兼介遭到綁架時，他正在加拿大。能證明他們確實不在場的，就是馬場自己。

但是，還有另一種可能——間宮或慎吾夥同他人犯下此案，所以直到今天，馬場仍窮追不捨地來到這裡。

管理員將最後一張照片放回桌上，嘆著氣搖搖頭。

「警官，我真的不知道是哪一個。很抱歉，每看一次，我的自信就跟著減少一次。我的記憶愈來愈不可靠啦。」

「這樣啊。」

馬場將桌上的照片收回信封，站起身。

「要不要喝杯茶？」

馬場向管理員搖頭。「謝謝，我等會兒有事，不用麻煩了。」

「好吧。沒幫上忙真對不住，勞你特地跑這一趟。」

回到馬路上，馬場抬頭仰望剛走出的大樓，六〇九號室是面對道路最右邊的窗。

那扇窗反射著耀眼的陽光。

今天是終戰記念日吧……

馬場拿出手帕擦拭脖子上冒出的汗。

2

當天晚上六點，間宮富士夫來到東神戶的渡輪碼頭。

果然沒出現啊……

間宮繞候船室一圈，心中湧起些微失落感。他提起行李走過登船通道，進入渡輪。出示船票後，服務員帶他前往A層船艙。

「同行的另一位旅客先到了。」

間宮頓時愣住，服務員微笑著敲門。

「請進。」船室裡傳出回應，生駒慎吾笑容滿面地開門。

「真意外。我在候船室等半天，還以為你不來呢。」

「嗯，先進來吧。」

間宮隨慎吾走進船室。

服務員放好行李離開後，慎吾帶著笑意在床上坐下。

「好像蜜月套房。」

「是啊……」

間宮頗有同感地環顧四周，這艘渡輪及船室都與記憶有所出入。

「以前渡輪沒裝潢得這麼美，改變真大。」

「畢竟已過二十年。」

「這倒是……」

「叔叔也坐下吧。」

間宮在床旁的沙發落座。「你是搭昨天的班機從加拿大回來的嗎？」

「對。在老家過夜，白天搭新幹線到這裡。」

「加拿大的生活如何？」

「環境十分安靜，像回歸大自然一樣，有種愈來愈離不開的感覺。」

「這次會在日本待多久？」

「一星期。雖然假期還有幾天，但我打算去趟夏威夷。」
「在那邊有沒有女朋友啊？」
慎吾搖頭笑道。「我不太會說英文，要虜獲女人心有點難。」
「噢，這樣啊……」
談話暫時中斷。
間宮拿起一旁矮桌上的熱水瓶，沖了兩人份的茶。
「能問叔叔一個問題嗎？」慎吾說道。
「嗯？」
「為什麼邀我搭這艘渡輪？」
間宮取過茶杯，看向慎吾。「因為有話想跟你說。」
「那是不在這艘渡輪上，就無法啟齒的事嗎？」
「不。」間宮啜口茶，「其實任何地方都行，只是覺得在瀨戶內海上談最合適。」
「話題很嚴肅嗎？」
「不，只是閒聊而已。」
「我……」慎吾凝視著間宮，「還以為叔叔打算向我懺悔。」
「懺悔？」
間宮望向慎吾，慎吾微微一笑。
原來如此，間宮點點頭。慎吾已知二十年前，間宮在這艘航行於瀨戶內海的渡輪上所做的事。

「要不要上甲板瞧瞧？」

「嗯。」間宮答應慎吾的邀約。

渡輪即將出航，甲板上擠滿旅客。強烈的海風吹拂著臉頰，感覺十分暢快。

間宮和慎吾默默聽著其他乘客的嬉鬧聲，及拍打渡輪的海浪聲。

出海的時刻終於來臨，渡輪緩緩駛離岸邊，碼頭剛亮起的燈光靜靜流向後方，夕陽落在山側。

等甲板上的旅客一一散去，慎吾走向船緣。他抓住欄杆，眺望著漸形暗淡的山巒。間宮在慎吾身旁駐足。

「那時根本沒閒情逸致欣賞這片海景。」

間宮說完，慎吾噗哧一笑。

「很奇怪嗎？」

「我很訝異，叔叔竟然如此感性。」

「感性……」

「無論什麼樣的記憶，經過歲月洗禮都會令人懷念嗎？」

間宮露出苦笑。「這話真辛辣。」

慎吾望著間宮說：「辛辣？叔叔，比起你對父親和我做的事，這不算什麼吧。」

「嗯，是沒錯啦。」

「咦？」慎吾抬起頭。

「怎麼？」

「叔叔這麼乾脆地承認好嗎？」

「你不是要我懺悔嗎？」

「啊，案件時效已過，如今誰都無法定叔叔的罪了。」

間宮搖頭。「不是的，追溯期只是法律上的說法。」

「難道叔叔希望被我制裁？」

「假如你想制裁我，我會接受的。」

「那麼，能再問個問題嗎？」慎吾說著望向海面。

「好啊。」

「叔叔為何要做那種事？」

「因為把自己看得太重要。」

「我父親下場如何都沒關係嗎？」

間宮搖搖頭。「我認為那對你父親也是最好的作法。」

「我不相信……」

「嗯，雖然是我一廂情願的看法，但當下我真的這麼認為。你父親打算重振生駒電子工業，只不過那是不可能的事。因為公司欠有大筆債務，後援的科普羅度也離我們而去。儘管你父親試圖拯救公司，可是情況已非區區五千萬就能解決。」

「都還沒嘗試，憑什麼如此斷言？」

「當時，不少大企業欲聯手剷除生駒電子，畢竟小公司難以對抗大企業。只是，你父親仍一意孤行，那結果便可想而知。我勸過他好幾次，接受里卡德的幫忙較好，他卻聽不進去。」

「所以你們才出此下策？」

「那不成理由，我不會拿這當藉口。其實我非常焦慮，我心裡最重視的不是你父親和生駒電子，而是自己，所以無法接受嘔心瀝血打下的根基因你父親化為烏有。里卡德曾向我挖角，我也認為那是個好機會。只不過，里卡德以相機聞名，在半導體技術方面完全是門外漢，若沒帶生駒電子一起進入里卡德，肯定不會成功。」

「真是自私啊。」慎吾喃喃自語。

「你說的對。打一開始我就想偏了，之後採取的行動更是離譜。這些無法挽回的錯誤，全是我造成的。」

「…………」

慎吾沒回應，間宮也不再開口。

渡輪緩慢地航行在漆黑的海面上，不知何處傳來刺耳的笑聲。

那時候的海也是一片闃黑，間宮不由得想起生駒洋一郎在甲板上問他的話。

——間宮，我這麼做對嗎？

當時間宮點點頭，讓生駒洋一郎將五千萬的金塊丟入海裡。

「為什麼……」慎吾出聲：「事到如今，叔叔還要說這些？」

「我想告訴你，你也錯了。」
「…………」慎吾緊盯著間宮。
「你犯下跟我相同的錯誤。」
「我不懂叔叔在講什麼。」
「是嘛。」間宮點點頭，沒再多說。
慎吾沉默一會兒，忍不住望向間宮。「叔叔剛說我也做錯事？」
「你應該心裡有數。」
「不，我不知道。」
「嗯，」間宮背倚欄杆，深吸口氣。「要聽我胡言亂語一番嗎？」
「胡言亂語？」
「對，接下來這些不過是我的想像，即使猜中也不具任何意義，純粹是胡言亂語。」
「請說。」
「我思考過明日香的祕密寶物的下落。」
「…………」
「那樣的事只有你辦得到。」
「我？」慎吾發出乾笑。
間宮擺擺手。「嗯，剛提過這是胡言亂語吧？我認為，唯有你能設計出如此先進的系統，並加以運用。」

「…………」

「起初，我完全被蒙在鼓裡。原以為歹徒使用仿互動語音回覆的系統，是要防止警方取得自己的聲紋，做夢也沒料到，那其實是為了製造不在場證明，真是高明。但問題在於，歹徒打電話來時你也在場，究竟是如何向電腦傳送指令，並讓系統在適當時機做出回應？我不斷思索，才想到應該是利用低頻率或是超音波裝置。」

「好豐富的想像力，真令我吃驚啊。」

「這推測很棒吧？重新回顧整起案子，有能力處理每個環節的，除了你沒有別人。」

「每個環節嗎？」慎吾淺淺一笑，在甲板上坐下。

「不過，有一點我想不通。」

「什麼？」

「倘若這全是你一手導演，那最重要的鑽石是怎麼到手的？」

「十億圓耶，比父親投入海裡的金塊多上二十倍。」

「嗯。那時你在大夥面前換上租借的滑雪服，交付鑽石後才又換回來。警方一直保管著你的衣物，所以換衣過程也受到監視，當然也不可能將鑽石藏在滑雪服裡。」

「叔叔看漏了嗎？」

「不。由於機械室後方的爆炸，吊車暫停在空中，你放在座位上的鋁罐受到衝擊掉下。圓筒狀的物體原就容易滑落，巡邏隊員找到時，鋁罐早因接收電波指令解鎖，可是罐裡的鑽石卻不翼而飛。」

「我沒拿走鑽石。」

「對，一開始我以為是重演二十年前的情況，金塊沉入海裡，鑽石埋沒在雪堆中。」

「不是這樣嗎？」

「不是。假如你是歹徒，一定會把鑽石弄到手。」

「用什麼方法？」

間宮在慎吾身邊坐下。「我就是在思考這個問題。」

「叔叔想到了嗎？」

「這是個大難題。我反覆檢視交付鑽石的過程，終於察覺一件不尋常的事。」

「不尋常的事……」

「那發生在蓮田休息站。」

「…………」

「電腦為何在行經浦和時，便指示你於休息站打開所有車門？訊息的顯現由按鍵的時機與電腦中的計時器控制，照理說，這指令應在車子進入加油站後才發出，那麼雪村刑警就沒機會脫身。」

「…………」

「然而，歹徒卻提早預告接下來的行動，使雪村刑警得以從容脫逃。如此一來，到達國見休息站前，載有鑽石罐的車上便只剩你一人。」

「意思是，我趁那時打開鋁罐拿出鑽石嗎？」

「沒錯。」

「但我身上沒有鑽石，換衣服時你也看見了吧。」

「你當然不會帶在身上，當眾換衣服就是要證明這一點。」

「那叔叔認為鑽石放在哪裡？」

坐得屁股疼痛起來，間宮站起身。

「不覺得冷嗎？」

「嗯，還好。」

「這樣啊，可是我有點怕冷，要不要回船室？」

「…………」

慎吾點點頭，間宮先一步走向船艙。

3

回到船室，慎吾拿起桌上的茶杯，一口氣喝完涼掉的茶。

「怎麼不重泡？」間宮問道。

慎吾沒回答，坐在床上凝視著間宮。

慎吾猜不出間宮心裡的打算。他曾想過，假如有誰能看出真相，那人只會是間宮。遲早間宮都會明白這起案件背後的意圖。

慎吾原計畫將間宮塑造為最大嫌疑犯，所以不僅利用間宮的別墅監禁人質，還故意把電腦放在中央研究所。

但是，打第一通恐嚇電話時，間宮剛好到武藤為明家做客，這個計謀也就不攻自破，反倒成為間宮的不在場證明。

「請繼續剛才的話題吧。」慎吾對坐在沙發上的間宮說道。

「你是怎麼拿走鑽石的？」

「沒錯。」

「因為鑽石不在你身上，我想，你應該是將鑽石藏到某處。其實你抵達藏王時，鑽石已不在鋁罐中。」

「叔叔是指，留在SILVIA上？」

間宮搖搖頭。「我不認為你會冒這麼大的險，畢竟刑警也坐在車上。而且交付鑽石後，若連回程都要你駕駛未免太不近情理，極有可能沒機會接近車子。實際上，你是和刑警一起搭火車回去的吧。」

「是的。」

「鑽石不在車內，也不在衣服裡。所以我努力地回想，過國見休息站後，你是否還有獨處的機會。」

「…………」

「只有在一個地方，就是山形分公司。當時你支開警衛單獨行動，於是我察覺另一件奇怪的事。」
「奇怪的事？」
「嗯。為什麼機械室的鑰匙要刻意埋在盆栽裡？和電腦或鋁罐一併放在中央研究所不是更單純？那是一把常見的鑰匙，若不說明，沒人會知道有何用途。仔細想想，其實無線電收發機也可一起放在中央研究所，分散兩處只是徒增風險。換句話說，你有非去山形分公司不可的理由。」
「叔叔的意思是，我把鑽石藏在山形分公司嗎？」
「沒錯，但你的思路和普通人不太一樣。慎吾，我已詳細調查過。」
「調查？」
慎吾注視著間宮，間宮點點頭。
「調查什麼？」
「事後，我曾打去山形應用電子研究所詢問，二月四日是否有寄給生駒慎吾的物品。」
「……………」慎吾睜大雙眼。
「確實有件從加拿大桑德灣市寄來的小包裹。不過，其上附有一張送貨單，記錄著因快遞人員的疏失，包裹曾送往山形分公司，而後由山形分公司重新送至山形應用電子研究所。」
慎吾垂下目光嘆口氣，搖搖頭。徹底被打敗了……
「埋著機械室鑰匙的盆栽擺在櫃檯後方，然而，盆栽旁其實還有個放置郵件的藍色籃子。你先在車內取出罐中的鑽石，裝進事先貼好送貨單的包裹，之後趁蹲下挖土時，順手將包裹放入藍色籃子。這麼一來，鑽石便會隨著里卡德的快遞郵件，送到你在應用電子研究所的桌上。」

「我真是佩服叔叔啊。」

「很有趣吧？那件事告一段落後，你在回加拿大前去過應用研究所吧？直到那時，你才真正取得鑽石。」

慎吾聳聳肩，拿起熱水瓶重新泡茶。

「叔叔打算怎麼辦？帶我投案嗎？」

間宮訝異地看著慎吾。「我為何要那麼做？」

「什麼？」

「我先前提過，這些都是胡言亂語，即使猜中也不具意義。我只想說，你也做錯了。」

「…………」

「最重要的是，我手上沒有任何證據，這點你也很清楚吧。雖然不曉得你會如何運用那十億圓的鑽石，但只要無人找到鑽石，就沒有足以證明你是歹徒的證據，不是嗎？」

慎吾望著間宮露出微笑，間宮也回以一笑。

間宮喝著慎吾泡的熱茶，瞥向手表。「時間還早。」

「什麼？」

「距離十二點的時間。」

「十二點？」

「對。」間宮點點頭。「我有想看的東西。」
「想看什麼？」
「凌晨十二點時，我想上甲板看海。我想再看一次那片海。」
慎吾不禁笑出聲。
「這樣會不會太感性？」
「嗯，是感性了些。不過，就讓我陪著叔叔，一起去看父親見過的那片海吧。」
慎吾拿起茶杯，輕啜口熱茶，熱氣沿著臉頰滲入眼底。

（全文完）

解說

隨時間增值的……

陳柏青

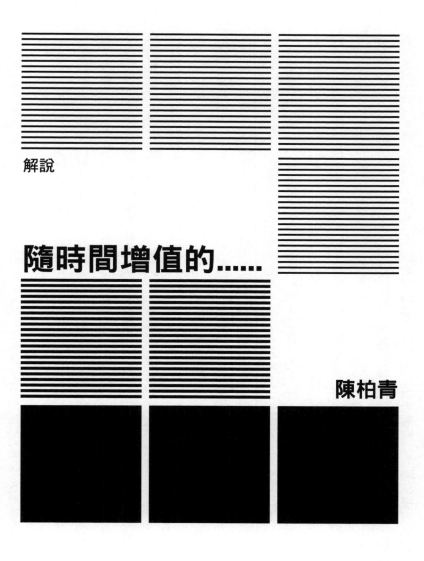

（本文涉及小說結局，未讀者慎入）

一九八九年，《99％的誘拐》獲第十屆吉川英治文學新人賞。這是岡嶋二人再度入圍該獎項。獲獎評語中，評審佐野洋這樣描述該作：「這是兩人集大成之作。」「點子巧妙、整體結構完整。發揮共作最大效益。」由此，我們或可稍窺《99％的誘拐》之於岡嶋二人的重要性：一者，《99％的誘拐》是雙人組作家創作生涯的重要標竿，二來，在岡嶋二人諸多以「綁假」為主題的作品中，《99％的誘拐》是一次攻頂之作，總結兩人協力創作模式的精要面，更是以後衡諸該類型小說一個不得不正視的山頭。

若再仔細深究，小說中動用許多高科技和電子軟硬體知識，且於一九八八年之際出版，回顧電腦產業發展史，一九六四年IBM打造第一部採用IC的大型主機S/360，至一九八一年推出該公司第一部喚作PC的個人電腦，其名一直延用至今，而在那個一切才剛命名的大躍進時代，岡嶋二人之一的井上泉已對電腦科技抱持高度興趣，並運用於創作中。也就是說，《99％的誘拐》的推出與獲獎，不只證明岡嶋二人創作上的才能，實為一次「夢」的展演。井上泉將關注之物事化入書寫，他的理解與想像，由二十餘年後的今天看來，猶充滿可行性與新鮮感，小說未隨歲月流逝而黯然失色，時間反倒證明小說的可能，彷彿小說家先誘拐了「時間」，此後的世界不過是照小說的指示行動。

小說原名《99％の誘拐》。「誘拐」一詞值得一提。作為一種犯行，日本刑法有所謂的「略取」與「誘拐」罪（兩者又合稱「拐取」），前者強調暴力或脅迫，後者傾向以欺瞞誘導方式使人受第三者支配，口語上則多用「誘拐」一詞。在臺灣，也許我們會將「綁架」、「誘拐」、「綁票」等詞彙混用，其實律法上是以「擄人勒贖」定罪（另又有「略誘」與「和誘」等罪）。語境上微妙的差異不至於影響閱讀，反而很適合作為一個深入檢視的點，意即是，圍繞這一犯行延伸出的書寫系譜中，「誘拐」（或著稱綁架）的魅力在哪裡？它何以像童話中嗚奏美妙笛聲的「班衣吹笛人」（又是一個誘拐的故事），吸引無數寫作者前仆後繼地通往那條無止盡的類型長路？

誘拐讀者的方法

《99％的誘拐》可視為上述提問的解答，同時也是「誘拐」書寫的良好範例。他示範了「誘拐」作為一種書寫類型有多麼迷人。

我們不妨拿「密室」或「謀殺」等體材對比。之於前兩者，時間在決定性的一點（密室之門關上，刀刃切落或子彈噴膛而出）後就完全停止，等待偵探挖掘出那凍結的真相。古典推理是時間的復原術，一套倒回時間的魔法，而誘拐卻是時間的「連連看」遊戲。它的無限拖延是為阻止他人測知下一刻（如《99％的誘拐》中歹徒用錄音帶和電腦磁片指示），它的意義永遠是「後延」的，時間不能被停下，這一步是為連結到下一步，但這一步又不能讓人直接聯想到下一步，則誘拐的每一個環節實是錙銖必較，半點都馬虎不得，到達最後一個駐點（交付贖金）本身只是步驟的完成，本體卻在於連連看呈現的圖案——那是「誘拐」的圖示。在任何一點上失足，都將造成整體的崩毀。

在這當中，每一環節皆是小說家可大展手腳之處。正因犯行者的前提為「提防下一步遭人截堵」，於是他必須隱瞞，行事迂迴纏繞，不讓對方測知。這裡提及的「對方」，不只包括書中被脅迫的相關人等或偵辨者，也波及書本之外的讀者，則書寫構成一種「懸疑」。《99%的誘拐》的魅力也在此，縱然讀者早知犯行者可能是誰，但牽動讀者的，已從「誰」（Who）變為「如何」（How），犯人的下一步是什麼？他要如何行動？「H」、「W」、「O」三個字母的變位便讓讀者欲罷不能，小說中幾樁案件又是搭火車又要換船，又是飛車又要划雪，紙條暗示完還有電話語音乃至電腦指示，空間的變換與事件頻仍讓小說始終維持在某種動態中，它看似「超出常理之外」，而細思卻「回歸情理之中」，讀者從「無法預料為何如此」到「好奇下一步是什麼」，寫作者像魔術師自高腳帽中掏出各類驚喜般，抖出一個又一個細節或事件，《99%的誘拐》情節的推演，就是「誘拐」讀者的過程，沒翻到最後，不知如何收局。

二與一。2＋1＝？

小說中，作為主力的第二樁綁架案，其誘拐技藝乃建築於科技力的創新運用上。諸如「文字輸入與電腦合成音模糊歹徒面目」、「以預設程式與語音囚禁肉票」、「以超音波控制電腦」，這些獨特的技藝超越彼時代對技術的想像，這是小說中的「1」，其獨一性，獨特性，打破尋常「綁架」的成規，擴大了可能。對科技的創造性運用，確立《99%的誘拐》成為此一類型的重要之作。

但這樣的「1」，其實和「2」有關。《99%的誘拐》之美，在於小說家安排了兩樁綁架案。

二十年前生駒慎吾的綁架案不只是一個壯烈的引子，其犯案手法、人物關係與在案件中扮演的角色，多可在二十年後兼介的綁架案中找到對應或是對比的位置。

首先，我們可看見兩者的相似處，例如，兩起案子都要求將贖金兌換為等價財物，都指名次要關係人幫忙運送贖金（且這關係人都為主要犯人）。此外，同樣以財物失竊告終（只有讀者知道結果不同），也皆在過程中兜轉拖延時間。建築在這相似的基調上，兩案又有種種對應與變位：一者，當年的加害人這回成為受害人，而當年的受害人則逆反了身分。二來，在原本慎吾的計畫中可發現，他一開始是設計讓間宮富士夫成為案件重要嫌疑犯。如果真的成功，當年的加害人曾扮演受害者（生駒）的協助者，而多年後又從受害者的協助者被指控為加害人（別墅是他所有）。甚至，當年的受害人如今躍身成受害人之協助者，這種種身分上的移位，除使「復仇」成為母題外，也提供創作上的審美要素，使結構和細節更耐人推敲。

更進一步討論這個「2」，關於犯案手法中的複合性設計。它畫出界線（如受害者／加害者、歹徒／肉票、傷害／報仇），而後抹糊界限。小說中每個人都有兩種身分，使得綁架案在原本「被害者的焦慮」、「加害者的殘酷」外，更增添複雜的情感衝突（復仇之快意、傷害之累計）。前文的「1」——科技力的運用使得這個「2」變成可能，讀者將親眼目睹第二樁案件中犯人的各式綁架美技造成身分上的複合：同時在場又不在場，同時遙控又參與，既貢獻又謀奪，彷彿兩人對話其實是個人獨白。「2＋1」算式反而無解，沒有答案，沒有真正道義上的犯人，加害者有被害的理由，受害人有加害的前因……

高度機械時代的藝術作品

第二樁綁架案裡，當警察可憐巴巴地持續以電話追蹤（老舊產業不敵新興產業），或依賴大批人力東奔西跑試圖彌補己方情報量不足（以人力對抗高度科技），歹徒卻好整以暇端坐在那套安排好的動線之中，甚至一度忍住「只怕笑出聲」。在這當中，綁架已變成一套「機械裝置」，不僅犯案方式依靠電腦與眾多精密科技機械，實際上第二樁綁架案乃是一條生產流水線，「一旦發動，一切都會自己來」，歹徒只需要和機械對嘴就能讓流程繼續推演，他的憂慮則變成天候不佳破壞通訊線路或停電等因素，於是連「人」本身都成為這套犯罪系統的小零件。

回顧當年慎吾的綁架案，他在電話中告訴爸爸「只是有點寂寞，就一點點而已」，這寂寞的孩子其實一直沒離開那個房間，二十年後，受害人兼介甚至主動奔赴那個房間，為機器所誘拐。小說尾聲，帶著贖金的生駒疾馳在划雪道上，一整串動態過程彷彿無法停止，但若深入解讀，那並非「人」在動，其實是「電腦」在動，（於是慎吾在又開車又要滑雪那運動最為激烈的片刻，也寂寞得不得了吧），因為劇本已預先編寫，程式已設定好，他不能停下（一切都預錄好了），他必須趕到預設的點上讓流程跑下去，在這當中，機械變得像人（以人工語音發言、和人對話），而人則變得像機械，人必須配合機械（不走到那個點，犯行無法繼續），犯案手法中高度的精密性與連鎖效應推動每個環節的對位與接合，讓「綁架的技藝」升值為「高度電子機械時代的藝術」。

「人」在其中看似縮得渺小，只是整個流程的零件，卻占有絕對位置，這正是《99％的誘拐》最特殊的一點，「人性」反而成為驅動這些電子機械運作的動力源。

這亦是《99%的誘拐》真正讓人恐懼之處。小說裡，歹徒要求將贖金換算成等值財物。按其估算，昭和四十三年的五千萬可換成七十五公斤金塊。其後，金塊再現世已時過二十年，一切都隨時間敗壞，生駒洋一郎由染病到亡故。除少數相關人等得利，當年試圖以五千萬與全體員工重振生駒電子的夢想已不復存在。

與此相反，有物事卻能隨時間增值，例如，黃金。昭和六十二年，七十五公斤金塊總價高達一億四千萬以上。由五千萬而至億計，這樣的增值還有跡可尋，就像小說裡關於機械或電子技術的描述，一切發展都可推測，能類比金價以某種公式或法則換算，唯獨一樣東西是毫無法則，可猛然加壓暴增的——

那便是「人性」。

對小說中的生駒慎吾來說，可稱之為「復仇」。父親的三本手記和一句話，如何燃起他胸中的怒火，從而推動這黑暗之心，此後「復仇」像原子反應爐，反過來推動高科技機械與現代電子技術發展。

這樣的黑暗之心仍會延續下去。當明日香程式告知遭綁架的兼介「絕不能原諒我」時，完美的、百分百的「誘拐」於焉完成，「誘拐的技藝」化為「誘拐的記憶」，「傷害」持續蟄伏在孩子心中，比沉在深海的黃金還要堅硬，比時間裡任何東西還要保值，成為內建的程式碼，伴隨「不可忘記」的叮嚀，在無從預料的未來，等待孩子一次猛烈的發動，則「誘拐」永遠無從停下，真的成為機械時代的藝術作品，像機器般永不停下，永遠堅強，永久在黑暗中律動著。

作者簡介／陳柏青：

現就讀臺灣大學臺灣文學研究所。曾獲全球華文青年文學獎、時報文學獎、臺灣文學獎等。以閱讀為終生職，期待臺灣推理的黃金世代降臨。

岡嶋二人作品集 01
OKAJIMA FUTARI
99%的誘拐

原著書名　99%の誘拐
原出版社　講談社
作　　者　岡嶋二人
翻　　譯　卓文怡
責任編輯　陳盈竹

編輯總監　劉麗真
總 經 理　陳逸瑛
榮譽社長　詹宏志
發 行 人　凃玉雲
出　　版　獨步文化
城邦文化事業股份有限公司
104台北市中山區民生東二段141號5樓
TEL:(02)2500-7696　FAX:(02)2500-1967
發　　行　英屬蓋曼群島商家庭傳媒股份有限公司城邦分公司
104台北市中山區民生東路二段141號2樓
讀者服務專線:(02)2500-7718;2500-7719
24小時傳真服務:(02)2500-1990;2500-1991
服務時間:MON-FRI AM.09:00~12:00 PM.13:00~17:00
讀者服務信箱E-mail:service@readingclub.com.tw
劃撥帳號:19863813　戶名:書虫股份有限公司
香港發行所　城邦(香港)出版集團有限公司
香港灣仔駱克道193號東超商業中心1樓
TEL:(852)25086231　FAX:(852)25789337
E-mail:hkcite@biznetvigator.com
馬新發行所　城邦(馬新)出版集團|Cite(M) Sdn. Bhd.(458372U)
11, Jalan 30D/146, Desa Tasik, Sungai Besi, 57000
Kuala Lumpur, Malaysia
TEL:+603-9056-3833　FAX:+603-9056-2833

美術設計　黃暐鵬
排　　版　浩瀚電腦排版股份有限公司
印　　刷　中原造像股份有限公司
總 經 銷　大和書報圖書股份有限公司

初　　版　2010年(民99)5月

定　　價　NT$320 Printed in Taiwan
I S B N　978-986-6562-54-9

國家圖書館出版品預行編目資料

99%的誘拐/岡嶋二人 著;卓文怡譯.
--初版.--臺北市;獨步文化,城邦文化出版;
家庭傳媒城邦分公司發行,2010〔民99〕
面;公分.--(岡嶋二人作品集;1)
ISBN 978-986-6562-54-9(平裝)

861.57　　99005943

城邦讀書花園
www.cite.com.tw